탈경계적 상상력의
영화와 문학

탈경계적 상상력의
영화와 문학

김승구 지음

보고사
BOGOSA

모든 것들을 언어의 매개로 유통하던 시대가 가고 이제 영상이 모든 걸 대체하는 시대가 됐다. 굳이 문학 작품을 번잡스럽게 읽을 필요가 없고 멋진 목소리를 가진 성우의 목소리를 듣기만 해도 되는 시대가 되었다. 그런 향유 방식에 대해서 뭐라고 타박하기도 어색한 시대가 돼버렸다. 이런 변화를 추동한 과학기술은 지금 이 시간에도 우리의 상상력을 추월해 끊임없이 새로운 변화를 향해 달려가고 있다. 그런 상황을 생각하면, 문화나 예술이라는 것이 이제 더 이상 인간의 차분하고 깊은 지적 사유의 결과물로 탄생하는 고대적 시간은 저 멀리 사라진 듯하다.

그럼에도 불구하고 인문학적인 탐색과 문화예술에 대한 향유는 미래의 4차원적 변화가 추구하는 것들의 의미를 캐묻고 인간적인 변화의 길로 세상을 유도할 힘을 우리에게 줄 것이다. 그런 점에서 20세기는 이미 꽤 오래전처럼 느껴지지만 현재의 우리를 만든 원형질의 시간이라는 점에서 소중하다. 필자는 이 시간의 의미를 주로 문학과 영화를 통해서 지금껏 탐색해왔다. 이 책은 필자의 원전공인 문학과 자발적 탐구 영역인 영화와 관련해서 최근에 쓴 글들을 한 권의 저서로 정리한 것이다.

1장 〈1910년 불어온 영화의 바람〉은 이 땅에 영화가 대중적인 보급의 첫 길을 열었던 1910년에 어떤 변화를 가지고 왔는지를 살펴보고 있다. 경성고등연예관이라는 상설영화관의 등장으로 영화는 처음으로 이 땅에 시민권을 주장하게 된 것인데, 상설영화관의 현황, 상영 프로그램, 변사라는 해설자 등에 관해 이야기하고 있다.

2장 〈식민지 조선의 영화 문화〉는 1910년경 본격적으로 등장하는 영화 문화의 다양한 면모를 좀 더 폭넓게 살펴보고 있다. 이 당시 영화 문화는 그 본질적인 면에서 현대와 크게 다른 점이 없는 면모를 보인다. 지금과는 달리 신문이나 잡지와 같은 인쇄 매체를 중심으로 영화에 관한 지식이나 정보가 유통되었다. 현재 남아 있는 자료가 많지 않은 한계로 인해서, 영화 수용자들이 영화를 어떻게 받아들이고 있었는가를 보다 생생하게 이해하는 데는 다소 한계는 있지만, 식민지 조선의 영화 문화 전반에 대한 이해를 도모하는 데 도움이 될 것이다.

3장 〈경성과 도쿄의 영화 관객〉은 식민 모국인 일본의 영화 문화와 식민지 조선의 영화 문화를 영화 관객이라는 측면에서 분석한 연구에 대한 비평적 시도를 하고 있다. 식민지 조선이 받아들인 문화의 다수가 주로 일본을 거쳐 왔고, 정치는 물론 경제나 문화 면에서도 일본의 강한 영향을 받았다는 점을 고려할 때, 경성은 도쿄의 복사판이고, 도쿄는 경성의 거울일 수밖에 없었다. 그런 관점에서 보면 비교문화론적인 측면에서 도쿄와 경성을 비교 검토하는 일의 중요성은 간과할 수 없다.

4장 〈식민지 조선의 독일영화〉는 식민지 조선에 수입된 독일영화의 면면과 그것들을 수용한 관객의 반응을 전반적으로 살펴보고 있다. 식민지 조선의 영화관을 점했던 외국 영화 중 독일영화는 당대 관객들에게는 할리우드영화와는 달리 고급 영화, 예술영화로 통했는데, 그 당시 지식인들의 서구관을 이해하고 그들의 예술적 지향을 이해하는 데 도움이 될 것이다.

5장 〈한중일 삼국의 '십자로 영화'〉는 다소 독특한 발상을 가지고 있는 시도이다. 20세기 초반 동북아시아 삼국의 영화 중에는 제목에 '십자로'가 들어가는 영화들이 한 편씩 있다. 이 글은 이들 영화 사이의 어떤 불가능한 관련성을 탐색해본 결과물이다. 이런 시도가 가능했던 것은 필자가 평소 일국사적 경계를 넘어서려는 시도를 나름대로 해온 덕분이다. 만약 십 년 전이었다면 이런 생각은 단지 구상 차원에 그쳤을 것이다. 그러나 지금은 인터넷과 유튜브가 이런 시도를 가능케 해주었다.

6장 〈황지우 시의 이국 지명〉은 다른 글들과 마찬가지로 경계를 넘어 약동하는 전위 시인의 상상력의 어떤 모습을 보여주고 있다. 황지우만큼 1980년대적인 시인이 있을까. 물론 지금은 그의 시가 교과서적인 이해의 대상이 되거나 고답적인 지식인주의의 냄새를 풍기기도 하지만, 그만큼 이 땅의 현실에 괴로워하고 벗어나고 싶어 하고 침묵하면서도 그 침묵 속에서 말하고 싶어 한 시인이 있었을까 싶다. 그런 고뇌의 산물이 이국으로의 상징적 망명하기, 경계 넘기가 아니었던가.

황지우의 고뇌가 언어적 의장 속에서 토로되고 있을 때, 이 땅 또 다른 곳의 민중에겐 홍콩영화라는 위안이 찾아왔다. 1980년대 한국의 대중문화 속에 강력한 흔적을 남겨놓은 홍콩영화는 이제 중장년 남성들의 향수적 대상이 돼버린 감이 있다. 그 강렬한 흔적에도 불구하고, 그 특유의 저급성 시비로 인해 홍콩영화를 아카데미즘의 장에 소환하기를 우리는 꺼려 왔다. 그런 시도로 제시된 것이 7장 〈1990년 전후 한국의 홍콩영화〉이다. 중국으로 반환될 당시 홍콩인들이 느꼈던 그 두려움이 지금은 긴박한 현실이 돼버렸음을 절감하는 요즈음, 1980년대 홍콩영화는 더욱 그리움의 대상으로 다가온다.

8장 〈김혜순의 영화적 상상력〉은 시인 김혜순이 그동안 써온 시들과 산문들을 대상으로 그의 예민한 감수성이 영화적 자양분을 어떤 식으로 꽃 피우고 있는가를 확인해보고 있다. 문학하는 사람들에게 있어 영화는 그리 낯설거나 적대적인 대상은 아니다. 김혜순 역시도 그래해 보인다. 다만, 차이가 있다면 그의 영화 보기가 단순히 여가 선용의 방식은 아닌 것으로 보인다는 점이다. 문학의 장으로 소환된 영화적 사유와 상상력이 한국 현대 여성 시인에 의해 어떤 결과를 낳게 되는지를 확인하는 일은 한국 현대 문인의 자화상을 엿보는 일이다.

9장 〈〈괴물〉의 정치학〉은 봉준호 감독의 대표작 〈괴물〉을 할리우드의 공포영화 장르와 견주며, 한국의 정치 상황이나 영화계 상황을 맥락화하면서 작품의 정치성을 논하고 있다. 비교적 최근의 영화 작품에 대한 논의라는 점에서 아카데믹한 주석 붙이기 식의 글과는 다소 결이 다른 면이 있다. 봉준호의 〈괴물〉은 한국 사회에서 '괴물'의 존재론을 생각하게 하는 영화다. 괴물은 경계를 넘어선 그 무엇에 붙여지는 텅 빈 기호 같은 것일 터다.

이 책의 제목을 '탈경계적 상상력의 영화와 문학'이라고 한 것은 이 책에서 필자가 추구하는 방향성을 드러내는 데 이 제목이 가장 적절하다고 생각했기 때문이다. 어떤 경계에 무자각적으로 머물면서 익숙한 것들만을 껴안고 사는 삶이 주는 안락함을 부정할 수는 없다. 하지만 그것에만 매몰될 때, 새로움은 과연 어떻게 가능할 것인가. 그러기 위해서는 끊임없이 경계를 의식할 필요가 있다. 경계를 의식한다는 건 타자를 의식한다는 말과 같은 것이다. 무엇이든 새로운 것은 거기서 탄생하는 게 아닐지.

2020. 여름
저자 씀

목차

머리말 | 005

| 1장 | 1910년 불어온 영화의 바람 ——————— 013

| 2장 | 식민지 조선의 영화 문화 ——————— 019

| 3장 | 경성과 도쿄의 영화 관객 ——————— 031

| 4장 | 식민지 조선의 독일영화 ——————— 045

| 5장 | 한중일 삼국의 '십자로 영화' ——————— 087

| 6장 | 황지우 시의 이국 지명 ——————— 113

| 7장 | 1990년 전후 한국의 홍콩영화 ——————— 139

| 8장 | 김혜순의 영화적 상상력 ——————— 183

| 9장 | 〈괴물〉의 정치학 ——————— 213

참고문헌 | 229
찾아보기 | 237

1장

1910년 불어온
영화의 바람

　현대 한국인이 일상적으로 즐기는 대중문화 중 가장 중요한 것을 영화라고 봐도 무방할 것이다. 그런데 영화가 한국에 들어온 것은 서양 여러 나라뿐만 아니라 가까운 중국이나 일본과 비교해 봐도 다소 늦은 1900년대 초라고 한국영화사는 기록하고 있다. 초창기 영화는 요즘처럼 일정한 상영 공간도 없이 야외무대에 천막을 쳐놓고 상영하는 수준이었다. 그리고 프로그램도 요즘처럼 장편영화가 아니라 지극히 짧은 단편영화 중심의 상영이었다.

　그러던 것이 우리가 흔히 알고 있는 방식으로 영화업이 체계화된 것은 1910년경이었다. 식민지 시대 수도인 경성에 경성고등연예관이라는 곳이 생긴 것이다. 이곳은 영화 상영만을 주목적으로 하는 최초의 상설영화관이었다. 그 당시 이 영화관은 경성의 남촌에 자리하고 있었다. 남촌은 조선인들의 전통적인 주거지역이었던 북촌과 달리 식민지 지배와 경영을 위해 조선에 건너온 일본인들의 신흥 주거지역이었다. 이곳은 일본인에 의해 설립, 운영되는 일본인들을 위한 영화관이었다. 비록 일본인들을 주요 고객으로 상정한 공간이었다고는 하지만 조선인들의 출입을 원천적으로 배제한 것은 아니었기 때문에, 제한적인 의미에서는 조선인들의 공간이기도 했다고 할 수 있다. 새것에 심한 기갈을 느꼈던 그 당시 조선인에게 있어 영화를 지속해서 볼 수 있는 공간이 생긴다는 것은 엄청난 사건이었을 것이다. 경성고등연예관이 생긴 이후 남촌에는 일본 자본의 투자로 영화관을 비롯한 각종 연예, 유흥 시설들이 속속 들어섰다.

잇달아 조선인 집단 주거지역인 북촌에도 영화관들이 생겨나기 시작했다. 대표적인 곳으로는 1912년에 들어선 우미관을 꼽을 수 있다. 우미관은 관철동에 일본인 자본으로 건립되었다. 조선인들의 왕래가 잦은 종로 일대에 들어선 우미관은 1918년에 시작한 단성사와 1922년에 시작한 조선극장 전까지 북촌 영화계를 독점한 곳이다. 비록 일본 자본에 의한 영화관이었지만, 이곳에서는 주로 서양영화를 전문적으로 상영하였다.

1910년대 영화관에서 주로 상영한 영화들은 대부분 러닝타임이 짧은 영화들이었다. 지금의 장르 분류 기준에 따르면, 다큐멘터리, 코미디, 액션, 멜로드라마 정도로 분류될 만한 것들이었다. 영화업이 시작되던 1910년대만 하더라도 영화에 대한 사회적 인식은 좋지 못했다. 보수적인 사회에서 교육받은 사람들은 영화를 아이들의 환심을 사고 아이들을 현혹하는 일종의 장난감으로 여겼다. 그래서 아이들이 될 수 있으면 영화를 멀리하도록 지도하였고 영화에 대한 부정적 의견을 사회에 유포했다. 그들에 따르면 영화관은 아이들을 나쁜 길로 들어서게 만드는 '불량소년 양성소'였다.

이런 사회적 분위기 탓인지는 몰라도, 1920년대 지식층까지 관객층이 확대되기 전까지 영화 관객의 다수는 10대 청소년들이었다. 당연히 상영 프로그램도 그들의 취향에 맞는 것들로 구성되었다. 1910년대 북촌 영화관에서 가장 인기 있는 영화는 소위 '연속영화 serial film'라고 하는 것이었다. 연속영화란 전체 커다란 이야기들을 세부적으로 쪼개서 영화들의 이야기가 이어지게 구성한 영화로, 지금의 미니시리즈 개념의 초기적 형태라고 볼 만한 것이다. 매회 이야기의 마지막에는 위기 상황이 설정되고 긴장과 호기심이 집중되는 순간 이야기를 다음 회로 넘기는 이런 구성은 관객의 호기심을 지속해서 유지할 수 있다는 장점이 있었다.

　1910년대 영화관의 프로그램을 살펴보면, 이런 식의 연속영화는 끊임없이 상영되었음을 알 수 있다. 그중에서도 가장 대표적인 연속영화 한 편을 꼽으라면 〈명금The broken coin〉(1915)을 꼽을 수 있겠다. 이 영화는 22개의 에피소드로 구성된 모험, 탐정, 미스터리, 액션이 결합한 작품으로 아동 관객의 눈높이에 맞는 이야기였다. 매회 2개의 에피소드를 상영하며 몇 개월에 걸친 흥행을 이어갔는데, 이 영화가 상영된 지 몇 년 후에는 집중적으로 이 영화를 상영하는 '명금 대회'가 개최되었다는 기록도 있다. 요즘처럼 다시 보기가 가능하지 않았던 시절에 관람 기회를 놓친 관객을 위한 '몰아 보기' 행사였던 셈이다. 한동안 엄청난 인기를 누리던 연속영화는 차츰 영화가 장편화되고 관객층이 성인과 지식층으로 확대되어 가면서 그 기세를 잃고 1920년대에는 급속하게 사라졌다.

　그 당시 영화 중에 지적인 능력이 크게 필요하지 않은 코미디나 액션은 크게 문제가 되지 않았지만, 다큐멘터리나 멜로드라마 등은 일정한 지식이 필요했다. 이런 문제를 해결하기 위해 일종의 영화

해설가라고도 할 수 있는 변사가 그 당시 영화관에는 필수적이었다. 보통 그 당시 영화관에는 스크린 한쪽에 변사 자리가 마련돼 있었는데, 영화가 상영되기 전 해당 영화의 전반적인 내용에 대해서 먼저 설명한 후, 본격적으로 영화가 시작되면 등장인물의 대사를 흉내 내기도 하고 중간 중간 설명을 곁들이기도 했다. 등장인물의 성별이나 나이를 고려한 변사의 적절한 해설은 그 당시 관객의 영화 감상에 커다란 영향을 미쳤다.

그러다 보니 변사는 영화업에서 배우나 감독보다도 훨씬 더 중요한 존재가 돼버렸다. 관객 사이에서 평판이 좋은 변사는 그 인기가 요즘 톱스타 배우와 맞먹을 정도였다. 변사 없이는 영화 상영이 불가능하다 보니, 영화관들은 변사 모셔가기 경쟁을 벌였다. 그 당시 활동했던 대표적인 변사로는 서상호, 김덕경 같은 사람을 꼽을 수 있다. 특히 서상호는 영화 해설에서 보여준 입담과 재치, 춤 실력 등으로 여러 영화관을 거치면서 대표적인 조선인 변사로서 이름을 날렸다.

그 당시 관객들은 영화가 아니라 영화를 해설하는 변사에 따라 영화관을 선택했다는 기록을 종종 발견하게 되는데, 이를 통해서 우리는 그 당시 변사의 인기가 얼마나 대단했던가를 짐작할 수 있다. 이런 상황이다 보니 영화사 초창기에는 영화배우가 아니라 영화 변사를 꿈꾸는 사람들이 많았다. 그러나 1930년대 식민지 조선에 발성영화가 들어오면서부터 변사가 설 자리는 점점 좁아졌다. 변사는 이제 과거의 역사 속으로 사라진 존재가 되었지만, 이와 유사한 역할을 하는 사람들을 우리는 텔레비전 영화 정보 프로그램들에서 여전히 볼 수 있다.

1910년대 영화관은 젊은 조선인들을 위한 공간이었다. 기존에 전 근대적인 오락물의 주류를 이뤘던 판소리나 신파극을 공연하는 극장이 있긴 했지만, 새로운 근대적 오락을 추구하는 젊은 조선인들의 구미에는 전혀 맞지 않았다. 그런데 이제 영화관에서 기계적 원리로 만들어진 새로운 예술인 영화를 보면서 근대가 추구하는 과학적 원리를 몸소 체험하고 스크린에 비치는 풍경과 문물, 사람들을 쳐다보면서 자기가 몸담은 이 땅 밖에 다른 방식으로 사는 다른 사람들이 존재한다는 사실을 머리가 아니라 눈으로 이해하게 되었다. 이런 체험을 거듭하면서 커다란 변화의 한복판에 서 있던 그 당시 조선인들은 앞으로 만들어갈 세상에 대해서 생각하고 상상할 수 있게 되었다. 그건 남녀노소, 빈부, 학력 여하를 막론하고 누구에게나 공평한 기회였다는 점에서 근대적이었고 민주적이었다. 영화는 이제 단순한 오락물이 아니라 세상을 담은 교과서의 역할까지도 하게 된 것이다.

현대 한국인들은 영화를 보기 위해 굳이 영화관을 찾지 않는다. 카페나 집 같은 개인적인 공간에서 스마트폰이나 태블릿 피시 등 다양한 개인 휴대 미디어를 통해서 영화를 볼 수 있기 때문이다. 원하는 시간에 시작할 수 있고 원하는 시간에 잠시 정지시켰다가 이어서 볼 수도 있다. 그리고 한 영화에서 다른 영화로 자유롭게 옮겨가며 영화를 볼 수도 있다. 이런 식의 자유로운 영화 감상은 불과 십 년 전만 하더라도 감히 상상도 할 수 없었다. 이제 영화는 특정한 시간에 특정한 공간에 모여 집단으로 관람하는 게 아니라 가장 개인적인 공간에서 가장 개인적인 방식으로 즐길 수 있는 대중예술이 되었다. 그런데도 사람들은 온라인 공간에서 자신의 영화 경험을 공유하고 싶어 하고 실제로 그렇게 하고 있다. 비록 지난 100여 년 동안 영화를 둘러싼 많은 것들이 변했지만, 1910년대 조선인들이 그러했던 것처럼 영화는 현대 한국인들에게도 영화는 여전히 가장 뜨겁고 가장 소중한 체험의 공간으로 남아 있다.

2장

식민지 조선의
영화 문화

1.

식민지 조선에서 영화는 개화기 이후 본격적으로 유입된 서구적인 문물 중에서 가장 파급력 있는 것 중 하나였다. 서구에서 영화가 탄생한 시점인 1895년은 청일전쟁의 결과 일본이 한반도에 거대한 마수를 뻗치기 시작하던 때이기도 했다. 이후 1905년 통감 정치의 시작과 함께 영화는 우리의 일상 속으로 한결 가까운 곳에 있으면서 우리의 미감을 자극하며 중요한 일상 문화로 서서히 자리 잡기 시작했다. 1910년 경성의 남촌을 중심으로 세워진 영화관들이 상시로 영화를 상영하게 되면서 상업적인 영화 문화가 형성되기 시작했다. 이때를 기점으로 보면 이 땅의 영화사도 100여 년을 웃돌게 된 셈이다. 비록 중국이나 일본보다 늦게 시작된 것이기는 하나 적어도 영화를 수용하는 분위기나 열정 면에서는 결코 뒤진다고 할 수 없을 만큼 이 땅의 민중은 영화에 열광했다.

지난 100여 년 동안 영화를 둘러싼 풍경은 수없이 변화했지만, 현재 우리가 누리고 있는 영화 문화의 기본적인 틀이 이미 일제강점기에 형성되어 있었다는 사실은 그다지 많이 알려지지 않았다. 파고들면 파고들수록 이 사실은 놀라움을 준다. 그 당시 뿌리 깊게 안착한 영화 문화가 없었다면 현재와 같은 풍요롭고 수준 높은 영화 문화가 형성되기는 힘들었을 것이다.

2.

일제강점기 영화 문화를 이해하는 데 가장 중요한 일차 자료는 당대의 저널리즘이다. 신문이나 잡지는 비단 영화뿐만 아니라 식민지 근대를 이해하고자 하는 모든 사람이 참조하는 중요한 자료 역할을 하고 있다. 그러나 영화사 연구와 관련하여 저널리즘 자료들은 좀 더 절실한 의미가 있다. 서구와는 달리 영화가 독자적인 산업 체제를 가지고 있지 못하던 식민지 조선에서 영화와 관련된 지식이나 정보 등 영화적 앎이 모두 이곳에 집중되어 있기 때문이다. 따라서 당대 저널리즘이 영화적 앎을 어떤 방식으로 조직하고 있는가, 그 앎의 성격이나 특징이 무엇인가를 이해하는 것은 또 하나 중요한 탐구 과제라고 할 수 있다.

1910년 총독부의 어용신문 《매일신보》에서부터 영화는 이미 앎의 영역으로 존재하기 시작했다. 그러나 그 당시만 해도 영화는 연극과 비슷하거나 좀 더 못한 위상을 가지고 있었다. 그러던 것이 1920년대 《동아일보》나 《조선일보》 같은 민간 한글 신문이 발간되면서 상황은 조금 달라지기 시작했다. 연극이나 영화에 관한 정보가 연예 소식이라는 틀로 묶이면서 신문이라는 중요한 미디어 장치 속에서 하나의 독자적인 위상을 확실히 가지게 되었다. 그러나 초창기에는 문학, 무용 등과 혼재된 상태에 있었다. 그리고 4면 체제의 일간지 속에서 영화 기사는 주로 영화 제작 소식, 개봉 영화의 줄거리 소개, 해외 단신 등을 위주로 하고 있었다. 이들 기사에는 그 글을 쓴 사람의 이름은 존재하지 않았다. 이는 그 당시 기사가 무기명으로 실렸다는 관행과 더불어 영화 기사가 아직 그만큼의 독자성을 가질 수 없었던 한계와 무관하지 않다. 그리고 이런 기사들의 하단에는 영화관 광고가 실렸는데, 제한된 공간에 많은 정보가 압축적으로 들어가 있었다.

1920년대 중반부터 일간지에는 기명 기사들이 실리게 되는데 이때는 식민지 조선에서 영화 열기가 불타오르는 시점이었다. 영화가 수익을 창출할 수 있는 영역이라는 사실에 일군의 물주들이 눈을 뜨고 식민지 대중이 영화 감상을 세련된 취미로 삼으면서 영화 시장은 활황세를 보여주기 시작했다. 자본, 기술, 인력 그 어느 것도 부족한 상태에서 좋은 영화가 나올 리 만무했지만, 이 땅의 영화인들은 영화를 꾸준히 만들어냈고 관객은 영화관을 찾았다. 영화를 둘러싼 제작, 배급, 상영, 관람의 상황들은 일간지를 통해서 수렴되었다. 제작계, 배급계, 상영계는 일간지에 어떤 영화가 제작 중이며 어떤 영화가 불원간 조선에 수입될 것이며 어떤 영화가 며칠부터 개봉될 것인가 하는 내용을 관객에게 제공했다. 이런 상황은 지금도 별로 다르지 않다. 일간지와 같은 종이 미디어에 영상 미디어는 돈이 될 수 있는 좋은 파트너인 셈이다.

그 당시 일간지에서 다룬 영화 기사는 몇 가지로 구분된다. 해외 영화계 소식, 개봉 영화 소개나 감상평, 영화 지식 등이다.

해외 영화계 소식은 주로 국내 관객에게 친숙한 스타의 근황을 소개하는 경우가 많았다. 찰리 채플린은 아마도 가장 많이 소개된 스타일 것이다. 그러나 지금의 기준으로 보면 벌써 까맣게 잊힌 왕년의 스타들이 많다는 사실에 놀라게 된다. 이는 무엇을 말하는 것일까. 찰리 채플린처럼 영화사적인 위상이 확고한 사람들 외에도 많은 영화배우를 식민지 관객들이 누리고 있었다는 사실을 방증하는 것이다. 릴리언 기시, 더글러스 페어뱅크스, 에밀 야닝스, 다니엘 다리외, 장 가뱅 등이 바로 그들인데 이들 스타 각각이 식민지 관객에게 어떻게 수용되었는지를 이해하는 작업은 절실하다. 이들은 그들 각각의 대표작이 펼쳐내는 이야기 속에서 어떤 역할을 하는 어떤 이미지로 관객에게 어떤 감정을 일으켰음이 분명하기 때문이다. 이런 작업을 하는 데 있어서 관객 연구가 필수적이지만 이미 그 당시를 호흡했던 관객이 대부분 사라지고 없는 상황에서 문헌 조사만으로는 한계가 있을 수밖에 없다.

개봉 영화 소식은 빈도 면에서 가장 흔한 포맷의 기사였다. 개봉 영화 소식은 '경개'라고 하는 줄거리 소개가 주를 이뤘다. 이는 그 당시 관객에게 영화를 선택하는 기준 중 하나가 이야기였기 때문이다. 스토리 설명과 덧붙여 주연 배우나 감독의 이름이 부가되기도 하지만, 이건 영화 선택의 결정적인 기준은 아니었을 것이다.

개봉 영화 소개 기사에는 기사가 차지하는 공간 이상의 크기로 스틸 사진이 한 장씩 붙어 있었는데, 이 사진들은 대체로 현재 남아 있는 해당 영화의 스틸 사진에서 발견할 수 없는 것들이 종종 있다.

외국 영화의 경우 보통 일본 배급업자로부터 넘겨받은 스틸 사진들이 사용된 것일 텐데 화질이 그렇게 좋은 편은 아니다. 그러나 독자가 이 흐릿한 사진 한 장과 줄거리를 겹쳐 넣으면 예비 관객이 되기에는 그리 부족함이 없었다.

그리고 영화 개봉에 앞서 시사회가 개최되기도 했는데 이는 전문가들 중심의 제한된 시사회였다. 여기에 초대된 문화인들은 영화 개봉에 맞춰 일간지에 영화 감상평을 게재하곤 했다. 이들은 대체로 신문사의 기자이거나 유명 문화인인 경우가 대부분이고 일반 관객의 영화 감상평이 게재되는 경우는 드물었다. 이들 내용은 대체로 영화의 줄거리를 따라가며 간단한 감상과 추천의 변을 나열하는 데 그칠 뿐 영화 비평의 이름에 값하는 경우는 드물었다. 그나마 다소 진지한 영화 비평은 주로 좌파 문화인들에 의해 발표되었다. 이들의 영화 비평이 그나마 진지한 것이기는 했지만 자세히 들여다보면 과연 그것들이 얼마나 독창적인 것일까 하는 점에 대해서는 의문을 가지지 않을 수 없다.

예를 들면 이런 예도 있었다. 1920년대 후반 소비에트영화 〈산송장〉이 개봉되었다. 이 영화는 톨스토이 원작의 영화로 식민지 조선에서 금지당한 소비에트영화라는 측면에서 큰 주목을 받았는데 심훈이 이 영화에 대한 영화 비평을 일간지에 게재하자 효성이라는 필자가 심훈의 영화 비평이 표절이라고 문제 제기하고 나섰다. 효성은 최근에 읽은 일본의 영화 잡지의 해당 부분과 심훈의 글을 대조해 가면서 심훈의 글이 표절이라고 문제를 제기한 것이다. 이에 대해 심훈은 그것이 사실이라는 점을 인정하면서도 다른 한편으로 지금까지의 영화 비평 관행을 강조하면서 자신을 옹호하는 어정쩡

한 태도를 보였다.

이런 에피소드는 비단 이 사건뿐만 아니라 식민지 조선의 영화 문화 일반에 대한 어떤 의혹으로 확대된다. 식민지 저널리즘을 통해 유포된 각종 영화 지식이나 정보 그 어떤 것도 사실은 그 지식이나 정보를 제공한 자 스스로가 만들어낸 산물이 아닐 것이라는 생각을 부추긴다. 10여 회에 이르는 긴 연재 기사를 쓸 만큼의 온축을 가진 사람이 과연 있었던가, 이것 역시 일본 잡지에서 베낀 내용에 자신의 이름만 갖다 붙인 것은 아니었을까? 그 당시 일본에서 발행된 영화 단행본이나 잡지는 식민지 조선에서도 쉽게 접할 수 있었던 점을 고려하면 식민지 조선에 유통된 정보들 다수는 일본의 것을 재가공한 것일 가능성이 크다. 효성은 이 땅의 문화적 종속성 혹은 모방성을 폭로한 것이다.

3.

식민지 조선에 수입, 개봉되어 인기를 끈 외국 영화는 시기별로 약간의 차이가 있다. 1차 세계대전 전까지는 프랑스영화나 이탈리아영화가 독보적이었고, 1910년대 중반 이후에는 미국영화가 유럽영화의 지분을 승계하는 양상을 보였다.

1910년대 프랑스에서 제작되기 시작해서 미국이 이어받기 시작한 연속영화는 식민지 조선에서 선풍적인 인기를 끌었다. 미니시리즈의 원조 격이라고 할 수 있는 연속영화는 매회 20여 분 정도의 에피소드를 전체 10~20여 회 분량으로 잘게 쪼갠 것들로 이들 영화

연속영화의 대표작
〈팡토마〉

는 대부분 희대의 범죄자와 탐정의 대결을 다루고 있다. 그 당시 연속영화의 인기는 프랑스산 〈지고마〉, 〈팡토마〉로부터 시작되어 미국산 〈명금〉으로 절정을 이루었다. 그리고 식민지 영화관들은 1920년대 초반까지 미국산 연속영화를 쉴 새 없이 스크린에 올렸다.

그러나 이런 류의 영화들에 대해서 기성세대들은 미풍양속의 저해를 우려해 성토해 마지않았다. 연속영화가 범죄의 원인으로 성토되면서 좀 더 품위 있는 영화에 대한 요구가 생기게 되면서 유럽산 명작들이 영화관에 소개되기 시작했다. 이로서 관객들은 훨씬 더 풍부한 영화 감상을 할 수 있게 되었다. 1차 세계대전의 패배로부터 부활한 독일은 표현주의연극의 영향을 받은 다수의 명작을, 그리고 프랑스는 유구한 예술적 전통에 기반을 둔 아방가르드 영화를 전

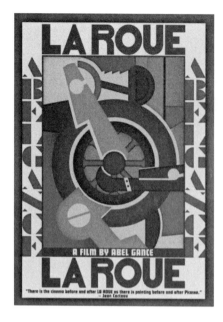

프랑스 인상주의영화
〈철로의 백장미〉

세계에 공급했다. 프리드리히 무르나우의 〈마지막 웃음〉, 〈일출〉,
아벨 강스의 〈철로의 백장미〉는 그 대표작이다. 이 외 국적은 다르
지만 데이비드 그리피스의 〈동도〉도 그 당시의 화제작으로 꼽을 수
있다.

특히 〈철로의 백장미〉나 〈동도〉는 상영된 지 10년이 지나도 많은
사람에 의해 인상 깊은 영화로 꼽힐 정도의 작품이었다. 이들 영화
가 일제강점기 이 땅의 문화예술인들에게 어떤 영향을 끼쳤는지는
한 번쯤 진지하게 따져봐야 하리라. 〈철로의 백장미〉는 〈날개〉의
작가 이상과 같은 문인에게는 철도와 영화를 근대성의 기계적 장치
로 수용하여 소설 창작의 근저에까지 그 영향을 파고들도록 했다.
또 〈동도〉는 미국식 여성 수난사라고 할 수 있는데, 이후 한국영화

여성 수난사의 대표작 〈동도〉

에서 우리가 자주 보게 되는 멜로드라마의 형성에 있어서 적지 않은
영향을 주었을 것이라는 점에서 독자적인 연구가 필요하다고 생각
된다.

이때부터 영화관에서 상영되는 영화들은 장편 극영화를 중심으
로 다큐멘터리나 단편 코미디가 부가되는 서너 시간 정도 소요되는
상영 프로그램으로 안정화되었다. 현재와 같이 장편영화 한 편 상
영 체제로 재편되기까지 상영 프로그램에 부단한 변화가 가해져 온
셈이다.

주말을 제외하면 매일 저녁 7시부터 시작되어 11시 정도까지 관
객은 팝콘이 아니라 땅콩을 먹어가면서 때로는 화장실에 들르거나
담배도 피워가면서 줄기차게 이어지는 프로그램을 소화하고 있었

다. 현대의 셈법으로 따지면 다소 비영리적으로 보이는 이런 프로그램들은 오락이 미분화되어 있던 시대 대중이 영화관에 요구하던 것들이 무엇이었는지를 생각하게 하는 중요한 요소이다.

1920년대 후반부터 태평양전쟁 전까지 식민지 조선의 영화관은 할리우드영화가 주류를 이루었다. 그러나 1930년대 이전과 이후 관객들의 영화 경험에는 중요한 변화가 찾아왔다. 그 변화는 토키라고 하는 발성영화 기술의 도입으로 인한 것이다.

주지하다시피 뤼미에르 형제가 영화를 발명한 이후 30여 년 동안 영화는 자체에 소리를 내장하지 못했다. 대화, 음악, 음향 등 영화에 필수적인 요소인 이런 소리가 무성영화 시절에는 외부적으로 부가되었다. 그래서 무성영화 시절에는 변사가 스크린 옆에서 등장인물 간의 대화를 재현하거나 악단이 분위기에 맞는 적절한 곡을 연주해주었다. 그리고 화면 사이에 간간이 등장하는 자막으로는 관객이 영화 내용을 이해하기 힘들었기 때문에 변사가 설명해줄 필요가 있었다. 변사나 악단을 동반하지 않은 상영은 상상할 수 없었다. 그만큼 극장에서 변사의 위상은 막강했다. 그들은 관객, 영화관, 저널리즘의 화젯거리였다.

그런데 발성영화가 등장하면서 영화관에서 변사나 악단의 역할은 서서히 축소되었다. 필름 위에 소리를 입히는 방식의 촬영이 가능하고 번역 자막이 삽입되었기 때문이다. 발성영화 상영이 자리를 잡아가면서 이전에는 변사, 악단, 관객 사이에서 시끄러웠던 영화관이 차츰 조용해지고 영화관에 들어가면 으레 조용히 영화를 관람하는 게 상식이 되었다. 흔히 변사는 일본, 조선, 일부 동남아 국가에서만 존재한 특이한 존재라고 알려져 있다. 그러나 왜 전 세계 중에서도 특정 지역에서만 존재했는지 그 필연성은 명확하게 설명된 적이 없다. 동아시아적 특수성이라는 관점에서 접근하자면 왜 중국은 여기서 예외적인 지역으로 남게 되었는지 비교문화론적인 탐구가 필요하다.

4.

일제강점기의 영화가 대부분 한반도 밖에서 제작된 외국 영화였다는 사실은 주지의 사실이다. 조선영화가 본격적으로 출발을 알린 1920년대 초반부터 일제강점 말기까지 생산된 조선영화는 대략 200여 편 정도인데, 1년에 10여 편 정도가 영화관에 걸린 셈이다. 그 당시 한 영화관에서 1년에 장·단편을 아울러 1년 운영에 100여 편 이상의 영화가 소요되었다는 사실을 상기한다면 식민지 관객이 본 대부분 영화는 외국 영화였던 셈이다. 그런 탓에 외국 영화는 식민지 관객의 영화관을 형성하는 데 결정적인 역할을 했다. 그리고 그 영화들은 그들의 정신과 감성을 형성하는 중요한 자양분 역할을 했다.

이런 측면에서 조선영화 이상으로 외국 영화에 관한 관심이 요구되는 상황이지만 불행히도 식민지 조선의 영화계에 대한 우리의 지식은 지극히 표피적인 차원에 머물러 있다. 식민지 관객에게 영화는 서구의 풍요롭고 자유로운 세상을 보여주는 창문이었다. 그들이 거기서 자신의 동경을 구체화하고 자아의 상을 마련하고 부정적 현실을 되돌아볼 수 있었고 소소하게는 자신을 꾸밀 수 있는 자아의 화장술을 익힐 수도 있었다. 그런 의미에서 식민지 조선의 영화는 현대의 우리가 끊임없이 되돌아가 참조해야 할 소중한 영역이다.

3장

경성과 도쿄의
영화 관객

1.

　정충실의 《경성과 도쿄에서 영화를 본다는 것》(현실문화, 2018)은
20세기 초반 제국 일본과 식민지 조선을 상호 연동적 관점에서 다
루고 있는 일종의 문화사라고 할 수 있다. 문화사란 표현이 너무
거칠고 표피적일지는 모르겠지만, 기본적으로 문화사란 역사적 관
점에서 인간의 일상적 행동 양식과 양태를 그려내는 것이라는 점에
서 이 책은 영화 보기와 관련된 문화사의 일종이라고 할 수 있을
것이다.

　김진송의 《서울에 딴스홀을 허하라》(현실문화, 1999)에서 시작됐던
문화사 기술의 욕구가 2000년대 초반 지식계를 사로잡으면서 각
분야에서 다양한 문화사 기술이 시도되었다. 그중 가장 화려한 주
목을 받았던 건 식민지 대중문화를 다룬 책들이었다. 일일이 거론
하기에도 벅찰 정도였다. 그중 일부로 식민지 대중의 가장 친근한

동무 역할을 했던 영화 관련 저술들도 조금씩 등장하기 시작했다. 물론 기존에 영화사 서술이 전혀 없었던 것은 아니지만, 대체로 만드는 자나 유통하는 자 등 주로 공급자 위주의 역사였다는 특징이 있다.

이는 문화사가 추구하는 방향성과는 전혀 다른 것이었다. 문화사 형성의 동력이 생산자가 아니라 소비자이며, 엘리트가 아니라 대중이라는 점을 고려할 때, 문화사적 기술의 대상은 이제는 감독이나 제작자가 아니라 관객이어야 했고, 어떻게 만들어지느냐가 아니라 어떻게 보느냐에 있어야 했다.

필자 역시 그런 관심을 가지면서 이런저런 자료들을 찾아본 게 그 무렵이었던 것 같다. 그 당시 접근할 수 있는 유일한 자료는 일제 강점기 신문이나 잡지 자료들이었다. 지금처럼 디지털화된 자료를 활용할 수 없었던 시절이어서 일일이 마이크로필름에서 자료를 떠야 하는 번거로움은 무척 큰 것이었다. 그런데도 대중의 생동하는 몸짓을 담고 있는 자료들을 찾아 읽는 즐거움은 꽤 컸다. 그러나 그런 자료들을 어떤 방식으로 읽고 정리해야 할지는 막연한 상태였다. 그전에 참고할 만한 연구 사례를 발견하기는 쉽지 않았고, 뭔가 총체적이고 구체적인 형상화의 단계에 도달하기에는 자료들은 의외로 단편적으로 보였기 때문이다.

그런 과정들을 통해서 연구 성과들을 조금씩 발표하면서 좀 더 커다란 그림 그리기로 한 걸음씩 나아갈 수 있었다. 연구 작업을 진행하면서 애초에 기대하지도 못한 면모들을 확인하게 되었다. 무릇 모든 게 그러하겠지만, 역사적 시각을 배태하는 그런 변화의 움직임들이 연구자들의 손을 통해서 그려지고 그것이 마치 하나의 정합적인 진실인 것처럼 호도될 여지가 있는 것이다. 그런 우려를 느끼면서도 최대한 자료들이 제공해주는 모습 그대로를 재현해내려는 노력을 기울였다.

이런 작업을 하면서 지금과는 판이한 환경과 분위기, 태도에서 이뤄진 일제강점기 영화 관람 양식의 일면을 필자 역시도 체험한 적이 있다는 생각을 하게 됐다. 1970년대 초반생인 필자에게 일제강점기 식민지 조선은 결코 낯선 세계라고 말하기는 어려웠다. 무슨 영화인지는 기억나지 않으나 초등학교 운동장에서 사람들과 어느 저녁에 집단으로 영화를 관람한 적이 있었다. 그리고 대학 시절에는 학교 근처 재개봉관에서 한산한 영화관 내에서 담배를 피워 문 적도 있었다.

지금은 더는 존재하지 않는 이상한 일들이겠지만, 일제강점기적인 양식의 끝자락은 상당히 멀리까지 발을 걸치고 있었다. 필자는 연구 작업을 통해서 그런 역사적 변화의 한복판에 선 것 같은 착각을 느끼기도 했다. 그런 과정을 거쳐 연구 성과들이 《식민지 조선의 또 다른 이름, 시네마 천국》(책과함께, 2012)이라는 한 권의 책으로 정리되었다. 이런 작업을 진행할 당시 필자 주변에는 이런 관심을 적극적으로 표명하거나 실행에 옮기는 연구자들이 그렇게 많지 않았던 것 같다. 그런 이유로 필자가 하는 이야기들이 순전히 필자만의 담론적 환상은 아닐까 하는 생각을 하기도 했다. 그런데 다행히도 비슷한 관심을 가지고 연구를 진행하는 동료 연구자들이 있다는 사실은 금세 확인할 수 있었다. 물론 한국영화사를 관객의 관점에서 검토한다는 점에서는 완벽한 일치는 아니었던 것 같다. 그 후에도 필자는 일제강점기를 지나 비교적 최근의 시점으로 옮아와서 최근에는 1980~90년대를 풍미했던 홍콩영화를 대상으로 관객성 관점에서 접근을 시도하기도 하였다.

그러던 중 필자의 연구적 관심과 거의 일치하는 저작 한 권을 발견하게 되었다. 정충실의 《경성과 도쿄에서 영화를 본다는 것》이라는, 그다지 두껍지 않은 연구서였다. 부제로는 "관객성 연구로 본 제국과 식민지의 문화사"라는 문구가 붙어 있었다. 이 책을 보자마자 연구적 관심을 공유하는 연구자를 만났다는 사실에 우선 기뻤다. 다만, 필자의 연구 대상이 경성으로 제한돼 있었음에 반해 이 연구에는 도쿄라는 낯설지만 친숙한 도시가 비교의 대상으로 설정돼 있었다.

연구자 약력을 확인해보니, 도쿄를 비교 대상으로 하는 게 거의 불가피하다는 생각마저 들었다. 그러나 경성이라는 표현이 암시하고 있듯이 비교의 시간은 현재가 아니라 20세기 초반, 즉 일제강점기였다. 식민지 문화의 모든 것들이 주로 일본을 거쳐서 경성으로 유입되었다는 점을 생각할 때, 경성의 도시 문화를 이야기하는 데 있어서 도쿄나 오사카 같은 일본 대도시의 문화를 꼭 참조해야 한다는 입론은 이제 상식에 속하는 것이라 하겠다.

이런 점에서 볼 때, 이 책이 암시하고 있는 방향은 자못 당연하고 상식적인 느낌까지 든다. 그런 이유에서 이 책은 필자가 하지 못했던 본격적인 비교문화론적 접근을 시도하고 있다는 점에서 기존 연구가 결하고 있는 지점을 보충할 가능성을 지닌 성과물이 될 수 있을 것이라는 기대를 주기에 충분하다. 이런 기대를 하고 이 책을 읽었고 이 책에서 받은 인상이나 소감을 이야기하면서 수정이나 보완의 여지가 있는 지점들도 몇 가지 지적하고자 한다.

2.

이 책은 총 5개의 장으로 구성돼 있다. 결론에 해당하는 5장을 제외하면 이 책의 구성은 단순하다. 방법론적 주지를 간략하게 제시하고 있는 1장과 본서의 입장에서 역사적 근거가 될 만한 관객성, 문화사 연구의 성과를 비판적으로 검토하는 2장은 이 책 전체의 서론 격에 해당한다. 그리고 본론에 해당하는 것은 각각 경성과 도쿄의 경우를 다루고 있는 3장과 4장이라고 할 수 있다.

1장의 제목은 "다르게 역사 쓰기, 다양한 관객 그리기"라고 돼 있다. 과연 역사를 다르게 쓴다는 것은 무엇인가. 이 말에는 많은 것들이 포함돼 있을 것이다. 기존과는 다른 관점을 전제한다는 것이 우선 거론될 수 있을 것이다. 역사를 둘러싼 유명한 몇 가지 대립적인 시각들이 있음을 우리는 잘 안다. 그런 시각들은 각각 고유한 영역을 포괄하고 있어서 그것들이 배제하는 것들은 버려지고 무화된다. 1980년대까지 한국사를 지배한 주류적 역사관들이 민족주의든 민중주의든 하나같이 거대한 저항과 혁명을 중심으로 기술한 역사였음은 자명한 사실이다. 그것들이 누구의 이익에 복무한 것이었는가는 둘째 치고 그것들이 무엇을 무효화시키고 가려왔는가를 묻게 된 것은 1990년대 이후 학계에 보급된 신역사주의적 관점의 덕이라고 할 수 있다. 물론 그런 관점이 식민지 역사에 적용될 때 거리낌 없이 수용되기는 힘든 것이 현실이었다. 그런데도 2000년대 이후 지식계에서 이제 일상과 문화라는 영역은 역사적 탐구의 중요한 토포스로 자리매김하게 되었다. 그런 관점에서 역사가 새롭게 쓰여야 하리라는 강한 확신에서 이 연구가 시작하고 있다는 점은 같은 세대

연구자로서 깊은 공감을 하게 된다. 저자는 이런 큰 틀에서 시작하고 이를 영화사 연구와 이으면서 기존의 영화이론들이 관객을 "수동적이고 동질적인" 존재로 파악하는 관점을 극복해야 할 필요성 역시 강조하고 있다. 19세기 군중 이론의 영향 아래에서 특성 없는 무리로 취급되기 쉬운 관객을 다면적 이해가 가능한 특수자로 이해하려는 시도는 언제나 정당한 것이다. 물론 이런 시도가 반드시 효과적인 결과로 바로 이어지는 것은 아니겠지만 말이다.

2장은 이 연구의 방법론적 근거가 될 만한 이론적 탐구의 결과를 정리해놓은 것이다. 영화의 상업적 발전이 미국 주도로 이루어진 것을 염두에 둘 때, 영화와 관련된 각종 담론, 특히 이 연구의 관점에서 볼 때, 관객성 연구가 미국 중심으로 이루어진 것도 매우 자연스러운 것으로 보인다. 미국의 관객성 연구라는 항목에서는 비록 유럽 학자들이긴 하나 장 루이 보드리와 크리스티앙 메츠의 논의로부터 시작해서 로라 멀비, 톰 거닝, 미리엄 한센처럼 영화 자체가 아니라 영화를 보는 관객들의 문제를 본격적으로 거론한 학자들의 담론을 정리하고 있다. 한국 지식계에서 로라 멀비는 한때 종종 거론되기도 했으나 톰 거닝이나 미리엄 한센 등 학자들의 담론은 여전히 생소한 감을 준다. 그 외에도 몇몇 학자들의 논의가 다뤄지고 있는데, 저자는 이런 다양한 담론들을 소개하면서 관객을 추상적으로 정의할 수 있는 것이 아니라 성별, 계급, 인종, 민족에 따라 복합적으로 조직될 수 있는 특수자로 분화될 수 있다는 점을 강조하고 있다.

미국의 관객성 연구 다음에는 한국과 일본의 관객성 연구를 검토하고 있다. 흥미로운 점은 한국이든 일본이든 적어도 1945년 이전을 대상으로 한다면 관객성 논의에 있어서 변사라는 존재와의 관계 속에서 관객의 위치나 역할을 조명하려는 시도가 다수 발견된다는 점이다. 이는 변사가 관객의 기대와 사랑 속에서 중요한 매개 역할을 한 역사를 방증하는 것이라 할 것이다. 그러나 여러 가지 제약들로 인해서 양적인 측면에 비교해볼 때, 논의의 다양성이 충분히 드러나지 못하고 있다는 점이 아쉬움으로 남는다.

이는 기본적으로 연구의 자료가 될 만한 자료들이 제한적이라는 점에서 기인한 점이 크다. 연구의 기본 자료가 되는 신문이나 잡지 기사를 제외하면 열정적인 연구자들이 참조할 수 있는 여타 자료는 거의 없다 할 정도이다. 특히 일제강점기로 한정한다면 한국영화로서 온전히 남아 있는 작품들이 극히 적다는 점은 관객성 연구 이전에 기본적인 접근 자체를 가로막은 커다란 벽으로 작용하고 있다. 여하튼 한국의 관객성 연구와 일본의 관객성 연구는 시기적으로 커다란 차이를 보이지는 않는 것으로 보인다.

이들 연구에 대해서 저자는 몇 가지 한계를 지적하면서 그 한계를 보완하는 방향에서 이 연구가 진행될 것임을 암시하고 있다. 2절의 "새로운 역사 쓰기의 경향들"에서는 주로 문화사 연구 경향을 중심으로 기존 역사 서술의 문제점을 지적하면서 등장한 문화사 연구 경향들을 국적별로 일별하고 있다. 이런 과정을 거치면서 관객성 연구의 밑바탕이 되어줄 이론적 자장이 무엇인가를 확인하면서 3장으로 논의가 이어진다.

3장의 제목은 "도쿄의 관객성"이다. 물론 패전 이전의 제국 수도로서의 도쿄이다. 왜 경성이 먼저 논의되지 않는가는 굳이 물을 이유가 없을 것이다. 그 당시로서는 도쿄와 경성이 태양과 달의 관계라고 할 수밖에 없었을 것이므로.

필자는 일본을 몇 차례 방문했고 도쿄도 한 차례 방문했지만, 영화관 구경을 한 적은 한 번도 없다. 그런 점에서 도쿄의 영화관을 대상으로 한 3장의 논의는 필자의 호기심을 자극하기에 충분했다.

1933년을 기준으로 각 구마다 몇 개의 영화관이 있었는가를 보여주는 표를 보면 몇 개의 지역이 눈에 띈다. 그중 가장 많은 곳은 아사쿠사다. 센소지라는 유명한 절이 있고 그 절로 들어가는 가미나리문이 있고 센소지로 들어가는 길에 눈길을 사로잡는 거리 상가 나카미세가 있는 곳이 바로 아사쿠사이다. 필자가 즐겨본 일본드라마 《후쿠마루여관》 시리즈의 무대도 아사쿠사였다. 아사쿠사에 숙소를 잡고 일주일가량 묵었음에도 그 근처에서 영화관을 본 기억은 전혀 없다. 그러나 저자가 제시한 표에는 무려 15개의 영화관이 있었던 것으로 표기되어 있다. 현재 상황은 전혀 모르겠으나. 여하튼 일본의 전통적 대중문화가 가장 뚜렷하게 온존한 곳으로 알려진 아사쿠사의 시민들은 영화라는 첨단의 오락을 충분히 즐겼을 것이다.

아사쿠사는 총 7개 구역으로 나눠서 있고 그 중 영화관이 집중된 곳은 6구라고 한다. 이전부터 '아사쿠사 6구'라는 표현은 종종 들어왔으나 실감 나게 느끼기는 이 책에서가 처음이 아닌가 생각된다. 이 책에는 아사쿠사 6구의 당시 지도가 첨부돼 있다. 효탄지라는 연못을 기준으로 서남쪽 대로 주변으로 영화관들이 늘어서 있었다는 사실을 직접 확인할 수 있다. 그리고 아사쿠사 영화가를 대표하는 덴키관의 내부 도면이나 산유관의 내부 도면을 제시하고 있는데 개축 이전 일본 영화관들의 대체적인 모습을 짐작하는 데 좋은 자료다.

저자는 아사쿠사 특유의 흥성거림이 영화관 내에서도 이어지고 있음을 변사, 과자 장수, 여자 안내원 등 영화관의 또 다른 입장자들(?)을 예로 들어 설명하고 있다. 이를 통해 1920년대 영화관에서는 관객들이 요즘과는 달리 분산적이고 유희적인 관람 태도를 보였다고 이야기하고 있다. 무성영화에다가 변사의 매개로 진행되는 영화 감상이란 애초부터 그런 것밖에는 될 수 없으리라는 점은 충분히 짐작하고도 남는다.

그러나 그 당시 관객이 "등장인물의 대사에 흥분해 소리를 지르는 경우가 많았다."고 한 설명은 아무래도 납득이 잘 가지 않는다. 일본에 발성영화가 상영되기 전에 영화에서 들을 수 있는 "등장인물의 대사"라는 것은 무엇인가. 혹시 변사의 흉내 내기를 지칭한 것이 아니라면 다른 것은 있을 수 없을 것이다.

그리고 그 당시 1회 상영시간이 4시간 이상이었다고 하면서 그 이유를 관객들이 음식을 먹거나 남녀가 신체 접촉을 하거나 등등 딴짓을 했기 때문이라고 말하고 있는데, 과연 그런 것일까. 관객이 딴짓한다고 영사기가 늦게 돌아갈 리는 없을 테니까. 아마도 한 회 프로그램이 장편과 단편들 몇 개로 꾸려졌기에 4시간 정도 필요했던 것은 아닐까. 적어도 필자가 경성의 경우를 검토해본 결과, 1회 상영시간이 4시간이었던 건 그런 이유에서였다. 아마 도쿄도 크게 다르지는 않았을 것이다.

그리고 또 하나 의아스러운 점은 영화관에서 낯선 남녀가 신체적 접촉을 시도했음을 저자가 여러 차례 강조하고 있다는 점이다. 심증적으로 추정 가능한 것이긴 하나, 실제로 그런 일들이 빈번했다는 점을 믿기는 쉽지 않다. 물론 저자는 이런 추정을 뒷받침하는 문헌을 제시하고 있기는 하지만 말이다. 이런 식의 풍기문란에 대해서 거론한 경우를 필자가 경성 관련해서 본 적이 없었던 건 왜일까.

여하튼 아사쿠사에서는 시간이 흘러 영화관의 근대화, 고급화가 진행됨에도 불구하고 소란스럽고 '노는 방식'의 관람 행태가 지속되었다. 이에 반해 도쿄의 고급 외래문화의 성지로 여겨진 니시긴자의 영화관은 아사쿠사 영화가와는 사뭇 다른 분위기에서 영화의 고급스러운 이미지를 형성하고 있었다는 점이 강조되고 있다.

이 지역의 영화관 중에서 압권은 니혼극장인 것 같다. 이 영화관은 동양 최대 규모라는 말이 있을 정도의 영화관이다. 책에 수록된 사진을 봐도 단번에 알 수 있듯이 엄청난 규모의 웅장한 영화관이다. 좌석이 5,000석에다 지하 3층 지상 7층의 콘크리트 철골 건물이다. 그리고 이 영화관 상층에는 댄스홀과 2개의 대식당이 있어서 현대의 거대한 쇼핑몰 이상의 느낌을 준다.

이 영화관은 이향란李香蘭이라는 중국 이름으로 활동한 가수 야마구치 요시코山口淑子의 공연 때 관객들이 이 영화관을 일곱 바퀴 반이나 둘러쌌다고 해서 화제가 되기도 했다. 실제 규모를 확인해보면 얼마나 엄청난 수의 관객이 이 영화관을 둘러쌌던 것인지를 짐작할 수 있다. 이런 화려한 외관에 걸맞게 이 영화관에는 아사쿠사 같은 소란스러움이나 촌스러움은 애초부터 끼어들 여지가 없었을 것이다. 니시긴자 소재 영화관들은 건물에서부터 요금, 서비스에 이르기까지 현대의 영화관들의 전례가 될 만한 것들을 보여주고 있었다. 이에 비하면 도쿄의 변방인 오모리나 가마타는 시골이나 다름없는 전근대적 양태를 보여주고 있다.

4장은 경성의 영화관과 관객을 대상으로 하고 있다. 경성에 관한 논의는 도쿄만큼 흥미롭지는 않았다. 이건 이 부분이 그전 필자가 진행했던 연구와 거의 겹치는 내용이기 때문이어서다. 한정된 자료들 안에서 연구를 진행할 경우 그 연구의 결과로서 마주하게 되는 성과들이 연구자들마다 달라지기는 힘든 것이 사실이다. 그런 측면에서 4장의 논의 결과에만 주목한다면 기존 논의들과 큰 차별성을 가졌다고는 하기 어렵다.

그런데도 이 논의에서는 당대의 일본어 자료를 상당히 많이 활용함으로써 기존 연구가 미처 다루지 못하거나 부정확하게만 다루고 지나친 부분을 보완하는 역할을 종종 하고 있다는 점을 지적할 필요가 있겠다. 물론 이런 논의는 저자가 활용하고 있는 일본어 자료의 방대함에서 비롯된 것임은 두말할 필요도 없다. 그런데도 경성의 상황에 대한 저자의 논의를 따라가면서 몇 가지 의문이나 궁금증이 생긴다.

첫째, 저자는 도쿄에서는 영화가 대중적인 오락이었으나 경성에서 영화는 대중화되지 않았다고 이야기한다. 영화 관람료가 평균 30~40전이라고 할 때, 과연 이 정도 관람료가 도시인들이 즐기기에 부담스러운 수준인가를 되묻게 된다. 월급 30원인 봉급생활자가 자기 월급의 1/100일 투자해야 영화 한 편을 감상할 수 있다. 그런데 영화는 대체로 연인이나 친구와 같이 즐기는 오락이라는 점을 생각하면 부담은 조금 전 계산했던 수준의 배 이상이 될 것이다. 이렇게 본다면 일제강점기 경성에서 영화 관람을 부담스러워하지 않았던 사람들은 그렇게 많지 않았을 것이며, 따라서 대중적이지 않았다는 결론이 자연스레 유도될 것이다. 그러나 영화 관람이 관람료가 비싼 개봉관에서만 이뤄지는 것으로 전제할 필요가 없다는 점을 고려하면 당시 경성 거주민 중 소득 수준이 낮다 하더라도 자신의 수준에 맞게 재개봉관을 통해 영화를 감상했을 것은 충분히 짐작할 수 있다. 또 개봉관이라 하더라도 북촌 극장의 관람료가 10전 수준으로 떨어지거나 그 언저리에서 형성된 경우들이 종종 있다고 했을 때, 경성에서 영화 관람이 대중적이지 않았다고 볼 수 있을 것인가.

둘째, 남촌과 북촌의 민족적 분리를 설명하는 대목에서 1930년대 이후 이런 분리가 완화되어간 상황을 기술하면서 "북촌의 영화관에서 일본영화와 서양영화만 상영하는 상황도 완화되기 시작했다."라고 하고 있는데, 그렇다면 기존에는 북촌 영화관들이 일본영화를 상영하다가 조선영화를 상영하기 시작했다는 이야기가 되는데, 전후 문맥으로 볼 때, "일본영화"가 아니라 "조선영화"라고 표현되어야 옳은 게 아닌가 싶다.

셋째, 1920년부터 1930년대 중반까지 관객의 관람 양상을 설명하는 대목에서 "좌석이 1인석으로 분리되어 있지 않아서 관객은 상영 중에도 자유롭게 이동할 수도 있었다."라는 기술이 보이는데, 벤치형 좌석과 1인석 중 상영 중 이동에 편한 쪽이 과연 벤치형인지 의아하다.

결론 격인 5장에서는 기존 논의를 정리하며 논의의 성과와 한계를 정리하고 있다. 대체로 공감할 수 있는 내용이었다. 그런데 저자는 무성영화 시대의 떠들썩한 관람 방식 소위 "노는 방식의 관람"이 1930년대 이후 차분한 관람 방식 소위 "주시하는 방식의 관람"으로의 전환을 "발전이나 진보로 간주할 수 없다"라고 주장하고 있다. 그렇다면 이런 변화를 무엇이라고 이야기해야 할지 의아하다. 만약 현대의 관객들이 무성영화 시대의 관람 환경에서 영화를 봐야 한다면 과연 그들이 견딜 수 있을까. 개인적인 이야기이지만, 필자가 갈수록 영화관을 찾지 않는 이유 중 하나는 차분한 관람을 방해하는 스마트폰의 빛과 소리, 팝콘 냄새와 먹는 소리 때문이다. 현대의 영화관도 여전히 무성영화 시대의 관람 양상에서 완전히 벗어난 것은 아니다. 그러나 현대의 다수 관객에게 그런 빛, 소리, 냄새가 유동하는 공간은 여전히 고역일 것이다.

그리고 또 한 가지, 저자는 이 연구를 통해서 공적 공간이긴 하나 어둠에 가려진 공간인 영화관에 모여있는 관객들이 "마음껏 자유를 분출하고 적극적으로 저항 의식을 공유"하는 모습을 확인했다고 말하고 있다. 그러나 여전히 그런 양상들에 다가가기에는 영화관 속의 어둠이 너무 짙은 게 아닌가. 이는 비단 저자뿐만 아니라 많은 연구자들도 아쉬워할 수밖에 없는 숙명적인 어둠일 것이다. 어떻게 그런 양상들에 다가갈 수 있는 것인가는 앞으로의 과제다.

3.

이상으로 《경성과 도쿄에서 영화를 본다는 것》에 대한 개인적인 독서 소감을 마무리하고자 한다. 통상적인 서평의 방식이 아니라 다소 가벼운 마음으로 사적인 이야기도 풀어가면서 책에서 얻은 인상과 의문들을 제시해보았다. 이 책은 일제강점기 당대의 한국어 자료뿐만 아니라 일본어 자료도 활용하고 있으며, 해방 이후 회고록 같은 자료도 활용하고 있다는 점에서 자료적 한계를 극복하려는 노력이 인상적이다. 그리고 경성의 도시 문화의 원천이라고 할 도쿄의 사례를 비교 검토하고 있다는 점에서 이 역시 새로운 논의의 토대를 마련한 것이라는 생각이 든다.

그러나 앞에서도 이야기했듯이, 어둠 속에서 웅크리며 화면을 응시하는 관객의 역동적인 모습을 그려내기에는 여전히 여러 가지 한계가 있다. 어떻게 이런 한계를 극복할 수 있을까. 그러기 위해서는 이 책과 같은 연구 성과물들이 더 많이 출판되고 연구자들 사이에 더 많은 논의가 이뤄져야 한다. 그러나 아직 주변에는 성과물도 빈약하고 연구자들도 고립 분산적으로 존재한다. 그런 길로 나아가는 데 이 책은 중요한 참조물이 될 것이다.

4장

식민지 조선의
독일영화

1. 대중의 영화 열기

　일제강점기 영화가 가졌던 대중문화 속의 위상은 확고한 것이었다. 서구와 같은 자본주의 체제와 민주주의 사상의 완만하고 뚜렷한 발달을 경험하지 못했던 일제강점기, 영화는 정치와 경제에서 봉쇄되었던 서구화를 추동하는 매개체였다. 그러나 주지하다시피 그 당시 영화는 대체로 서양영화, 외국 영화 등의 이름으로 불리면서 유통된 박래품의 일종이었다.

　영화 제작 기반이 전혀 없던 상황에서 식민지 조선의 영화계는 서양영화와의 현저한 수준 차를 실감하면서 절치부심하는 수준에 머물러 있었다. 조선영화는 기술, 인력, 자본 그 어떤 측면에서도 서양 영화를 따라잡을 수 없었고, 심지어 일본영화마저 서양영화와 같은 위상을 부여하면서 동경하는 대상이었다. 영화업의 분야를 제작, 배급, 상영으로 구분한다면 제작보다는 배급이, 배급보다는 상영이 그나마 서구적 수준에 근접해 있었다고 할 것이다. 이런 상황 속에서도 영화를 수용하고, 이런 경험을 자신의 일상 속에서 소중한 경험으로 환치시키려는 식민지 대중의 열기는 영화 사업 그 자체보다도 우월한 것이었다. 로버트 스클라Robert Sklar가 미국영화의 문화사를 기술하는 첫 장에서 한 말을 빌자면, 영화는 가장 낮고 불가시적인 계층으로부터 주요한 지지를 받으면서 밑바닥에서부터 문화적 자의식의 표면에 부상한 근대 대중매체였다.[1]

이처럼 일제강점기에 지속해서 가열된 대중의 영화 열기는 자체로부터의 생산에 의한 것이라기보다는 외부로부터의 지속적 지원에 의한 것이었다. 즉 국산품이 아니라 외제품에 의한 생존이라는 말이다. 그 당시 서양영화, 외국 영화의 주요 공급원이 할리우드였다는 사실은 주지의 사실이다. 물론 프랑스, 독일, 소비에트 러시아, 일본 등도 식민지 조선에 영화를 공급해 주었지만, 양적인 면에서는 할리우드에 비해 미미한 수준에 지나지 않았다. 외국 영화의 배급 문제는 식민지 시대에도 편차가 있다. 1900년대부터 1910년대까지는 할리우드와 기타 지역의 비율이 대등한 수준을 보였다. 그렇지만 1차 세계대전으로 인한 유럽영화 산업의 파괴와 그 후 해외 진출 어려움, 그리고 이로부터 반사이익을 얻으면서 전 세계 영화 시장을 석권하기 시작한 할리우드의 영향력 확대는 식민지 영화 시장에도 수입원의 변화를 초래했다. 그리하여 1920년대 중반 장편영화 중심의 상영 관행이 정착된 이후에는 식민지 영화계의 할리우드 편중 현상이 가속화되었다. 이로 인해 1920~1930년대 식민지 영화관에 내걸린 영화의 대다수는 할리우드영화일 수밖에 없었다. 식민지 대중은 그 이전까지 다채로운 영화 경험을 하던 상황에서 이제는 불가피하게 할리우드영화로 자신의 영화 경험이 획일화되는 상황을 맞을 수밖에 없게 된 것이다.

위와 같은 사실, 즉 일제강점기 자체 제작 여건의 미비로 인한 영화 제작업의 저발전, 이로 인한 외국 영화의 압도적 상영은 그 당시 영화 관련 담론에 어느 정도 익숙한 사람이라면 상식으로 받아들이고 있는 내용이다. 그런데도 그 당시 외국 영화가 식민지 대중에게 준 영향이라는 문제에 대해서는 대단히 추상적으로만 이해하고 지나치는 감이 없지 않다. 예를 들면 할리우드영화를 감상한 여성 관객의 경우 그 영화에 등장하는 여주인공의 패션을 현실에서 모방하려고 했다거나 혹은 로맨틱한 남성 주인공을 현실에서의 연애 상대의 기준으로 설정했다거나 하는 식의 이야기 말이다. 이는 굳이 일제강점기 조선 대중에게게만 적용되는 이야기가 아니라 고전 할리우드영화에 노출된 전 세계 어디서라도 있을 법한 이야기라고 할 것이다. 이처럼 추상적이고 모호한 담론은 그 당시 대중의 구체적인 경험을 이해하는 데는 별다른 도움이 되지 않는다. 왜냐하면 이러한 담론에는 실제적 경험에 대한 실증적 천착이 생략되어 있기 때문이다. 그와 같은 실증적 천착은 실제로 그 당시 식민지 대중에게 제공된 외국 영화는 구체적으로 무엇이었으며, 그 영화들을 그들이 어떻게 받아들이고 있었는지를 구체적으로 확인하는 작업을 의미한다. 그 당시 대중의 수용 양상을 어떤 측면에서 접근할 것인지에 대해서는 논란이 있을 수 있으나, 가장 기본적인 방법은 감상한 영화에 대한 감상이나 비평을 확인하는 방법이 있을 수 있다. 물론 그 당시에 온전한 의미에서의 감상이나 비평이 존재하느냐는 또 다른 논란거리일 수는 있다. 그러나 영화 감상이나 비평의 수준이나

차원의 문제는 일제강점기라는 상황을 생각한다면 어느 정도 해소
되리라 생각한다.

여기서는 일제강점기 외국 영화 중에서도 독일영화를 논의의 대
상으로 삼고자 한다. 그 당시 독일영화는 할리우드영화보다 파급력
면에서 미미하다고 볼 수도 있다. 상영 작품 수도 많지 않았고 그마
저 주로 특정한 시기에 편중된 양상을 보였기 때문이다. 그런데도
독일영화가 할리우드를 포함한 전 세계 영화계에 미친 영향력을 생
각한다면 그 중요성을 과소평가할 수 없을 것이다. 1920년대 독일
영화는 전 세계적으로 가장 전위적인 양식과 스타일을 가진 영화로
평가받아서, 이후 이런 영화들에 참여했던 영화 인력들이 할리우드
영화의 중요한 동력이 되었다는 사실을 참작해볼 만하다. 1920년대
중반 독일영화는 식민지 조선의 대중에게 상업성을 농후하게 보여
주는 할리우드영화가 보여주지 못한 영화의 예술성을 가진 존재로
이해되었고, 1930년대 이후 동맹국 일본의 영화정책 수립에 있어
독일의 정책이 모방과 참조의 대상이 되었다는 측면에서 식민지 조
선의 영화 문화를 이해하는 데 있어 독일영화는 중요한 참조점이라
고 할 것이다.

2. 독일영화계의 상황

1) 바이마르공화국 시대

독일영화가 전 세계적으로 그 존재를 명확히 각인시킨 것은 1918
년 이후의 일이다. 뤼미에르 형제Les Lumiéres가 상업적으로 영화를

개봉한 이래 프랑스는 1차 세계대전 발발 직전까지 독보적인 영화 선진국으로 군림했다. 그와 더불어 자국의 유적을 적극적으로 활용한 스펙터클 대작 영화를 통해 장편화의 길을 개척한 이탈리아영화도 프랑스영화와 함께 세계적인 영향력을 확보하고 있었다. 그리고 할리우드영화는 아직 본격적인 영화 산업의 물꼬를 트지 못한 채 스튜디오 시스템 초창기에 있었다.

이에 비교해 독일영화는 영화 외적 환경으로 인해 큰 고통을 겪고 있었다. 1910년대 독일은 빌헬름 2세의 제정이라는 후진적인 정치 형태를 소중히 보존하면서 1차 세계대전까지 일으킴으로써 그나마 존재하던 영화 제작에 궤멸적 타격을 입게 되었다. 전시 중 영화 제작은 극도로 위축될 수밖에 없었다. 그리고 1918년 패전 이후에도 자국 내 혁명으로 인한 제정의 붕괴와 세계 경제 질서의 재편성, '베르사유 강화 조약'에 의한 배상금 문제로 정치적, 경제적으로 곤란한 상황에 부닥치게 되었다. 특히 1920년대 초반 극심한 인플레이션으로 인해 물가가 치솟고 노동자들의 생활은 극도의 위기에 처했다. 1922년 독일을 방문한 존 케인즈John Keynes(1883~1946)는 세제의 개혁과 통화량의 축소를 권고하기도 했다. 그러나 독일 정부는 배상금 지불의 일시 정지를 주장하였다.[2] 케인즈의 권고에 따라 1923년 통화 개혁을 실시하고 이와 더불어 배상금 규모의 축소와 지불 시기의 유예까지 얻어냄으로써 1920년대 중반 독일 경제는 어느 정도 안정을 얻었다. 독일의 산업 생산은 1927년이 되어서야 전전인 1913년 수준으로 회복되었지만, 곧 이은 세계 대공황으로 인해 1930년에는 91%로 다시 감소하는 등 1920년대 내내 바이마르공화국은 어려움을 겪었다.[3]

다행히도 전시 중 군부가 영화의 선전 기능에 개안하여 우파사 Universum Film-Aktiengesellschaft; Ufa를 설립함으로써 그나마 전후 영화 산업의 기반을 마련했다. 우파사는 1918년 우니온Union, 메스터 Messter, 노르디스크Nordisk, 데클라Decla 등 당시의 주요 영화 제작사를 합병하여 유력한 금융자본·공업자본의 협력 아래 발족하였다. 발족 당시 주식 총액은 2,500만 마르크에 달했고, 이 중 1/3인 800만 마르크는 제국 정부가 소유하고 있었다. 우파사는 직접적인 선전 영화뿐만 아니라 독일 문화의 특징을 담은 영화, 교육 목적에 봉사하는 영화의 생산까지도 목표로 하고 있었다.[4]

우파사의 설립은 독일영화계로서는 분명 긍정적인 사건이라고 볼 수 있지만, 제정 이후 등장한 바이마르공화국 하에서의 영화 산업도 어려움에 부닥치기는 마찬가지였다. 날마다 치솟는 인플레이션으로 인해 외자 유치가 근본적으로 봉쇄되고 이와 더불어 해외 시장 개척도 불투명해짐으로써 자국 내 배급만으로는 영화 제작비의 반 정도밖에 충당할 수 없는 상황에서 독일 영화사들은 해외 시장을 적극적으로 고려할 수밖에 없었다. 그리고 자국 내 시장으로 제작비를 충분히 회수할 수 있었던 할리우드영화가 독일 내에 값싸게 공급되는 것은 독일영화계가 당면한 또 하나의 문제였다.[5]

이런 상황에도 불구하고 전후 독일영화계는 전성기를 구가하게 된다. 1919년에는 약 200여 개의 영화 제작사[6]가 등록되어 있었고, 한 해 동안 약 500편의 영화가 제작되었다. 그리고 전국에는 3,000 여 개의 극장이 매일 100만여 명의 관객에게 영화를 제공하고 있었다. 이 당시 독일 영화 산업의 규모는 할리우드에 이어 세계 2위였다.[7]

그 당시 독일영화가 세계적으로 주목을 받을 수 있었던 것은 자본이 아니라 예술적이고 기술적인 재능을 갖춘 영화 인력이 있었기 때문이다. 에른스트 루비치Ernst Lubitsch, 로베르트 비네Robert wiene, 프리드리히 무르나우Friedrich Murnau, 프리츠 랑Fritz Lang, 게오르크 팝쓰트George Pabst, 발터 루트만Walter Ruttmann, 요제프 폰 슈테른베르크Josepf von Sternberg 같은 영화감독, 에밀 야닝스Emil Jannings, 콘라트 바이트Conrad Veidt, 베르너 크라우스Werner Krauss, 마를레네 디트리히Marlene Dietrich, 폴라 네그리Pola Negri, 루이즈 브룩스Louise Brooks[8] 같은 영화배우, 테아 폰 하보Thea von Harbou 같은 시나리오 작가, 칼 프로인트Karl Freund 같은 카메라 감독, 오토 훈테Otto Hunte나 에리히 케텔후트Erich Kettelhut 같은 세트 디자이너 등이 그들이다. 그들의 예술적인 재능을 뒷받침한 것은 오랜 전통을 가진 문학, 미술, 드라마 등의 고급예술이었다. 특히 1900년대 이후 독일 예술에서 불었던 아방가르드나 표현주의는 이들의 영화가 단순한 '볼거리 영화cinema of attraction'의 차원을 넘어서 예술의 경지로 올라서는 데 중요한 역할을 했다고 할 수 있다. 특히 표현주의영화라고 넓게 지칭된 영화들, 즉 〈칼리가리 박사의 밀실Das Cabinet des Dr. Caligari〉(1919), 〈노스페라투Nosferatu, Eine Symphonie des Grauens〉(1922), 〈유령Phantom〉(1922), 〈도박사 마부제 박사Dr. Mabuse, der Spieler〉(1922), 〈니벨룽겐Die Nibelungen: Siegfried〉(1924), 〈파우스트Faust, Eine deutsche Volkssage〉(1926), 그리고 〈메트로폴리스Metropolis〉(1927), 〈베를린: 대도시의 교향곡 Berlin: Die Sinfonie der Großstadt〉(1927) 등의 대도시 영화, 〈마지막 웃음 Der Letzte Mann〉(1924), 〈기쁨 없는 거리Die freudlose Gasse〉(1925), 〈판도라의 상자Die Büchse der Pandora〉(1929), 〈淪落女의 日記Das Tagebuch

Einer Verlorenen〉(1929)와 같은 일련의 멜로드라마는 이 당시 독일영화의 성과를 집약하는 단적인 예라고 할 수 있다. 이들 영화는 무성영화에 잘 어울리는 빛과 어둠의 시각적 대조, 전후 격동기의 독일 상황과 중첩된 대도시의 현재와 미래, 그리고 그 속에 처한 사람들의 고통을 잘 표현하고 있다. 독일 표현주의영화는 브랜드 가치를 가진 배우나 감독, 복잡한 내포를 가진 서사를 동원하거나, 문학 영역의 문화 자본을 활용함으로써 할리우드영화에 대한 예술적 대안을 형성하였다.[9] 이를 통해서 독일영화의 시장 지배력은 더욱 강화되었다. 1920년대 독일영화가 이루어낸 성과들을 안톤 케에스Anton Kaes 같은 영화사가는 패전 후 독일의 정체성을 그들이 오랫동안 존중해온 문화와 예술에서 찾으려는 시도로 이해하기도 한다.[10]

1920년대 독일영화계에서 활동했던 인력 중 다수가 이후 할리우드영화계에 이주함으로써 독일영화의 성과는 할리우드영화에 이전되었다. 물론 이들의 할리우드 이주는 프리츠 랑의 경우처럼 1933년 나치의 등장 이후 신변의 위협을 느낀 유대계 영화인들이 대부분이었다. 할리우드 이주 후 비교적 성공을 거둔 예를 들자면 영화감독으로는 에른스트 루비치, 요제프 폰 슈테른베르크, 프리드리히 무르나우를, 영화배우로는 에밀 야닝스나 마를레네 디트리히 정도를 꼽을 수 있다. 물론 2차 세계대전 종전까지 지속해서 할리우드에서 자신의 영화 경력을 성공적으로 지속시킨 사람은 거의 없었다. 에른스트 루비치, 프리츠 랑 정도만 그런 예로 꼽을 수 있을 것이다. 프리드리히 무르나우는 교통사고로, 요제프 폰 슈테른베르크는 지나친 할리우드화의 역작용으로, 그리고 영화배우 중에는 요제프 폰 슈테른베르크와 단짝을 이룬 마를레네 디트리히는 팜므파탈 이미지의 소진으로, 에밀 야닝스는 나치 영화계로의 복귀로 할리우드에서의 생명력을 소진했다.

2) 나치 시대

독일영화계는 1933년 나치의 정권 장악 이전과 이후 급격한 변화를 겪는다. 앞에서 이야기한 것처럼 독일영화계는 비교적 일찍부터 정권 차원의 보호와 감독을 받으면서 성장해왔다. 1918년 우파사의 설립은 거대 기업의 설립으로 해외 영화계와의 경쟁을 유발했다는 점에서 긍정적인 사건이었다. 그리고 바이마르공화국 이후 시행된 완화된 영화검열은 자국 영화 산업의 지속적 발전을 이끄는 정권 차원의 지원책이었다. 1920년 5월에 제정된 영화법은 검열위원회에 의한 사전 승인을 얻은 영화만이 독일영화관에서 상영될 수 있게 했다. 뮌헨과 베를린에 설치된 검열위원회 중 어느 한 곳의 승인을 얻은 영화는 기타 지역에서 자유롭게 상영될 수 있었다.[11] 바이마르공화국 역시 검열 제도를 가지고 있었으나 그다지 억압적인 것은 아니었다. 그러나 나치의 국민계몽선전부장 파울 요세프 괴벨스Paul Joseph Goebbels는 영화에 대한 통제와 감독을 더욱 강화했다. 그는 나치 이데올로기의 선전에 영화를 적극적으로 동원하기 위해 다양한 조치를 취했다. 그는 영화를 정치, 교육, 예술 등 복잡한 기준을 동원하여 모든 영화를 등급화했는데, 1939년 기준으로 총 11개의 등급이 나눠져 있었다. 나치의 기준에 가장 부합하는 영화에는 "정치적으로, 그리고 예술적으로 특별히 가치 있는"이라는 등급을 부여하고,[12] 그 기준에 부합하는 영화에는 흥행세entertainment tax 감면과 같은 혜택을 주었다.

또 그는 외화 배급 쿼터제를 강화하였다. 독일은 공격적으로 세계 시장을 확장하고 있던 할리우드에 맞서 조직적 저항을 보여준 유일한 나라였다. 독일은 이른바 '동시발생법Kontingenzgesetz'을 1926년부터 시행하였다. 이 법은 독일영화를 해외에 수출한 만큼 외국영화를 수입할 수 있도록 한 것으로 일종의 '보상시스템'이라고 할 것이다.[13] 그런데 나치는 이 법에서 '독일영화'의 기준을 한층 강화하였다. 한 영화가 '독일영화'로 인정받기 위해서는 그 영화의 제작에 참여한 인력 모두가 독일인 혈통임을 증명할 수 있어야 했다.[14] 이로 인해서 독일영화계에서는 유대인 혈통의 영화인들이 독일영화계에서 멀어졌고, 결과적으로 독일영화의 질적 수준은 저하되었다. 독일 영화사들은 오히려 이 법을 흥행성이 있는 할리우드영화 수입을 위한 매개로만 생각함으로써 쿼터 획득용 영화를 양산했다. 지크프리트 크라카우어에 의하면, 이런 영화 중 상당수는 개봉되지 않았고, 쿼터 획득 증명서는 영화 중개인들에 의해서 주식처럼 사고 팔렸고, 할리우드 영화사들은 이런 쿼터 획득 증명서를 얻거나 독일 현지에서 쿼터용 영화를 제작하여 쿼터제의 허점을 파고들기도 했다. 쿼터제는 결과적으로 독일영화의 질적 수준을 높이지도 못했고 오히려 할리우드의 영향력을 확대하는 결과만을 초래했다.[15] 우파사와 미국 내 배급 계약을 맺었던 파라마운트사의 경우 계약 종료 시점인 1930년에는 우파사 작품을 미국 내에서 한 편도 개봉하지 않았다.[16]

바이마르공화국이 폭넓게 보장하고 있던 영화 제작의 자유를 나치 정권을 상당 부분 제한했다. 1934년 2월 16일에 발포된 나치 정권의 영화법은 영화 제작 과정을 철저히 통제하려는 의도를 보여주었다. 이 법은 영화 제작 전 시나리오의 사전 검열, 제작 후 필름 검열을 조문화했다.[17] 그리고 파울 요세프 괴벨스는 사적인 차원에서 영화 비평을 금지하기도 했다.

이처럼 나치 정권은 채찍과 당근 정책을 이용하여 자국 영화 제작을 통제하려 했고, 영화 제작사들은 이런 시책들의 영향으로 자국 시장에서 독점적인 지위를 확보할 수는 있었지만, 그 반대급부로 영화 창작의 자유는 몰수당할 수밖에 없었다. 이로 인해 나치 시대인 1933년부터 1945년까지 독일영화계는 할리우드를 제외하면 가장 많은 영화를 제작하는 곳 중의 하나가 된다. 그 10여 년간 1,097편의 장편영화가 제작되었다는 사실[18]은 그 당시 독일영화계의 모습을 단적으로 보여준다. 그 과정에서 나온 가장 주목할 만한 영화는 영화배우로 시작해 감독으로 데뷔한 레니 리펜슈탈Leni Riefenstahl의 일련의 선전영화 〈의지의 승리Triumph des Willens〉(1934), 〈올림피아 1: 민족의 제전Teil 1 - Fest der Völker〉(1938), 〈올림피아 2: 미의 제전Teil 2 - Fest der Schönheit〉(1938)였다. 그녀가 만든 영화는 나치에 의해 "정치적으로 가치 있는" 영화로 평가받았다.[19] 특히 제11회 베를린 올림픽 상황을 담은 〈올림피아〉는 이념이나 체제를 떠나 미국, 프랑스 같은 서방 국가는 물론 식민지 조선에서도 열광적인 반응을 이끌 만큼 세계적으로 칭송받은 작품이었다.

3. 식민지 조선 외화 배급계의 사정

일제강점기 영화 배급은 영화 상영과 더불어 가장 뜨거운 경쟁
무대였다. 그러나 영화 상업이 영화관이라는 물리적 공간을 사업의
중심에 놓고 이루어지는 안정성을 가지고 있었다면 영화 배급은 다
분히 투기적 성격이 짙었다. 그 당시 배급업자들은 영화의 흥행성
을 과학적으로 예측할 수 있는 능력이 별로 없었기 때문에 해외 흥
행 성적을 기준으로 과도한 배급 경쟁을 벌였다. 그러다 보니 배급
비용이 터무니없이 상승하는 예도 있었다. 일제강점기 영화 배급업
자들은 주로 할리우드 메이저 스튜디오 작품을 배급했다. 이들은
각기 특정 스튜디오와 계약을 맺어 특약점이나 대리점 기능을 했다.
그 외 일본영화나 유럽영화도 배급의 대상이 되기는 했지만, 굳이
특정 회사와 단독 계약을 맺을 정도로 큰 비중을 가지지는 않았다.
일본영화는 1930년대 중반 이후 일본영화의 작품성이 어느 정도 인
정받기 전까지는 대중에게 별다른 소구력訴求力을 가지지 못했다.
그리고 프랑스 역시 1930년대 자크 페데Jacques Feyder, 줄리앙 뒤비비
에Julien Duvivier, 마르셀 카르네Marcel Carné 등 시적 리얼리즘Poetic
Realism 영화로 식민지 대중에게는 '문예영화'의 대명사처럼 여겨지
기도 했으나[20] 단독으로 계약이 이루어질 정도는 아니었다.

독일영화나 프랑스영화의 경우 먼저 일본 배급업자들과 해당 국
가 배급업자 사이의 계약을 통해서 일본 내에서 상영한 후 일본 업
자들이 조선 내 업자들과의 계약을 통해 조선 내에 배급하는 간접
배급 방식을 취했다. 이 당시 일본 내 독일이나 프랑스 등 유럽영화
를 배급했던 배급사로는 '엠파이어사', '삼영사三映社', '동화상사영화

부東和商社映畵部', '구미영화사歐米映畵社' 등[21]이 있었다. 그리고 식민지 조선에서는 기신양행紀新洋行이 이창용李創用에 의해 1927년 설립되어 외국 영화 배급을 시작하면서 유럽영화도 같이 취급했다. 기신양행의 경우 여타 식민지 조선의 배급업자와는 달리 일본 업자들을 거치지 않고 직접 배급하는 경우도 있었다. 이런 경우 일본보다 먼저 식민지 조선에 상영되는 이례적인 일이 벌어지게 된다. 기신양행 외에는 동양영화회사東洋映畵會社, 국광영화사國光映畵社 등이 독일영화를 취급했다. 동양영화회사는 1929년 조선영화 제작과 외국 영화 배급을 목적으로 창립되었으며, 책임자는 이서구李瑞求, 김홍진金弘鎭이었다. 외국 영화 첫 배급 작품은 독일영화 〈왈츠의 꿈〉이었다.[22] 그러나 일제강점기 독일영화를 지속해서, 가장 많이 소개한 회사는 일본계 배급사인 동화상사 영화부였다.

식민지 조선에는 외국 영화 배급을 중심으로 다양한 배급업자들이 활동하고 있었다는 사실은 확실하지만 그들의 구체적인 활동 상황에 대해서는 정확히 파악하기 힘들다. 뚜렷한 목적의식과 사업체를 가지고 지속해서 활동한 예가 별로 없을뿐더러, 참고할 만한 영업 문서가 남아 있지 않기 때문이다. 그런 탓에 그 당시 일간지 보도 내용을 통해서 간접적이고 단편적으로만 활동 상황을 확인할 수 있다.

그러나 이런 방법도 그리 완벽한 것은 아니다. 배급된 외국 영화 모두가 일간지에 광고된다고 단정할 수 없기 때문이다. 그런데도 그 당시 영화 광고나 영화 글 등을 종합적으로 고려하면 어떤 경향성은 확인할 수 있다. 그 경향성이란 외국 영화 중 대다수는 할리우드영화였고 유럽영화는 매우 드물게만 식민지 조선에 배급되었다는 것이다. 특히 독일영화의 경우 일간지에 소개된 영화는 1920년에서 1940년까지로 한정할 경우 채 100편이 되지 않는다. 이는 매년 2~3편 정도에 지나지 않는 것이다.

이런 현상은 몇 가지 측면에서 설명이 가능할 듯하다. 우선 고려해야 할 점은 1920년대 후반 이후 할리우드영화로의 경사가 가속화되어 여타 영화들이 설 자리가 좁아졌다는 것이다. 특히 독일영화의 경우 이미 앞에서도 언급한 바 있듯이 1933년 나치의 정권 장악 이후 선전영화로의 재편 움직임이 일어나면서 그나마 가지고 있었던 대할리우드 경쟁력을 상당수 상실했다는 것도 반드시 덧붙여야 할 사항이다. 그리고 마지막으로는 식민지 조선 내의 상황이다. 주지하다시피 1934년부터 시행된 '활동사진 영화 취체규칙活動寫眞 映畵 取締規則' 중 외국 영화에 대한 상영제한 규정이 마련되었다. 외화 쿼터는 1934년 말까지 3/4 이내, 1936년 중반에는 2/3 이내, 1939년 이후에는 1/2로 조정되게 되어 있었다.[23] 그러나 중일전쟁 이후 악화된 외환 사정으로 인해 일본 대장성에 의해 외국 영화 수입이 차단되면서 한때 외국 영화의 수입이 전면 보류되는 사태에까지 이르기도 했다. 13개월 여 동안 지속된 이 사태로 인해서 가장 큰 타격을 입은 것은 할리우드영화 배급과 상영을 위주로 한 조선 영화계였다. 수입 전면 보류 사태는 영화계의 탄원과 미국 영화업자들과 일본 간의 협상으로 그 이후 해소되었지만 미국과 일본 간의 외교 상황 악화와 그로 인한 태평양전쟁의 발발로 인해 미국 영화업자들이 일본에서 수익을 얻는 것은 매우 어려워졌다.[24] 비단 미국영화뿐만 아니라 1943년경부터는 거의 전면적으로 외국 영화 수입이 차단되었다. 이런 상황 속에서 1940년대 초반 이후 독일영화는 조선 내 영화관에서 점점 찾아보기 어려워졌다.

4. 식민지 조선과 독일영화들

1) 개봉작들의 흐름

일제강점기 독일영화가 조선 내에 본격적으로 소개된 것은 1920년대 중반의 일이다. 영화 상영 초창기인 1910년대 영화관에서 상영된 영화들은 대체로 프랑스, 미국, 이탈리아 등 영화 발명 이후 기술적으로 앞선 나라들에서 제작된 영화들이었다. 프랑스의 파테사 Pathé, 미국의 유니버설사Universal, 이탈리아의 암브로시오사Ambrosio, 치네스사Cines 제작의 이 영화들은 대체로 1~2릴 가량의 길이를 가진 단편 실사나 극영화로 시작하여 연속영화serial film, 장편영화로까지 이어졌다.

연속영화는 프랑스 고몽사Gaumont에서 제작되어 이후 파테 미국 지사와 유니버설사도 제작에 뛰어들 정도로 1910년대 중반에 활발히 제작되었는데, 1910년대 조선 대중에게 큰 사랑을 받았다. '쥬부/후완쓰마'라는 제목으로 소개된 프랑스 고몽의 〈Fantômas〉(1913~1914), 〈吸血鬼Les vampires〉(1915), 〈쥬뎃꾸스/쥬덱구쓰Judex〉(1916), 유니버설사의 〈名金The Broken Coin〉(1915), 〈쾌한 로로-〉, 〈사자의 爪〉, 〈曲馬團의 化〉, 〈赤手袋〉, 파테 미국 지사의 〈鐵의 爪Iron Claw〉(1916), 〈魔海〉, 〈的의 黑星〉, 〈伯林의 狼〉, 〈眞鍮의 탄환〉, 〈鐵의 手袋〉 등이 1920년대 초반까지 인기를 얻었다. 연속영화는 대체로 변장술이 뛰어난 희대의 범죄자를 형사(탐정)가 추적하여 소탕하는데 이 과정에서 형사(탐정)와 범죄자 사이의 대결이 펼쳐진다는 점에서 범죄영화, 탐정영화, 활극(액션영화)의 특징을 가지고 있다.[25]

연속영화의 시초는 프랑스 에클레르사Société Française des Films Éclair가 1911년부터 내놓은 〈지고마Zigomar〉(1911) 시리즈이다. 변장술의 귀재 지고마가 벌인 보석 강탈 사건을 경찰이 추적하는 내용의 이 영화는 1910년대 초반 미국에서 개봉되어 큰 인기를 끌었고, 이후 일본, 조선에까지 상영되었다. 이 영화는 릴 세 개짜리 영화로 '미국 영화 제작자들에게 수천 피트 필름 위에 강력한 흥미를 유발할 수 있는 서사를 전개시켜 나가야 하는지를 보여준 모델'[26] 역할을 하기도 했다.

이후 〈지고마〉와 비슷한 범죄영화, 탐정영화들이 미국과 프랑스에서 연속영화의 포맷으로 제작되기 시작했다. 이들 영화에서 서사는 한 번에 완결되지 않고 2권 남짓의 단편 6~20편으로 분할되어 있다. 매회 마지막에는 반드시 주인공이 탄 자동차가 절벽에서 바다로 떨어지거나 여주인공이 악한에게 손발을 묶여 있는 선로에 급행열차가 돌진하는 등 위기일발의 장면을 설정해서, 관객이 다음 장면을 보기 위해 연속해서 영화관을 찾지 않을 수 없도록 했다.[27] 그 당시 영화관에서는 매주 2편씩 동시 상영하는 방식을 취했으며, 때로는 전회를 일정 기간에 집중적으로 상영하기도 했다. 그리고 1910년대 후반에는 미국 블루버드사Blue Bird Production Company 영화, 일명 '블루버드영화'가 일본에 수입되어 대중적 성공을 거두었는데,[28] 이들 영화는 조선에서도 인기를 끌었다.

암브로시오사는 프랑스나 미국과는 달리 장편영화 전략을 구사하여 그 당시로서는 꽤 긴 러닝타임의 영화를 선보이고 있었고 결과적으로는 할리우드영화의 장편화를 추동했다. 그러나 식민지 조선 시장에서 시리즈 영화만큼의 명성을 얻지는 못했다.

이에 반해 독일영화는 1910년대 식민지 조선의 영화관에 거의 소개되지 못한 것으로 보인다. 1910년대 당시 영화관에서 개봉된 영화의 실태를 확인할 수 있는 유일한 자료인《매일신보》기사나 광고란을 살펴봐도 독일영화라고 특정할 수 있는 영화는 눈에 띄지 않는다. 이는 대중적으로 호응받을 만한 영화를 만들지 못한 독일영화의 상황, 그리고 1차 세계대전으로 인한 독일 영화 산업의 침체 및 해외 시장 차단 등을 그 이유로 꼽을 수 있다. 1920년대 들어서면서 식민지 조선의 영화 시장에 대한 할리우드의 장악력이 강해지면서 여타 국가의 영화들이 설 자리를 상실해갔다는 점을 이미 지적한 바 있거니와 이로 인해 프랑스영화나 이탈리아영화는 큰 타격을 받았지만 아이러니하게도 독일영화는 오히려 식민지 조선의 영화 시장에서 일정한 지분을 형성하게 되었다. 1920년대 예술적 감성이 풍부한 독일영화들이 소개되기 시작하면서 식민지 대중에게 호응을 얻기 시작한 것은 1920년대 초반쯤이다.

이는 미국 영화 시장에서의 독일영화에 대한 반응도 한몫한 것으로 보인다. 1920년 'passion'이라는 제목으로 상영된 에른스트 루비치의 〈마담 뒤바리〉는 미국 영화계에 엄청난 불안을 조성했다. '독일 침공German Invasion'이라는 말이 나돌 정도로 미국 영화 산업계는 긴장하여 이 영화뿐만 아니라 독일영화 상영에 반대하는 시위나 폭동을 일으킬 정도였다. 이는 독일영화의 미국 시장 잠식이 가속화되면서 미국 영화사들의 영화 시장에서의 지배력 축소, 그리고 영화 인력들의 실업에 대한 공포가 겹쳐져 일어난 현상으로, 이에 대해서 일부 저널리스트는 미국영화의 질적 수준 향상만이 그 대안임을 비꼬기도 했다. 이런 현상은 그 당시 독일영화가 예술적으로 할리우

드영화를 능가했다는 사실을 보여준다.[29)]

미국영화 시장의 반응이 조선을 포함한 일본영화 시장에 큰 영향을 미쳤던 당시, 조선의 배급업자는 미국영화 시장의 반응에 기반을 둬서 수입할 영화를 선정하고, 관객은 해외의 명성에 자극받아 그런 영화들이 조선에 수입되기를 고대하기도 했다. 예술영화로서의 독일영화의 이미지는 이런 방식으로 식민지 조선에 이식된 것이다.

1920년대 중반부터 본격적으로 소개되기 시작한 독일영화는 외국 영화의 전면적 차단이 이루어지기 직전인 1940년대 초반까지 식민지 조선의 영화 시장에 선을 보인 것으로 보인다.

일제강점기에 소개된 독일영화의 완벽한 목록을 제시하기는 어려워나 당시의 일간지나 잡지 자료를 참고하면 다음과 같다.

<표 1> 식민지 시대에 개봉된 독일영화 목록(1920~1941)

일련 번호	영화 제목		제작 연도	상영 연도
	원어 제목	개봉 당시 제목		
1	미상	후아리오의 연애	미상	24
2	Anna Boleyn	디셉손	20	26
3	Pietro der Korsar	해적 피에트로	25	26
4	Madame DuBarry	마담 뒤바리	19	미상
5	Der Januskopf	지킬 박사와 하이드	20	미상
6	Das Cabinet des Dr. Caligari	칼리가리 박사의 밀실	20	미상
7	Varieté	봐리에테(曲藝團)	25	27
8	Der Letzte Mann	最後의 人	24	28
9	Berlin: Die Sinfonie der Grosstadt	伯林(大都會交響樂)	27	28
10	Dr. Mabuse	딱터 마부제	22	29
11	Faust	파우스트	26	29
12	Metropolis	메토로포리쓰	27	29

13	Die Apachen von Paris	아팟슈	27	29
14	Ein Walzertraum	왈쓰의 꿈	25	30
15	Geheimnisse des Orients	東洋의 秘密	28	미상
16	Wolga Wolga	쏠가	28	30
17	Die Büchse der Pandora	판도라의 箱子	29	30
18	Zhivoy trup	산송장	29	30
19	Heimkehr	歸鄕	28	31
20	Das Tagebuch Einer Verlorenen	淪落女의 日記	29	31
21	Die wunderbare Lüge der Nina Petrowna	니-나, 페트로쁘나	29	31
22	Frau im Mond	月世界의 女子	29	31
23	Die letzte Kompanie	最後의 군대	30	31
24	Der blaue Engel	歎息하는(의) 天使	30	31
25	Der unsterbliche Lump	不滅의 放浪者	30	32
26	Der weiße Teufel	白魔	30	32
27	Im Geheimdienst	愛國者	31	32
28	Die 3 Groschen-Oper	거지 오페라 (三文 오페라)	31	32
29	미상	旅愁	미상	32
30	Mädchen in Uniform	制服의 處女	31	33
31	Der Raub der Mona Lisa	모나·리자의 失踪	31	33
32	Unmögliche Liebe	가을의 女性	32	33
33	Unter falscher Flagge	僞國旗下에서	32	33
34	Sonnenstrahl	봄 소낙비	33	33
35	Die singende Stadt	南國의 哀愁	30	34
36	Reifende Jugend	卒業試驗	33	34
37	미상	激情의 暴風	미상	34
38	Das Testament des Dr. Mabuse	怪人 마부제 博士	33	35
39	Le tunnel	턴넬	33	35
40	Hanneles Himmelfahrt	한네레의 昇天	34	35
41	Abschiedswalzer	離別曲	34	35
42	Feind im Blut	血의 敵	31	36

43	Du sollst nicht begehren...	뜬구름(浮雲)	33	36
44	Ein Lied für dich	이 밤을 그대와 같이	33	36
45	Ein gewisser Herr Gran	國際間諜團	34	36
46	So endete eine Liebe	잃어진 사랑	34	36
47	Ihr größter Erfolg	밤에 우는 꾀꼬리	34	36
48	Das Mädchen Johanna	짠따크	35	36
49	The Divine Spark	노래하자 이 밤을	35	36
50	Barcarole	뻬니스의 배ㅅ노래	35	36
51	Zigeunerbaron	집씨 男爵	35	36
52	Amphitryon	신들의 戲弄	35	36
53	Mazurka	마주르카	35	36
54	미상	靑春의 바다	미상	36
55	미상	桃源境	미상	36
56	Der Kongreß tanzt	會議は踊る	31	37
57	Der weiße Rausch	白雪地獄	31	37
58	Tannenberg	タンネンベルグ大會戰	32	37
59	미상	ハンガリイ 夜曲	35	37
60	Atarashiki tsuchi	新土/새로운 땅	37	37
61	미상	紅天夢	미상	37
62	Schluß akkord	第九交響樂	36	38
63	Verräter	スパイ戰線お衝く	36	38
64	Condottieri	알푸스 槍騎隊	37	38
65	미상	肉彈山岳戰	미상	38
66	미상	南方特急列車	미상	38
67	Stürme über dem Mont Blanc	モンブランの王者	30	39
68	Burgtheater	ブルグ劇場	36	39
69	Der Herrscher	支配者	37	39
70	Alarm in Peking	北京の嵐	37	39
71	Verklungene Melodie	타오르는 발칸	38	39
72	미상	回想曲	미상	39
73	미상	大自然と創造	미상	39

74	미상	自殺俱樂部	미상	39
75	미상	水なき海の戰爭ひ	미상	39
76	미상	白日鬼	미상	39
77	M	엠	31	40
78	La Habanera	南方의 誘惑	37	40
79	Die ganz großen Torheiten	人生の馬鹿	37	40
80	Manege	ヴリエテの乙女	37	40
81	Unternehmen Michael	최후의 一兵까지	37	40
82	Capriccio	카프리치오	38	40
83	Les gens du voyage	旅する人々	38	40
84	Olympia 1. Teil 1 - Fest der Volker	民族의 祭典	39	40
85	미상	人生의 愚弄	미상	40
86	미상	狂亂のモンテカルロ	31	41
87	미상	F.P. 一號應答なし	32	41
88	Olympia 2. Teil 2 - Fest der Schonheit	美의 祭典	38	41
89	Jugend	靑春	38	41
90	Heimat	故鄕	38	41
91	Die Hochzeitsreise	祖國に告ぐ	39	41
92	미상	アゼつ(아재후)	미상	41
93	미상	サンモリッツの乙女達	미상	41
94	미상	ボートの八人娘	미상	41
95	미상	眞紅の戀	미상	41
96	미상	勝利の歷史	미상	41
97	미상	想い出の圓舞曲	미상	41
98	미상	朝やけ	미상	42
99	미상	晩春の殼	미상	42
100	Wunschkonzert	希望音樂會	40	43
101	미상	急降下爆擊대	미상	44

앞의 표는 일제강점기 일간지나 잡지 등에 영화 소개 글이나 감상문이나 비평문의 대상이 되거나 광고에 소개된 독일영화들로, 원제목, 개봉 당시 제목, 제작연도, 개봉연도를 정리해놓은 것이다. 이 중에는 지나치듯이 언급한 작품도 몇몇 포함되어 있는데, 〈인생의 愚弄〉, 〈최후의 一兵까지〉가 그러한 예들이다. 그 당시 식민지 조선에 소개된 영화들 중 다수는 이미 영화사에서 긍정적이거나 부정적이거나를 막론하고 대체로 그 위상이 뚜렷한 영화들이다. 1920년대 중후반에 집중적으로 소개된 〈칼리가리 박사의 밀실〉, 〈싹터 마부제〉, 〈最後의 人〉, 〈파우스트〉, 〈메토로포리쓰〉, 〈판도라의 箱子〉와 같은 독일 아방가르드 영화, 아놀트 팡크의 〈新土/새로운 땅〉, 레니 리펜슈탈의 〈올림피아〉 2부작, 칼 리터Karl Ritter의 〈최후의 一兵까지〉 같은 나치의 선전영화 등이 바로 그것이다. 〈新土/새로운 땅〉은 일독 합작 영화로 일본 감독 이타미 만사쿠伊丹万作의 불화로 각각 독일판과 일본판으로 만들어진 영화이다.[30] 그리고 〈최후의 一兵까지〉는 나치의 대표적인 감독으로 알려진 칼 리터의 대표작으로, 1차 세계대전 당시 서부전선에서 실행된 총공격 작전 일명 '미하엘 작전'을 제재로 한 영화이다.[31] 이 영화는 1940년 2월에 일본에서 공개되었는데, 그 당시는 중일전쟁이 한창이던 때였다. 일본의 저명한 영화평론가 이와사키 아키라岩崎昶에 의하면, 그 당시 유럽에서 '혁혁한 전과'를 올리고 있던 일본의 맹방 독일산 전쟁영화라는 이유, 또 전쟁을 초연탄우나 유혈과 같은 차원이 아닌 지적 차원에서 그리고 있어 상투적인 중일전쟁 선전영화에 실증이 난 일본 관객에게 큰 호응을 받았다고 한다.[32]

개봉 흐름을 살펴보면 1924년경부터 1941년경까지 독일영화가 개봉되었다. 1935년 이후에 개봉된 영화는 대체로 나치 시대의 영화들로서 그 이전에는 보이지 않던 칼 리터의 〈最後의 一兵까지〉 같은 선전 의도가 깔린 영화들도 보이지만, 개봉작들은 대체적으로 나치 영화 중 다수를 차지하는 오락영화였다.

2) 독일영화에 대한 반응

(1) 영화 비평의 양상

영화에 대한 반응은 계급, 성, 인종 등 관객이 처한 사회적 위치, 상영 환경 등에 따라 다양하게 나타날 수 있다. 그리고 그 반응은 일상생활 속에서 가족이나 친구 등 다양한 사회적 관계 속에서 언어나 행동으로 표출될 수 있다. 관람한 영화에 대해서 가벼운 마음으로 감상을 나눌 수도 있고, 아니면 감상평을 일기처럼 써둘 수도 있다. 그리고 영화 비평을 전문으로 하는 사람이라면 자신의 비평을 일간지나 잡지 등에 기고할 수도 있다. 또한, 특정한 개인이 아니라 특정 사회 전체가 특정 영화를 공유함으로써 보편적으로 받아들이게 되는 관습도 넓은 의미에서 영화에 대한 반응이라고 할 수 있다.

이처럼 무수한 반응들이 존재할 수 있지만, 사회적으로 표면화되는 것은 대체로 일반 관객의 반응이 아니라 영화 비평가나 영화감독 등 영화계 인사들의 반응이다. 특히 저널리즘에 전문적으로 감상이나 비평을 기고하는 사람들은 당대의 가장 대표적인 관객이라고 할 수 있다. 물론 비평가의 계급, 성, 인종, 정치적 신념에 따라 영화에 대한 시각도 다양할 수 있어서 그가 그 당시 관객 일반의 반응을 전형적으로 대표한다고 볼 수는 없을지도 모른다. 그런데도 그가 표출하는 의견은 일반 관객의 반응이 표면화되기 힘든 시대에는 매우 중요한 자료적 가치가 있다고 하겠다. 특히 일제강점기처럼 저널리즘이 대중의 목소리를 적극적으로 담아낼 수 없었던 환경에서 이들 일군의 기명 혹은 익명 기고자들의 글은 소중한 가치를 지닌 것이다.

독일영화는 1920년대 초반부터 식민지 조선에 본격적으로 소개되었지만 1926년까지는 주로 기자에 의한 개봉작 소개에 지나지 않는 글이 주류를 이룬다. 이는 비단 독일영화뿐만 아니라 여타 외국영화에도 해당하는 사항이다. 이는 아직 외국 영화를 보고 나서 느낀 감상이나 비평을 텍스트화한다는 사고를 관객이 가지지 못했고, 그런 텍스트를 저널리즘이 수용한다는 사고도 미처 움트지 않았다는 것을 보여준다. 이는 그 당시 조선영화에 대한 감상이나 비평이 이미 일간지상에 게재되고 있었다는 사실과 비교할 때 다소 의아한 부분이다. 이 문제는 앞으로 심도 있게 탐구되어야 할 사항이겠지만, 아마도 외국 영화가 조선영화보다 서사적 측면과 기술적 측면에서 한층 복잡했기 때문에 일반 관객이 영화에 관해 이야기하는 게 쉬운 일이 아니었을 것이라는 사실은 추측할 수 있다.

그 당시 개봉작 소개 기사는 일간지의 경우 학예부 연예계 기자가 전담했던 것으로 보이는데, 그 글들은 대체로 개봉작의 감독, 배우, 기술진에 대한 정보와 줄거리, 영화의 의의 등을 담고 있었다. 요즘과는 달리 기자의 글에는 성명이 포함되지 않아서 기사 작성자가 누구인지 알기 어렵다. 영화 기사를 쓰기는 하지만 전문성이 모자란 인사들이 외신이나 배급사가 제공하는 정보에 의존해 기사를 쓰다

보니 굳이 자신의 이름을 밝힐 필요가 없었던 것인지도 모르겠다.

그 당시 일간지에 게재된 영화평은 이와 같은 무기명 기사 외에 기명으로 쓴 글도 종종 보인다. 기명이라고는 하나 대체로 익명에 가까운 별명이어서 그 글의 필자와 친분이 있는 사람이 아니면 알 수 없는 경우가 많다. 물론 심훈沈熏, 윤기정尹基鼎 혹은 尹曉峰, 남궁옥南宮玉 등 자신의 이름을 걸고 글을 발표한 사람들이 있기는 하지만, 1920년대 중후반에 발표된 영화평 중 다수가 무기명 기사의 경우처럼 자신의 이름을 밝히고서 글을 쓸 만큼 영화 이론이나 기술, 외국 영화계 사정에 대한 전문적 지식을 갖추지 못한 아마추어의 글이었다. 이는 1930년대 초반의 사정과 비교해보면 쉽게 이해할 수 있다. 1930년대 초반 영화평들을 자주 게재한 김유영金幽影, 서광제徐光濟, 서항석徐恒錫 등은 이전 세대에 비하면 전문가들이었고, 1920년대 중후반의 아마추어 비평가들은 더는 존재하지 않았다.

(2) 성격 배우의 대명사 '에밀 야닝스'

1920년대 중반부터 1930년대 초반까지 개봉된 영화들 중에서 가장 큰 반응을 얻은 작품은 〈봐리에테/曲藝團〉, 〈最後의 人〉, 〈伯林/大都會交響樂〉, 〈메토로포리쓰〉, 〈판도라의 箱子〉 등 흔히 1920년대 독일 아방가르드 영화라고 일컫는 영화들이다. 이 영화들에 대해서는 단순한 정보성 기사 외에 영화평이 여러 일간지에 게재되기도 했다.

독일영화로서 대중에게 깊은 인상을 남긴 첫 영화는 에른스트 루비치의 〈마담 뒤바리〉와 에발트 두퐁Ewald André Dupont의 〈봐리에테/曲藝團〉였다. 〈마담 뒤바리〉는 1차 세계대전 후 처음으로 미국에 상영된 독일영화로서 주연 배우 에밀 야닝스와 폴라 네그리의 열정적인 연기에 미국 관객을 사로잡았다.[33] 이 영화에 이은 〈봐리에테/曲藝團〉의 상영은 에밀 야닝스의 존재를 확실히 부각시키는 계기가 되었다. 〈봐리에테/曲藝團〉는 가정을 버리고 애인인 집시 여자와 사는 곡예사 '보스 훌러Boss Huller'가 서커스에서 한 팀을 이룬 미남 곡예사와 깊은 관계가 된 애인에게 질투를 느껴 그 남자를 살해하고 자수한다는 이야기로, 이야기는 감옥에서 나온 주인공의 회상으로 전개된다.[34] 선풍적인 인기에 힘입어 이들 영화는 식민지 조선에 1927년에 개봉되었고, 이들 영화에서 조선 관객이 무엇보다도 주목한 것은 주인공을 맡은 배우 에밀 야닝스였다. 그는 그 당시 인간의 강함과 약함이 불안정하게 결합된 성격을 보여주는, 가장 독일적인 배우로 평가받고 있었는데,[35] 그는 이 영화를 통해서 조선 관객으로 하여금 인생의 의미를 깊게 생각하도록 했다. 이 영화의 성공은 이후 '독일영화 = 에밀 야닝스'라는 일종의 신화를 창출했다. 배급업자들 역시 이 점에 착안해서 그 후 그가 주연을 맡은 영화들을 소개했다. 〈디셉손〉, 〈마담 뒤바리〉, 〈肉體의 道〉, 〈最後의 人〉, 〈파우스트〉, 〈最後의 命令〉, 〈아버지의 죄/아버지와 아들/父와 子〉, 〈歎息하는(의) 天使〉, 〈激情의 暴風〉 등의 개봉으로 이어졌다. 그 당시 관객에게 에밀 야닝스가 어떻게 비춰졌는가를 보자.

　　「육체의 길」, 「최후의 사람」, 「곡예단」 등의 명편으로 천하의 「팬」을 열광케 한 성격배우(性格俳優) 「에밀·야닝스」의 재조는 이미 너무도 유명한 바이다 그러나 「아버지의 죄」 일명 「아버지와 아들」에 잇서서는 지금까지의 「에밀·야닝스」와 아조 판이한 일면을 보여주려고 애쓴 모양인데 전자에 잇서서 심의 잔인, 침통, 융숭 등의 성격을 나타내엇슴에 반하야 이번 「아버지의 죄」에 잇서서는 경쾌, 희열 등 인생의 망명한 방면을 통하야 다시 암흑의 구렁으로 밀어 부치엇스니 이것이 「에밀·야닝스」로 하야금 명암(明暗)의 두 방면에 모조리 뛰어나는 재조를 가젓슴을 증명함에 충분하다 하겟다[36]

위의 글은 어느 아마추어 평론가RK生가 〈아버지의 죄/아버지와 아들/父와 子〉에 대한 비평의 서두에서 꺼낸 이야기이다. 1930년에 쓴 이 글에서 그는 그 전까지 자신이 봐 온 영화들의 목록을 열거하면서 이 영화에서 에밀 야닝스가 보여주는 연기의 성격적 차이를 설명하고 있다. '심의 잔인, 침통, 융숭'이라는 표현이 말해주듯이 그는 인생의 어두운 면을 표현하는 데 탁월한 배우로서 깊은 인상을 주었던 것이다. 이 글의 필자는 에밀 야닝스의 '명암明暗의 두 방면에 모조리 뛰어나는 재조'를 높이 평가하고 있다. 그가 1920년대에 주로 맡은 역할은 대체로 인간적인 약점이나 사소한 실수로 인해서 지위의 하락과 비참을 경험하는 남자인 경우가 대부분이다.[37] 식민지 대중에게 그의 연기가 인상적으로 보였던 데는 그가 극 중에서 맡은 주인공의 전락이 식민지 대중의 식민화 경험과 중첩되면서 자아내는 연민과 깊은 관계가 있다고 하겠다. 그래서 그런지 몰라도 에밀 야닝스의 스타 이미지는 일제강점기 내내 사람들의 뇌리에 깊이 각인되어 있었던 것으로 보인다. 1930년 좌담회에 참석한 영화배우 나운규羅雲奎는 좋아하는 배우를 묻는 질문에 에리히 폰 슈트로하임Erich von Stroheim과 에밀 야닝스를 꼽고 있다.[38] 1934년 좌담회에서 시인 정지용鄭芝鎔은 "무엇무엇하여도 에밀 야닝스가 조와요. 感情에 肉迫하는 그 무서운 힘, 그런 힘을 가진 俳優로는 「에밀 야닝스」는 참으로 越等 뛰어난 天才애요.", 그리고 같은 자리에서 시인 김억金億은 "나도 「에밀, 냐닝스」는 무척 조와 합니다. 조치요. 性格 俳優로서 第一指에 갈걸요"라고 이야기한 바 있다.[39] 문인들의 야닝스 사랑은 일제 말기까지 이어져 1938년 좌담회에서 소설가 이선희 李善熙는 인상 깊은 영화를 묻는 기자의 질문에 조선영화로는 〈아리랑〉, 외국 영화로는 〈曲藝團〉을 꼽고 있다.[40]

이처럼 한 배우가 대중에게 깊은 인상을 주고 이것이 배급업자에게 영향을 미쳐 그의 여타 작품들을 수입하는 관행은 에밀 야닝스에게만 해당하는 것은 아니었다. 할리우드영화에서는 더글러스 페어뱅크스Douglas Fairbanks, 릴리언 기시Lillian Guiche가 그런 배우였다. 독일영화에서 에밀 야닝스와 비슷한 역할을 한 또 한 명의 배우는 브리기테 헬름Brigitte Helm이었다. 프리츠 랑의 〈메토로포리쓰〉에서 성녀 안나와 마녀 인조인간 등 이중 역할을 했던 그녀의 성스럽고도 퇴폐적인 이미지는 대중에게 깊은 인상을 심어주었다. 이 영화의 개봉 이후 식민지 조선의 영화관에는 〈東洋의 秘密〉, 〈니-나, 페트로쁘나〉, 〈愛國者〉, 〈南國의 哀愁〉 등 그녀가 주연을 맡은 영화들이 개봉되었지만 에밀 야닝스에 비해 그녀에 대한 대중적 공감은 오래가지 못했다.

(3) 예술에서 오락으로: 화제의 영화들

1920년대 독일영화는 조선의 지식인 관객에게 커다란 흥미를 불러일으켰다. 그 흥미를 영화의 기술적 차원에서 인생론적 차원, 그리고 정치적 차원에 이르기까지 폭 넓은 것이다. 이런 차원에서 최초로 충격을 준 영화는 프리드리히 무르나우의 〈最後의 人〉이었다. 이 영화는 에밀 야닝스의 초기 대표작이기도 한데, 이 영화를 가장 유심히 본 사람은 소설가 심훈이었다. 그는 이 영화에 대해 글을 남긴 유일한 비평가로서, 그 글은 그 당시 통상적 비평문보다 훨씬 긴 글이었다. 그가 이 영화에 대해서 가장 깊은 인상을 받은 부분은 이 영화가 중간 자막 없이 거의 영상의 흐름만으로 사건을 전개해 가고 있다는 사실이었다. 그는 이런 생각을 다음과 같이 서술하고 있다.

> 우리는 다만 概念的으로 챠푸린 가튼 사람의 作品을 가르처서 《映畵的》인 映畵라고 일러러 왔습니다 그러나 《最後의 人》을 鑑賞한 우리는 이 錯誤를 訂定해야 할 것입니다 곳처서 말슴하면 말의 힘을 빌지 안코 事件을 發展시키는 可能性만을 들어서 映畵的이라고 일컷는 것은 오늘날 《最後의 人》을 본 以上 正當하다고 認定할 수가 업는 것입니다
> 《映畵的》이라는 것은 《最後의 人》的이란 말과 가튼 意義를 갓게 된 것이니 卽 文學 演劇이나 其他에 엇더한 藝術的 表現 形式을 가지고도 나나태일 수 업는 映畵의 獨特한 點을 指摘하는 것이요 《映畵 그것》이 아니고는 絶對로 映畵 以外의 要素를 包含치 안흔 그 特點을 發見할 수 잇는 것입니다[41]

찰리 채플린 영화는 슬랩스틱 코미디Slapstick Comedy기 때문에 굳이 중간 자막이 필요치 않았다. 그 당시 무성영화는 찰리 채플린 영화를 제외하면 대부분 중간 자막에 의존하는 경우가 많았다. 심훈도 그런 영화들을 봐오다가 〈最後의 人〉을 보고 나서 이 영화야

말로 진정 《映畵的》이라는 것'을 제대로 표현한 점에 감탄하고 있다. 그는 이 영화의 기술적 성과를 긍정적으로 평가할 뿐만 아니라 주인공이 호텔 안내인에서 화장실 보이로 전락하는 이야기를 무산자의 현실을 비추는 것으로 이해하고, 이 영화를 조선의 지식인들이 반드시 보아야 할 영화라고 힘주어 말하고 있다. 심훈은 그 당시 카프에서 탈퇴한 상태이긴 했지만, 그의 의식은 계급주의에 기반을 두고 있었다.

〈最後의 人〉의 연장선상에서 그는 프리츠 랑의 〈메토로포리쓰〉를 보고 있다. 이 영화는 미래사회 자본가가 지배하는 노동자의 삶을 그려내는 공상과학영화로, 광인 과학자에 의해 만들어진 인조인간 안나에 의해 노동자가 거주하는 지하사회가 아수라장으로 변하는 상황을 성녀 안나가 막는 이야기이다. 이 영화는 감독 프리츠 랑이 뉴욕 체재 당시 적성 국민이라는 이유로 도항이 거부되어 배에서 머문 어느 날 밤 바라본 뉴욕의 시가와 마천루에서 힌트를 얻은 작품이다.[42] 이 영화는 자본주의 사회의 모순을 가까운 미래의 인공적이고 기하학적인 세트를 배경으로 기독교적인 관점에서 접근하고 있는데, 이는 조선의 지식인들이 이 영화를 평가하는 중요한 지점으로 작용했다. 독일 프리미어 당시 이 영화의 상영 시간은 210분에 달하는 것이었지만 일반 개봉에 부적절하다는 이유로 미국 개봉판은 114분으로 축소되었다. 영화 전체의 반 정도 분량이 삭제된 상태였기 때문에 일반 관객이 이 영화의 서사 구조를 제대로 파악하기는 대단히 어려웠을 것이다. 일본에는 1929년 4월 3일에 개봉되었고, 식민지 조선에서는 동년 5월 1일 조선극장에서 상영되었다. 이 당시 영화 광고(그림 1 참고)를 보면 이 영화의 분량을

[그림1] 《조선일보》 (1929. 05. 02)

'十券'으로 표시해놓은 것으로 보아 그 당시 미국 개봉판이 수입된 것으로 보인다.

이 영화에 대한 평은 〈最後의 人〉의 1/4 정도밖에 되지 않는다. 그런데도 이런 현상이 이 영화에 대한 불만에서 비롯된 것으로 보이지는 않는다. 그는 이 영화가 '로자협조주의'로 끝을 맺은 것에 대해서 불만을 표현하기는 하지만, "〈메톨로포리쓰〉만한 영화는 새쌜간 「로서아」에서도 제작할 사람이 업고 그네들의 손으로는 그만큼 엄청난 표현은 하지 못하얏슬 것이다"라고 이 영화의 이데올로기적 함의를 긍정적으로 평가하고 있다.[43] 이 영화에 대해서는 남궁옥南宮玉도 평을 쓴 바 있다. 그 역시 심훈처럼 이 영화의 서사를 자본주의 사회의 노자 갈등勞資 葛藤의 차원에서 분석한 후, 노동자들의 반란을 자본가의 오만에서 비롯되었다고 보고 있다. 이 글은 서사 분석에 치중하고 있어 특별히 비평적 강조가 돋보이지는 않는다. 그러나 심훈처럼 그 역시 말미에서 이 영화의 '타협'적 성격을 지적하고 있다. 이것이 이 영화가 '자본주의국가 더구나 조선가튼 식민지에서도 상영을 허락하는 까닭'이라고 덧붙이고 있다.[44] 이처럼 이 영화에 대해서 비평을 쓴 심훈과 남궁옥, 그리고 여기서 다루지는 않았으나 이 영화에 대해서 평을 쓴 바 있는 시인 임화林和 등은 모두 비슷한 관점을 견지하고 있는데, 이와 같은 관점상의 유사성은 우선 이 영화가 개봉된 시점인 1929년이 카프의 영향력이 가장 왕성하던 때였다는 사실에서 찾을 수 있을 것이다. 그리고 또 한 가지 생각할 수 있는 것은 그 당시 외국 영화에 대한 관점 형성에 미친 해외로부터의 영향의 문제이다. 그 당시 외국 영화는 필름만 수입된 것이 아니라 이런 저런 경로로 그 영화들에 대한 담론도 동시에 수입되기 마련이었다. 가장 가깝게는 일본 비평가들의 관점, 그리고 조금 멀게는 외국 영화의 제작 국가를 포함한 서구 비평가들의 관점이 외국 영화에 대한 식민지 조선 비평가의 관점 형성에 영향을 주었을 것이다. 그 단적인 예로 〈메토로포리쓰〉를 꼽을 수 있을 듯하다. 안드레아스 후이센Andreas Huyssen에 의하면, 이 영화의 개봉 당시 독일 비평가 엑셀 에게브레히트Axel Eggebrecht가 이 영화의 개봉 당시 이 영화에 대해서 '계급투쟁의 확고부동한 변증법에 대한 신비적 왜곡'이라는 비평을 내놓은 바 있는데, 이런 관점은 이후 무수한 좌파 비평가들에 의해 반복 재생산되었다.[45] 아마도 식민지 조선을 포함해 일본도 사정은 비슷했으리라고 생각된다.

이 영화는 지식인 일반뿐만 아니라 일반 관객에게도 꽤 깊은 인상을 준 듯하다. 조선 관객의 독일영화에 대한 매혹은 기본적으로 기술에 대한 매혹이었다. 〈메토로포리쓰〉에서 미래사회의 모습을 재현해놓은 세트도 놀라움의 대상이었으나, 그와 더불어 촬영 기법은 그보다도 더한 놀라움의 대상이었다. 그 당시 조선영화 제작사들이 부닥친 기술상의 어려움을 깔보듯이 펼쳐진 이 영화의 촬영 기법은 관객의 경탄을 자아냈다. 이 영화에서 카메라를 맡은 칼 프로인트는 여느 배우나 감독 못지않게 이름을 내세울 수 있는 유일한 사람이었다. 그의 명성은 이미 〈메토로포리쓰〉가 개봉되기 1년 전인 1928년에 개봉된 〈伯林大都會交響樂〉에서부터 시작되었다. 아방가르드 영화감독으로 알려진 발터 루트만Walter Ruttmann의 이 영화는 베를린의 일상을 다양한 계층의 사람들이 만들어내는 리듬과 기차나 각종 교통 기관이 만들어내는 리듬을 조합하여 만들어 낸 다큐멘터리이다. 이 영화에 대해서는 남궁옥이 평을 남겨 놓았는데, 그는 칼 프로인트의 카메라워크가 만들어 내는 '「리슴」'을 분석하고 있다. 그러나 그는 이 영화가 다큐멘터리이기 때문에 "다만 이것은 조선가티 진보되지 못한 「판」을 상대로 하기에는 흥행가치가 업는 것이 유감이다 그러치만 적어도 영화예술에 대하야서 입을 벌리는 「판」일 것 가트면 〈베르린〉은 한 번 보아야 할 줄 안다"라고 강조하고 있다.[46]

　이제까지의 논의에 의하면, 〈메토로포리쓰〉, 〈伯林大都會交響樂〉 같은 영화들은 주로 카프 계열 비평가들의 전유물 같은 인상을 준다. 사실상 그 당시 외국 영화에 대해서 카프 계열 이외 비평가들은 거의 무관심했다고 봐도 무방하다. 카프 계열 비평가들은 계급주의적 관점에 기반해서 식민지 조선의 계급적 현실을 환기하는 영화들에 주로 관심을 가졌다. 그런 측면에서 보자면 부르주아의 타락상을 묘사한 게오르크 팝쓰트의 〈판도라의 箱子〉에 대해서 장문의 글을 쓴 김유영도 이 연장선에 있었다고 할 것이다.[47]

1920년대 후반 조선 내에서 예술영화로서의 명성을 확고히 했던 독일영화는 1930년대 들어서면서 후퇴의 기미를 보였다. 이는 앞에서 살펴본 것처럼 우수한 인력을 할리우드가 흡수한 결과로 빚어진 인적 공백에서 비롯된 것이고, 또 하나는 나치 정권의 등장 이후 조성된 억압적 환경 탓이다. 이런 이유로 1930년대 들어 개봉된 영화들은 〈最后의 군대〉, 〈타오르는 발칸〉, 〈최후의 一兵까지〉 등 전쟁영화, 〈니-나, 페트로쁘나〉, 〈愛國者〉 등 첩보멜로드라마, 〈歸鄕〉, 〈봄 소낙비〉 등 멜로드라마, 〈왈쓰의 꿈〉, 〈不滅의 放浪者〉, 〈南國의 哀愁〉, 〈第九交響樂〉, 〈南方의 誘惑〉, 〈카프리치오〉 등 멜로성이 강한 음악영화나 오페레타영화 같은 장르가 주류를 이룬다. 특히 음악영화는 독일영화에 사운드가 도입되면서 등장한 새로운 장르로, 나치 시대 클래식, 뮤지컬, 레뷰, 오페레타 등을 소재로 한 다양한 포맷의 영화가 만들어졌다. 식민지 조선에 소개된 영화중에는 자라 레안더Zarah Leander, 얀 키푸라Jan Kiepura 같은 외국인 배우를 기용한 영화들, 특히 더글러스 지르크Douglas Sirk의 독일 시대 영화인 〈第九交響樂〉, 〈南方의 誘惑〉이 비교적 호평을 받았다. 이 중에서도 자라 레안더의 인기는 특별했다. 그녀는 스웨덴 출신 배우로, 그 당시 '독일의 가르보Garbo'라고 선전된 대표적인 나치의 오락 영화배우였다.[48] 클라우스 크라이마이어Klaus Kreimeier는 그녀를 '수수께끼처럼 보이는 신비한 광채와 깊이 가라앉은 우수'를 가진 배우라고 평하고 있는데,[49] 그녀가 나치 영화계에서 얼마나 큰 위치를 차지하고 있었는지는 파울 요세프 괴벨스가 그녀를 두고 "독일영화가 세계에 날개를 펴는 데 큰 공적을 이뤘다"고 평한 것[50]만 봐도 알 수 있다. 〈南方의 誘惑〉은 그녀의 대표작으로 식민지 조선에도 소개되었다.

〈制服의 處女〉는 경성 영화관에서 개봉되었다는 정보가 일간지에 실리지는 않지만, 경성 관객에게 선보인 것은 분명해 보인다. 이 영화의 개봉 소식을 알리는 기사로 현재 확인 가능한 것은 1933년 9월 15일 자《조선중앙일보》소재 기사[51]이다. 이 기사로 추측하건대 이 영화가 경성 영화관에서 개봉된 시점은 적어도 1933년 9월 이전인 것으로 보인다.

이 영화는 크리스타 빈즐로에Christa Winsloe의 희곡을 원작으로 여성 감독 레온티네 자간Leontine Sagan이 만든 작품이다. 이 작품은 가난한 공무원의 딸들이 다니는 포츠담의 기숙학교를 중심으로 주인공 마누엘라Manuela가 권위적인 사감에 맞서고 자신들의 처지에 공감하는 여선생 베른부르크Bernburg와의 공감 속에서 비극적 선택을 한다는 내용의 작품이다.[52] 이 영화에서 권위적인 사감은 독일 민족주의를 상징하는 존재로, 그리고 베른부르크, 마누엘라 등은 그런 억압에 맞서는 존재로 그려지고 있다.

이 작품은 독일 민족주의에 대한 자유주의적 비판을 가하고 여성의 자유를 강조했기 때문인지 독일뿐만 아니라 미국에서도 엄청난 성공을 거두었다. 그리고 이 영화는 일본에서도 높은 평가를 받았다. 이 영화의 세계적 흥행에 힘입어 조선 관객에게도 어느 정도 통한 듯하다. 1934년 7월경에 열린 좌담회에서 영화 감식안이 뛰어났던 비평가 이헌구李軒求가 "나는 녜전에는 「갈포」와 「테-도릿히」가 조왓지요. 그가 나오는 寫眞은 별로 빼어놋치 안코 보앗지요. 最近은 「制服의 處女」에 나오는 「도로에야 힉-」이 조와요. 짜켓트, 케-나도 조왓지만"[53]이라고 언급한 것을 보면 이 영화가 널리 긍정적인 평가를 받았다는 사실을 추측하게 한다. 구체적인 영화평이 발견되지는 않지만, 조선 관객에게 이 영화가 어필할 수 있었던 것은 이 영화 속에서 그려지는 억압과 저항의 서사가 식민지적 억압과 억눌린 저항의 의지를 환기했기 때문일지도 모르겠다. 특히 죽음을 통해서 자유를 획득하려는 주인공 마누엘라의 의지, 그녀를 중심을 결집된 선생과 학생의 모습, 그리고 이런 저항에 고개를 떨구고 충격을 받은 채 어두운 복도로 사라지는 사감의 모습은 이 영화가 미국이나 일본의 관객과는 달리 특별한 의미로 조선의 관객에게 다가올 수 있는 요소라고 할 것이다. 이 영화는 원작, 감독, 배우에 이르기까지 남성은 등장하지 않는 여성영화이기는 하지만, 그렇다고 이 영화가 소녀 취향의 영화에 머무는 것은 아니라고 한 이와사키 아키라의 언급은 이런 측면을 반영한 것으로 생각된다.[54]

영화 개봉 이후 일간지나 잡지 등에서 여고보생女高普生을 '制服의 處女'라고 지칭하는 기사들이 종종 보일 정도로 이 영화는 유명세를 탄 것 같다. 이처럼 유명세를 탄 영화의 제목을 일종의 패러디 방식으로 사용하는 일은 종종 있었다. 1차 세계대전을 소재로 한 루이스 마일스톤Lewis Milestone의 〈서부전선 이상 없다All Quiet on the Western Front〉(1931) 이후 일간지 기사에 자주 등장한 '이상 없다' 그리고 아벨 강스Abel Gance의 〈鐵路의 白薔薇La roue〉(1923) 이후 철도 관련 사고 기사에 등장한 '철로의 백장미'가 그러한 예이다. 영화의 흥행은 이듬해인 1934년에 여학생들이 등장하는 〈졸업시험〉의 개봉으로 이어지기도 했다.

이처럼 1930년대 식민지 조선 영화관에 소개된 독일영화 중에는 선전영화보다는 오락영화가 압도적으로 많았다. 이들 영화는 그 당시 할리우드영화와 큰 변별성을 갖지 않는 성격의 영화였다. 이는 외국 영화를 수입하는 업자의 입장에서 볼 때도 관객의 취미에 맞지 않는 나치의 선전영화를 들여올 이유도 없고 영화를 검열하는 식민지 검열관의 입장에서 볼 때 검열 방침에 저촉되지 않는 한도의 오락영화는 통과시켜도 무방했기 때문이다.

할리우드와 변별점이 소실된 1930년대 독일영화에서 가장 주목을 받은 작품은 레니 리펜슈탈의 〈올림피아〉 2부작일 것이다. 이 영화는 1940~1941년에 개봉되었다. 손기정孫基禎의 마라톤 우승으로 대중적인 기대를 모은 이 작품은 조선에서 흥행에 성공하였다. 이 영화에 대해서는 마라톤 우승의 주인공 손기정을 비롯해, 백철白鐵, 이헌구李軒求 같은 비평가, 시인 김기림金起林, 그리고 '雙Q生'이라는 익명의 아마추어 비평가까지 나서서 기술적 성과에 대해서 호의적인 반응을 보여주었다.

5. 미비한 자료의 문제점

일제강점기 영화 경험에서 외국 영화가 차지하는 비중이 조선영화의 그것보다 컸다는 점에 대해서는 누구라도 동의하리라 생각한다. 그런데도 그 당시 어떤 영화들이 관객에게 소개되어 그들의 향유 대상이 되었는지에 대해서 소상히 알고 있는 사람은 의외로 적다. 이는 일차적으로 자료 확보의 어려움에서 기인한다. 당대에 이미 어느 정도 영화 기록이 체계적으로 정리되어 있었던 미국과는 달리 식민지 시대 그 누구도 기록의 중요성에 대해서 인식하고 정리하려고 노력한 사람은 없었다. 만약 누군가가 선구적으로 이런 작업을 해두었더라면 현대의 연구자들은 한결 편하게 그 정보를 활용해서 새로운 성과를 낼 수도 있을 것이다. 그러나 아쉽게도 그런 작업은 이영일李英一(1932~2001)의《한국영화전사》(1969)에서 어느 정도 시도되었을 뿐이다. 그것도 정확한 정보라기보다는 막연한 차원에서의 정리에 그친 감이 있다. 그래서 여기서는 그 당시 상영된 외국 영화 중에서 아주 일부에 지나지 않는 독일영화를 중심으로 기초적인 자료 정리 작업과 더불어 약간의 논의를 덧붙였다. 물론 자료 정리 작업의 결과물은 실상에 비추어 부족하거나 틀린 부분도 있을 것이 분명하다. 또 자료가 있다는 사실을 알면서도 현재로서는 접근하지 못한 자료가 있는 것도 분명하다. 그런데도 현재로서 활용할 수 있는 자료들을 최대한 활용하려고 노력하였다. 정리된 자료상의 미비점은 앞으로의 작업을 통해서 보완할 것이다. 독일영화의 상영 정보를 담은 표에서 감독, 주연, 개봉 영화관 등의 정보는 표의 번잡함을 피하려고 생략했다.

|주|

1) Robert Sklar, *Movie-Made America*, New York: Vintage, 1994, p.3.

2) 阿部謹也, 《物語ドイツの歴史》, 中公新書, 2010, 233~234쪽.

3) 이민호, 《새독일사》, 까치, 2003, 251~255쪽.

4) Siegfried Kracauer, *From Caligari to Hitler*, Princeton: Univ. of Princeton Press, 2004, p.36.

5) Peter Jelavich, *Berlin Alexanderplatz*, Berkeley: Univ. of California Press, 2006, p.150.

6) 1919년 200여 개에 달하던 영화 제작사는 나치 정권이 출범하던 1933년에는 49개로 축소되고, 2차 세계대전이 발발한 1939년에는 우파(Ufa), 테라(Terra), 토비스(Tobis), 바바리아(Bavaria)와 같은 대형 영화 제작사가 그 해 영화 제작 편수의 3/4을 차지하게 되었다. Hans-Michael Bock & Michael Töteberg, "A History of Ufa", Tim Bergfelder, Erica Carter and Deniz Göktürk Ed., *The German Cinema Book*, London: British Film Institute, 2002, p.135.

7) 남완석, 「바이마르 공화국 시대의 영화」, 피종호 외 저, 《유럽영화예술》, 한울아카데미, 2003, 59쪽.

8) 네그리는 폴란드, 브룩스는 미국 출신 배우이지만 독일영화에서 주목받았기 때문에 독일영화 인력에 포함할 수 있다.

9) Malte Hagener, *Moving Forward, Looking Back*, Chicago: Univ. of Chicago Press, 2007, p.69.

10) Anton Kaes, *Shell Shock Cinema*, Princeton: Univ. of Princeton Press, 2009, p.5.

11) Peter Jelavich, *op. cit.*, p.128.

12) David Welch, *Propaganda and the German Cinema*, New York: St. Martin's Press, 2001, pp.15~16.

13) Wlofgang Jacobsen & Anton Kaes & Hans Helmut Prinzler 저, 이준서 역, 《독일영화사》, 이화여대 출판부, 2004, 112쪽.

14) Martin Loiperdinger, "State Legislation, Censorship, and Funding", Tim Bergfelder, Erica Carter and Deniz Göktürk Ed., *op. cit.*, p.151.

15) Siegfried Kracauer, *op. cit.*, p.133.

16) Kerry Segrave, *Foreign Films in America*, Jefferson: McFarland & Company, Inc., 2004, p.66.

17) 飯田道子, 《ナチスと映畵》, 中公新書, 2008, 51~52쪽.

18) David Welch, *op. cit.* p.36.

19) *Ibid*, p.16.

20) 김호영, 《프랑스 영화의 이해》, 연극과인간, 2008, 25쪽.

21) 이호걸, 「1920~30년대 조선에서의 영화배급」, 《영화연구》 41호, 한국영화학회, 2009, 129~130쪽.

22) 「洋映畵會社 歐州映畵 配給 開始」, 《조선일보》, 1929. 8. 09.

23) 조준형, 「일제강점기 영화정책」, 김동호 외 저, 《한국영화 정책사》, 나남출판, 2005, 81쪽.

24) Robert Sklar, *op. cit.*, p.225.

25) 中條省平, 《フランス映畵史の誘惑》, 集英社, 2003, 48~55쪽.

26) Richard Abel, *Americanizing the Movies And "Movie-Mad" Audiences* (Berkeley: Univ of California Press, 2006), p.190.

27) 永嶺重敏, 《怪盗ジゴマと活動寫眞の時代》, 新潮社, 2006, 71쪽.

28) Mitsuyo Wada-Marciano, *Nippon Modern*, Hawai'i: Univ. of Hawai'i Press, 2008, p.1

29) Kerry Segrave, *op. cit.*, pp.22~26.

30) ピーターB. ハイ, 《帝國の銀幕》, 名古屋大學出版會, 2001, 135~137쪽.

31) 飯田道子, 앞의 책, 111~112쪽.

32) 岩崎昶, 앞의 책, 172~173쪽.

33) Robert Sklar, *op. cit.*, p.100.

34) 田中雄次, 《ワイマ-ル映畵研究－ドイツ國民映畵の展開と變容》, 熊本出版文化會館, 2008, 42쪽.

35) ザビ-ネ ハ-ケ 著, 山本佳樹 譯, 《ドイツ 映畵》, 鳥影社, 2010, 79쪽.

36) RK生, 「《에밀, 야닝》 주연 〈父와 子〉를 보고-團成社에서 上映 中」, 《매일신보》, 1930. 3. 29.

37) Gerd Gemünden, "Emil Jannings", Patrice Petro Ed., *Idols of Modernit*, (New Jersey: Univ. of Rutgers Press, 2010, p.190.

38) 羅雲奎, 「〈아리랑〉과 社會와 나」, 《삼천리》, 1930. 7, 54쪽.

39) 「最近의 外國 文壇 座談會」, 《삼천리》, 1934. 9, 223쪽.

40) 「文士가 말하는 名 映畵」, 《삼천리》, 1938. 8, 246쪽.

41) 沈熏, 「〈最後의 人〉의 內容 價値-團成社 上映 中」, 《조선일보》, 1928. 1. 14.

42) 內藤誠, 《シネマと銃口と怪人 一映畵が驅けぬけた二十世紀》, 平凡社, 1997, 76쪽.

43) 沈熏, 「「푸리츠,랑그」의 力作 〈메토로포리쓰〉」, 《조선일보》, 1929. 4. 30.

44) 南宮玉, 「百年後 未來社會記 〈메트로포리스〉印象」, 《시대일보》, 1929. 5. 01.

45) Andreas Huyssen, *After The Great Divide*, Bloomington: Univ. of Indiana Press, 1986, p.65.

46) 南宮玉, 「〈伯林〉印象記-처음으로 보는 純粹映畵」, 《중외일보》, 1928. 12. 06.

47) 金幽影, 「映畵批判(一一八), 〈판도라의 箱子〉와 푸로映畵 〈무엇이 그 女子를〉을 보고서」, 《조선일보》, 1930. 03. 28.~ 4. 06.

48) ザビ-ネ ハ-ケ 著, 山本佳樹 譯, 앞의 책, 126쪽.

49) フェ-リクス メラ- 著, 渡邊 德美 外 譯, 《映畵大臣ーゲッベルスとナチ時代の映畵》, 白水社, 2009, 450쪽.

50) 위의 책, 452쪽.

51) 「〈密林의 王者〉, 〈制服의 處女〉 上映, 十五日부터 三日間, 於仁川愛館, 主催 朝鮮中央日報 仁川支局」, 《조선중앙일보》, 1933. 9. 15.

52) Siegfried Kracauer, *op. cit.*, pp.226~228.

53) 「最近의外國文壇」座談會」, 《삼천리》, 1934. 9, 223쪽.

54) 岩崎昶, 앞의 책, 243~244쪽.

5장

한중일 삼국의 '십자로 영화'

1. 일국사적 논의를 넘어서

영화는 문학과는 달리 상당한 유동성을 가진 존재라는 점을 고려할 필요가 있다. 문학을 고체에 비교한다면 영화는 기체나 액체에 비교할 수 있을지도 모를 만큼 특정한 유형과 경계를 고집하지 않고 흐르거나 날아갈 수 있는 유동성의 존재이다. 비록 현재의 시점에서 볼 때, 20세기 초 동북아시아는 지금처럼 급격한 유동성이 존재하는 시기는 아니었다 할지라도, 문화의 특성상 이념이나 민족, 지역을 초월한 일면을 가지고 있었을 것이다.

여기서는 그런 모습의 일단을 확인하려고 한다. 1920~30년대 일본영화, 조선영화, 중국영화 사이의 논의 연계 고리를 잡기 위해 '십자로'라는 키워드를 제시하고자 한다. '십자로'는 우리말로 '네거리'나 '사거리', '교차로' 등에 해당하는 일본어이다. 이 단어는 도시의 근대화로 신작로가 생기고 신식 건물이 들어서면서 길이 교차하는 곳이 생기면서 사용된 것이다.

십자로는 도시의 근대화를 상징하는 핵심적인 용어라고 할 수 있는데, 20세기 초반 동북아시아 삼국의 영화에서 이 용어는 영화 작품의 제목으로 제시되었다. 제작 순서대로 언급하자면, 기누가사 데이노스케衣笠貞之助(1896~1982) 감독의 〈십자로十字路〉(1928), 안종화安鍾和(1902~1966) 감독의 〈청춘의 십자로靑春의 十字路〉(1934), 션시링沈西苓(1904~1940) 감독의 〈십자가두十字街頭〉(1937)가 그런 작품이다. 물론 중국영화인 〈십자가두〉는 '십자로'라는 제목 그대로는 아니지만, 중국어로 '십자가두'는 일본어로 '십자로'와 동일한 의미로 사용된다는 점을 고려하면, 이 세 작품은 기묘하게도 모두 다 '십자로 영화'라는 새로운 범주 아래에 묶어볼 수 있다고 할 수 있다. 물론 국적이나 감독의 성향, 작품의 내용이나 형식, 그리고 제작연도 등이 제각각이지만, 이런 차이점에도 불구하고 동북아시아 삼국의 영화에서 비슷한 제목을 가진 영화들이 특정한 시기에 제작되었다는 점은 결코 간과할 수 없는 측면이라고 할 수 있다.

물론 이들 영화 사이에 특정한 연계가 있다는 증거는 현재로서는 발견되지 않았다. 따라서 이 논의도 명시적 영향 관계에 따른 영향의 수수관계를 논의하는 방식을 취하지는 않을 것이다. 그렇다고 이들 영화가 고립된 섬처럼 존재했다고 단정하기도 어렵다. 앞에서 언급한 것처럼, 영화는 액체나 기체처럼 유동성이 큰 존재라는 점을 고려하면, 안종화가 기누가사의 영화를 몰랐다거나 션시링이 기누가사나 안종화의 영화에 대해 전혀 몰랐다고 단정할 수는 없기 때문이다.

이런 논의를 통해서, 궁극적으로는 일국사적인 논의의 장에 갇혀 있는 한국영화사 논의의 지평을 동북아시아라는 보다 큰 틀로 확장해서 문학과는 달리 개방적인 양식인 영화의 유동성에 대한 인식을 높이고자 한다. 특히 현존 작품 수의 부족, 이로 인한 문헌 중심, 줄거리 중심의 논의 등 조선영화 논의가 영세성을 면치 못하고 있는 상황에서 이와 같은 연구는 연구의 시야를 확대해야 할 필요성을 제기하고 그런 확대의 가능성을 보여주는 시론 역할을 할 수 있을 것이다.

2. 아방가르드 시대극 형식과 어두운 통속극: 〈십자로〉

1920년대 일본영화계는 쇼치쿠와 니카쓰 같은 영화사들을 중심으로 할리우드 영화계와 같이 수직 계열화한 영화 스튜디오 체제를 갖추기 시작했다. 니카쓰가 사무라이 검술영화와 같은 전통적인 장르에 치중한 데 반해 쇼치쿠는 근대적인 통속극 장르에 더욱 관심이 있었다.

1920년대는 또한 서구의 아방가르드 영화 열풍이 일본영화계에 불어닥친 시기이기도 하다. 특히 독일의 표현주의영화와 프랑스의 인상주의영화를 중심으로 한 서구의 아방가르드 영화는 일본영화계에도 영향을 미쳐 이에 감화를 받아 영화 제작을 시도하기에 이르렀다.

일본의 초기 아방가르드 영화를 대표하는 사람이 기누가사 데이노스케이다. 그는 초기에는 '하나가타'라는 여성 역할을 연기하는 배우로서 인기를 받았던 배우였으나 자신만의 영화 작품을 제작하

고자 하는 열의에 따라 감독으로 전신하게 되었다. 아방가르드 영화감독으로서의 그의 명성을 처음으로 각인시킨 영화는 〈미친 한 페이지狂つた一頁〉(1926)라는 영화다.

〈미친 한 페이지〉는 정신병원을 무대로 수용된 정신병 환자들의 기행과 이상 정신 상태를 극단적이고 몽환적인 몽타주의 연속으로 재현하고 있다. 이 영화는 로베르트 비네Robert Wiene(1873~1938)의 〈칼리가리 박사의 밀실Das Cabinet des Dr. Caligari〉(1920)을 포함한 서구 아방가르드 영화의 영향을 확연하게 느낄 수 있는 작품인데, 여기에는 기누가사 자신만의 독특한 특성도 담겨 있다.

영화 대기업인 쇼치쿠의 제작으로 완성된 이 영화는 당시 도쿄의 관객들 대부분에게는 낯설고 이해하기 어려운 영화였다. 이로 인해 흥행은 비록 저조했으나 서구적인 영화들에 관심이 있었던 지식인들에게는 의미 있는 영화였다. 기누가사는 쇼치쿠 하에서의 제작이 자신의 영화 세계를 펼치는 데 반드시 긍정적이지 않다는 점을 느꼈으나, 필요한 자본을 확보할 수 있는 대안이 없어서 여전히 쇼치쿠의 우산 밑에서 영화 작업을 할 수밖에 없었다.

이후 그는 실험적 태도를 이전보다 완화하면서 쇼치쿠와 대중 관객의 기호를 고려하는 방식을 취하게 되었다. 그런 고려의 결과로 탄생한 영화가 〈십자로〉이다. 이 작품은 무성영화로, 시대극 형식을 취한 아방가르드 영화로 규정할 수 있다. 기누가사영화연맹과 쇼치쿠 교토 시모가모 촬영소의 공동 제작 형식을 취했고 쇼치쿠키네마를 통해서 배급되었다. 기누가사영화연맹은 마키노영화제작소로부터 기누가사가 독립하여 만든 독립 프로덕션으로, 여기에는 대기업에 종속된 영화 제작에 염증을 느꼈던 독립 기질이 강했던 영화인들이 다수 참여하여 형성된 영화 동인 성격의 제작 단체였다. 영화사 연구자 사토 다다오에 따르면, 이 당시 기누가사 일동은 상업적 실패 속에서 자신들이 원하는 대로 영화를 만들어보자는 마음에서 기존에 사용하는 무대 배경이나 도구를 재활용하여, 독일 표현주의영화 풍의 세트를 만들어 이 영화의 제작에 활용했다고 한다.[1]

　일본 국내에는 1928년 5월 11일 개봉되었다. 개봉관은 도쿄 신주쿠 무샤시노관이었다. 전통적으로 도쿄의 젊은 지식인들이 많이 찾는 극장이었던 만큼 이곳에서는 일본 지식인뿐만 아니라 식민지 조선과 중국, 대만 출신의 유학생 관객도 꽤 있었을 것으로 짐작된다. 이 영화가 개봉되었던 1928년은 다이쇼 데모크라시로 알려진 문화적 자유주의의 분위기가 아직은 꽤 남아 있었을 시기였으므로, 비록 시대극의 형식을 취하고는 있었다 하더라도 〈미친 한 페이지〉라는 인상적인 작품으로 지식인들 사이에서 인구에 회자하였을 기누가사의 신작 영화는 단연 주목을 받았을 것이다.

　그러나 서구적 지식과 교양에 관심을 가진 일부 지식인들만의 주목으로 영화업이 유지될 수 없다는 점도 생각해볼 필요가 있다. 이런 탓인지는 몰라도 기누가사는 〈십자가〉의 흥행이 기대에 미치지 못하자 이 영화를 들고 일본을 떠나 서구로 흥행 여행을 떠났다. 기누가사는 시베리아 횡단 열차를 타고 소련, 독일 등지를 거치면서 이 영화의 유럽 흥행 활동을 전개하였다.

　이 영화는 독일, 프랑스, 영국, 스웨덴 등등 유럽 각국에서 상영된 것으로 알려져 있다. 특히 전위 영화 열풍이 거셌던 유럽 문화의 수도 파리에서의 비평은 상당히 우호적이었던 것으로 알려져 있다.[2] 이는 아마도 파리와 베를린의 전위 열풍이 지구 반대편의 동양

국가 일본에서 반향을 얻고 있었다는 사실에 대한 기쁨의 표현일지도 모른다. 여하튼 기누가사는 〈십자로〉보다 전위성이 강한 영화 〈미친 한 페이지〉는 정작 소개하지 못했던 것으로 보이나, 일본영화의 예술성을 유럽에 뚜렷하게 각인시키는 데 있어 중요한 역할을 했다.

다만, 정작 일본 국내 흥행계의 반응이 그만큼 뜨겁지 못했다는 점이 그로서는 못내 아쉬운 점이었다. 그 당시 일본영화계는 '참바라'라고 알려진 검술영화 외에는 뚜렷한 흥행을 거두지 못하는 상황이었다. 이런 상황에서 기누가사는 시대극이라는 기본 포맷을 유지하면서도 검을 뺀다는 취지로 〈십자로〉를 만들었다. 그러나 그 당시 일반 관객들은 검을 포기하면서까지 눈물을 사지는 않았다.

이 영화는 에도시대로 추정되는 어느 시기 현재의 도쿄인 에도의 요시와라 지역을 무대로 펼쳐지는 이야기이다. 요시와라는 전통적으로 에도의 환락가로 알려져 있다. 그런데 프리츠 랑Fritz Lang(1890~1976)의 공상과학영화 〈메트로폴리스Metropolis〉(1927)에서 미래 도시의 환락가 이름으로 요시와라가 설정될 정도로, 요시와라는 벚꽃이나 사무라이 등과 더불어 일본을 상징하는 대표적인 기호로 서구인에게 인식되어 있었다. 주신구라 이야기라는 대표적인 시대극이 사무라이 간의 의리를 중심으로 펼쳐짐에 반해 이 영화는 사무라이 계급이 아니라 에도 사회의 하층을 구성하는 한 남매를 주인공으로 하고 있다.

신분을 정확하게 알 수는 없으나 몰락한 집안의 자식으로 보이는 누나와 남동생이 요시와라 변두리의 어느 집 2층에 세 들어 살고 있다. 누나는 생계를 책임지고 있으며 가난에 시달리면서 동생 걱정에 여념이 없다. 그러나 동생은 집안의 상황은 아랑곳하지 않고 환락가를 전전하면서 돌아다니기에 바쁘다.

어느 날 환락가의 활쏘기 게임장에서 알게 된 여자 오우메에 빠져 그녀를 두고 다른 남자와 싸움을 벌이게 된다. 그러다가 그 남자가 뿌린 독성 액체가 눈에 들어가 눈에서 피를 흘리며 집에 들어온다. 그는 그 과정에서 칼을 휘둘렀는데 상대방 남자가 자신의 칼에 사망한 것으로 알고 귀가한다. 사실 상대방 남자는 죽은 척했을 뿐이다. 그런데도 동생은 자신이 살인자가 됐다는 공포심에 떨면서 다른 한편으로는 시력을 잃게 되었다는 절망감에서 헤어나지 못한다.

이런 동생을 지켜보는 누나는 동생의 시력을 회복할 방법을 찾기 위해서 절치부심한다. 그런 과정에서 돈만 있으면 동생의 시력이 회복될 수 있다는 사실을 알게 된다. 그러나 하루하루의 생계를 걱정해야 할 정도로 가난한 그녀에게 그만한 돈이 있을 리가 없다. 그런 약점을 알고 있는 주변의 남자들은 그녀를 성적으로 정복할 욕심으로 유혹하기에 여념이 없다. 그녀는 자신의 순결과 동생의 치유 속으로 절망적인 고민을 이어가다가 결국은 자신을 포기하기로 한다. 포주를 겸한 의사가 강제로 그녀를 끌고 가려고 하자 그녀는 두려움에서 부지불식간에 그 의사를 죽이게 된다.

그런데 기묘하게도 그와 거의 동시에 동생의 시력이 회복되는 기적이 발생한다. 눈을 뜨게 된 동생은 누나의 경위는 아랑곳하지 않고 전에 염두에 둔 그 여자를 찾아서 다시 환락가를 찾는데, 그 과정에서 자신에 의해 죽은 줄 알고 있었던 남자와 자신이 사랑하고 있던 여자가 다정하게 지내는 모습을 보고 충격을 받아 그 자리에서 쓰러지고 만다. 아마도 동생은 그 자리에서 급격한 충격으로 죽은 것으로 보인다.

이런 사실도 모른 채 의사를 죽이고 나서 사라진 동생을 찾아 나선 누나는 살인의 두려움과 공포 속에서 동생을 찾아 나선다. 그 과정에서 십자로 한복판에서 동생의 행방을 유추하면서 오도 가도 못 하는 상황에서 쩔쩔맨다. 영화는 십자로 상의 그녀의 이런 방황으로 끝을 맺는다.

이상과 같은 줄거리 요약을 통해서 이 영화를 살펴보면, 이 영화는 기존의 시대극 배경의 영화와는 근본적으로 다른 이야기를 하고 있음을 알 수 있다. 남자들 간의 충의를 주요 소재로 한 시대극과 배경을 공유하면서도 그들보다 한 계급 낮은 서민들의 이야기를 다루고 있다는 점이 일차적인 차이다. 또한, 서민 계급 중에서도 정상적인 가정이 아니라 부모를 잃고 소외와 가난 속에서 사는 남매에게 이야기의 초점을 맞추고 있다는 점, 그리고 남동생의 연애 감정과 동생에 대한 누나의 헌신적인 사랑을 다루고 있다는 점에서 시대극 영화와는 한참 거리를 두고 있다.

이 영화에서 주인공은 단연 누나라고 할 수 있다. 누나는 가난 속에서도 생활을 꾸려가야 하는 가장이라는 짐을 지고 있으며, 남자이지만 집안의 사정을 전혀 돌보지 않는 동생을 보살펴야 하는 위치에 있기도 하다. 그녀의 일상을 파괴하는 결정적인 계기를 동생이 제공한다는 점에서 동생은 부수적인 역할일 뿐이다.

그녀는 동생의 시력을 회복시키는 데 필요한 돈을 마련해야 한다는 절박함과 그 돈을 마련하기 위해서 자신의 몸을 팔아야 한다는 수치심 사이에서 고민한다. 이런 갈등은 무성영화의 특성상 그녀의 표정을 통해서만 드러난다. 또한, 전통적인 동양 여성 캐릭터에 맡겨 그녀의 감정은 내면화될 수밖에 없다. 극의 진행 과정을 통해서 그녀의 이런 갈등은 절정을 향해서 치닫다가 동생이 기적적으로 회복됨으로써 해소되는 국면을 보인다. 그러나 동생이 마음을 잡지 못하고 어디론가 사라진 사실을 알게 되자 그녀의 갈등은 심화한다. 영화 속에서 이런 그녀의 혼란을 표현하기 위해서 동생을 찾아 나서면서 헤매는 그녀가 밟는 도상은 십자로 형태를 띠고 있다. 그런데 이 십자로는 실제의 거리가 아니라 무대 배경 위에 간단한 선 처리로 돼 있다.[3]

〈십자로〉는 신파극 이후 식민지 조선에서도 흔히 볼 수 있었던 여성 통속극적인 줄거리를 뼈대로 삼고 있다고 할 수 있다. 그러나 보통 메이지유신 이후의 근대적 환경을 배경으로 삼아 펼쳐지는 여성의 비극에 익숙했던 그 당시 관객에게 시대극 배경의 통속극 영화는 아주 낯선 것이었을 것으로 여겨진다. 특히 전반적으로 매우 어두운 느낌의 배경은 비극적이기는 하지만 달콤한 느낌도 동시에 제공한 통속극의 밝은 분위기와는 대조적이었다.

이 영화의 어두운 느낌은 29일이라는 전 촬영 기간 대부분을 야간 촬영으로 진행한 결과이다. 이 영화에서 거의 모든 사건은 야간에 진행된다. 화살 쏘기 경기장 장면의 경우 정황상 주간 장면이라고 추측은 되나 흑백화면 특유의 어둠으로 인해서 정확한 논의는 불가능하다. 여하튼 영화 전반을 지배하는 음울한 분위기와 동생을 위한 누나의 헌신이라는 낯선 이야기는 전통적인 시대극 관객뿐만 아니라 통속극 관객까지도 외면할 수밖에 없는 사각지대 속의 존재라고 할 수 있다.

요시와라를 배경으로 한 이야기이긴 하나 실제로 야외 촬영은 거의 이뤄지지 않고 스튜디오 내 촬영 중심으로 진행되어, 기누가사가 의도한 양식적 요구에 맞게 영화를 진행할 수 있었다. 영화 비평가 요모타 이누히코는 이 영화에 대해서 "이상한 원형 오브제의 연쇄 영상과 왜곡된 무대 장치를 사용하여 현기증과 착란을 멋지게 영화화하는 데 성공했다."고 평가한 바 있으나,[4] 그의 이런 반응이나 평가를 당대의 관객들도 공유하기는 쉽지 않았다.

기누가사의 〈십자로〉에 대한 당대 관객의 반응이 실제로 어떠한 것이었는지를 확인하기는 쉽지 않다. 지금처럼 수용자의 반응을 확인할 수 있는 제도적 장치가 마련돼 있지 않았기 때문이다. 특정한 영화에 대한 개별 수용자의 반응을 확인할 방법은 그가 개인적으로 해당 영화들을 특정한 글에서 언급한 경우를 확인하는 것밖에는 없다. 식민지 조선보다 선진적인 환경이었던 일본에서도 사정은 비슷했던 것으로 보인다. 실험성이 강했던 전작 〈미친 한 페이지〉에 비해 그 정도가 약했던 편이므로 아마도 지식인들의 반응이 전작과 비교하면 호의적이지 않았을 가능성이 있다. 그런데도 시대극 위주의 당대 영화계를 고려할 때, 독특한 감성을 내보이는 기누가사의 영화가 분명히 시대를 앞서가는 개성적인 작품이라는 점은 부인할 수 없을 것이다.

3. 화려한 도시적 배경의 신파적 내용: 〈청춘의 십자로〉

앞서도 언급한 것처럼 영화 문화에 있어서 일본을 유일한 매개자로 삼고 있던 식민지 조선의 지식인들에게 일본영화의 흐름은 결코 무시할 수 없었을 터이다. 1920년대 식민지 조선에서 영화감독으로 활동한 사람들의 다수는 자생적인 활동분자들이었다. 이들은 1930년대에 등장한 이규환이나 박기채처럼 일본의 촬영소에서 기반을 다지고 감독으로 데뷔한 사람들이 아니라 영화에 대한 열정 하나만을 가지고 영화계에 투신한 사람들이다. 〈아리랑〉(1926)의 나운규는 대표적인 인물이다. 애초 극단에서 출발하여 영화판으로 전신한 그는 일본에서의 유학 경험이 전혀 없는 상태로 식민지 조선의 영화관에서 개봉되는 유럽영화들을 교과서로 삼고 영화 공부를 한 축에 속한다.

그 당시 식민지 조선의 영화감독들이 대체로 유럽영화를 자신의 표본으로 삼기는 하였으나 일본영화계의 동향에도 관심이 있었다. 어차피 영화업 전반에 걸쳐 일본은 식민지 조선의 모델 역할을 할 수밖에 없었고, 특히 막대한 자금이 투여되는 제작업의 경우 일본 제작업계의 동향은 주목의 대상일 수밖에 없었다. 그래서 식민지 조선에서 감독업을 하는 경우 일본의 감독들이 어떤 성향의 영화들을 만들고 있는지를 무시하지 못했다. 이는 비단 영화계만의 상황이 아니라 문학, 연극, 미술, 무용 등 대부분의 문화예술 영역에 통용될 수 있는 이야기이다.

그렇다면 식민지 조선의 영화계 인사들이 일본영화를 접하는 경로는 어떤 것이었을까. 일본 유학파의 경우라면 도쿄나 교토의 개봉관에서 영화를 실시간으로 접할 수 있었을 것이다. 만약 그렇지 않다면 경성의 남촌에 산재한 대정관, 황금관, 약초극장, 명치좌 등 재조 일본인 상대의 개봉관을 찾아가면 됐다.

제작된 일본영화의 얼마 정도가 식민지 조선 내 일본인 개봉관에서 상영됐는지 확인할 길은 없다. 그러나 적어도 경성의 일본인 개봉관이라면 웬만한 영화들, 즉 지식층 상대의 '하이칼라' 영화들도 소개됐을 것이다. 그러므로 굳이 일본 유학을 가지 않더라도 웬만한 일본영화들을 감상하는 데 무리는 없었을 것으로 추정된다. 설령 실제로 영화를 보지는 못하더라도 해당 영화들에 대한 정보 정도를 얻는 데 있어 큰 무리는 없었을 것이다. 일본영화계의 정보는 한글 매체 등을 통해서도 간간이 소개됐고 전문적이고 자세한 정보들은 일본에서 반입되는 각종 저널이나 책자들을 통해서 충분히 얻어낼 수 있었기 때문이다.

안종화의 영화 인생은 철저히 국내에서 진행됐다. 연극단체에 가입하여 함경도를 시작으로 전국을 전전했으나, 한 번도 일본으로 건너가서 공부하거나 경력을 쌓았던 이력은 보이지 않는다. 그의 영화와의 인연이 부산에 있는 조선키네마주식회사라는 일본인 경영의 영화사라는 점이 유일하게 그가 외부와 맺은 인연으로 보인다. 이 영화사도 연이은 흥행 실패로 오래 존속하지 못했기에 안종화와 일본영화계의 인연은 오래가지 않았다. 그가 본격적으로 감독 활동을 한 1930년대에도 그는 특별히 일본영화계와의 연계를 보이지 않았다.

〈청춘의 십자로〉 외에는 필름이 남아 있지 않은 한계를 전제하고 이야기한다면, 안종화의 초창기 영화들은 가벼운 도시 통속극이라고 할 만한 것들이다. 이는 그가 한때 몸담았던 극단에서 공연했던 레퍼토리들의 영향일 수도 있고, 아니면 그 당시 쇼치쿠의 근대 통속극들의 밝고 경쾌한 기분, 혹은 그것의 연원이라고 할 수 있는 할리우드영화들에서 영향 받은 것일 수도 있다. 어쩌면 할리우드와 쇼치쿠의 복합적인 영향이라 할 수 있다. 그런데 안종화의 경우, 시나리오는 항상 자신이 직접 쓴 것으로 돼 있다. 이런 점을 고려할 때, 그가 시나리오를 구상하면서 원줄기가 되는 이야기의 동기를 어디선가 흡수하는 과정이 필수적이었을 터이다.

안종화의 영화 감독작 중 지금 유일하게 필름이 남아 있는 영화 〈청춘의 십자로〉는 어떠했을까. 이 영화는 제목 자체가 특이하다. 앞서 살펴본 기누가사의 〈십자로〉를 전제하지 않는다면 그 당시 분위기로서는 이런 제목의 구상 자체가 쉽지 않다. '십자로'라는 용어 자체가 근대화된 도시를 전제하지 않으면 존재할 수 없기 때문이다. 그리고 1934년 작인 안종화의 이 작품이 만들어지기 불과 6년 전, 일본의 문화계와 지식계를 떠들썩하게 했던 〈십자로〉에 대해 안종화가 몰랐을 것으로는 보이지 않는다.

기누가사의 영화가 개봉된 1928년 안종화는 카프 계열의 영화 〈유랑〉을 제작하고 있었다. 카프 영화동맹과의 연계 속에서 이 영화가 제작됐다고 할 때, 카프 영화계 인사들을 통해서든 다른 경로를 통해서든 기누가사 영화에 대해서 알게 됐으리라고 생각된다. 기누가사 영화의 제목 〈십자로〉가 영화를 직접 보지 않으면 어떤 함의를 가졌는지 알기 어렵게 돼 있는 데 반해, 안종화의 경우에는 더욱 구체적으로 제목을 설정하고 있다. 〈청춘의 십자로〉는 제목 자체만으로 당대를 살아가는 젊은이들의 고민과 방황을 소재로 하고 있다는 사실을 뚜렷하게 보여주는 것이다. '청춘'이라는 단어는 당대 일본영화들에서도 가끔 제목으로 차용된 것이어서,[5] 안종화의 〈청춘의 십자로〉라는 제목은 일본영화들을 봐온 관객들에게는 매우 친숙한 느낌을 주었을 것으로 보인다.

이 영화에서 주목하는 청춘들은 누구인가. 이 영화는 시골에서 상경해 경성역 수하물 운반수로 일하고 있는 영복과 그의 연인으로 '개솔린걸'로 일하고 있는 계순을 주인공으로 하고 있다. 여기에 덧붙여서 영복의 여동생 영옥과 그녀를 농락하는 고리대금업자이자 방탕한 부르주아 장개철과 주명구가 있다.

영화는 경성역을 향해 달리는 기차가 레일 위를 달리고 터널을 통과하면서 경성역으로 향하는 장면으로 시작한다. 이 장면은 서구 아방가르드 영화의 대표작 발터 루트만Walter Ruttmann(1887~1941)의 〈베를린: 대도시의 교향곡Berlin: Die Sinfonie der Großstadt〉(1927)의 영향을 보여주는 인상적인 장면이다. 이런 첫 장면은 앞으로 펼쳐질 이야기가 대도시 경성을 무대로 하게 될 것을 암시하는 것이다.

경성역에서 내리는 손님들의 수하물을 운반해주는 일을 하는 영복의 장면에 이어 영복이 고향에 있을 때의 사건, 개솔린걸로 일하는 계순, 그리고 고향을 떠나 경성에서 여급으로 일하는 영복의 동생 영옥, 그리고 개철과 명구의 장면이 이어진다. 이 작품에서 기본적으로 제시되어야 할 인물들의 장면들이 차례로 이어진 후, 이 영화는 영복과 계순, 영옥과 개철 및 명구의 관계를 직조한다. 극의 중반 이후에는 영옥이 일하는 카페의 마담을 매개로 계순과 영옥이 알게 되고 이를 계기로 계순을 둘러싼 내외적 갈등이 고조에 이르게 된다. 비교적 큰 무리가 없이 짜인 장면들을 통해서 관객은 이 작품에서 인물들이 겪는 기본적인 갈등, 즉 식민지 조선의 젊은이들이 겪는 고뇌의 정체를 이해하게 된다.

극 초반에 비중 있게 등장하는 영옥을 통해서 그녀가 비록 카페 여급으로 일하는 처지이기는 하지만 물질적 궁핍과 부르주아의 유혹 사이에서 윤리적으로 갈등하는 모습이 제시된다. 이는 물질과 향락으로 얼룩진 도시의 부르주아적 삶과 시골의 순결한 삶 사이의 긴장을 암시하는 것이다. 신일선이 연기한 영옥은 이런 갈등을 내뿜는 담배 연기와 부르주아들을 외면하는 시선 등을 통해서 표현하고 있다. 그런데도 그녀가 어느 순간 그런 갈등을 버리고 개철과 명구와 더불어 도시적 향락의 세계에 빠져들어 감으로써 이 영화에서 암시하고 있는 십자로적인 역할이 그녀에게 주어진 것이 아니었음을 관객들은 이내 눈치채게 된다.

오히려 그런 역할은 극 초반에 어떤 알력도 없이 평온하게 자기 일을 즐겁게 하고 유쾌하게 연애하는 영복과 계순에게 주어진 것이라는 사실이 어느 순간 뚜렷해진다. 그들의 고민과 갈등은 서로 간에 발생하는 게 아니라 계순의 가정환경에서 발생한다. 계순은 한 집안의 가장으로 병든 노부와 어린 동생의 생계를 책임지고 있는데, 어떤 이유인지는 모르나 고리대금업자에게 부채 추궁을 당하는 어려운 형편에 빠지게 된다. 영화에서는 병든 노부와 계순의 대화 장면이 몇 차례 걸쳐 재현되고 그때마다 계순에게 뭔가를 호소하는 노부의 모습과 여기에 대해 비창한 표정으로 대답을 제대로 하지 못하는 계순의 모습이 제시된다.

중간 자막이 전혀 없고 변사의 설명도 없는 상황에서 그들 간에 어떤 이야기가 오갔는지를 알기는 어렵다. 다만, 계순이 자신의 상황을 영복에게 전달하기 위해 쓴 편지로 그녀가 금전 문제를 해결하기 위해 마음에도 없는 결혼을 해야 할 상황이라는 사실을 관객이 이해하게 된다.

이런 상황에서도 영복을 마땅한 수단이 없어 고민만 하게 된다.

계순은 이런 문제를 해결하기 위해 우선 '개솔린걸' 일을 그만두고 더 이윤이 좋은 직업을 찾는데, 그 순간 영옥이 일하는 카페 마담을 만나게 된다. 정황상 두 사람은 동창생으로 추정되는데, 마담을 통해 개철이 그녀의 문제를 해결해 줄지도 모른다는 희망을 품게 된다. 그러나 향락에만 눈이 먼 개철에 의해 몸을 버리게 되는 지경에 이른다. 계순의 문제를 해결하기 위해 고리대금업자 개철을 찾게 된 영복은 개철에게 모욕을 당한 채 물러나게 된다. 애인 계순과 동생 영옥이 개철에 의해 농락당한 사실을 알게 된 영복이 분노의 절정에서 연회 중인 개철을 쓰러뜨림으로써 극은 급격히 결말로 치 닫는다.

이 장면 이후 어느 집 대문이 열리면서 영복과 계순이 나오고 그 뒤를 영옥이 나오면서 두 남녀를 붙잡는 장면이 이어진다. 정황상 개철을 제거한 후 영복과 계순이 결혼하고 그 집에 영옥이 동거하게 된 것으로 보인다. 아침에 각자의 일터로 향하는 바쁜 와중에 동생 영옥이 오빠 내외에게 아침의 축복을 내려주면 남녀는 각자 다른 방향으로 일하러 가고 영옥이 대문을 닫으면 '완完'자가 등장하면서 영화는 끝이 난다.

이 영화에 대해서는 감독 이규환, 비평가 박승걸이 평가를 한 바 있다. 이규환은 "각색, 감독, 연기, 촬영, 편즙에 잇어 다 종래의 영화보다 한 걸음 나아간 점을 발견할 수" 있다고 대체로 호평을 했고,[6] 박승걸은 1934년 12월 1일부터 3일까지 세 차에 걸쳐 나눠서 실린 비평에서 그는 남자 주인공 이원용이 침통한 표정에 부적절한 얼굴이라는 점, 여동생 영옥 역의 신일선이 그 역을 하기에는 지나치게 노안이라는 점, 그리고 영복의 고향 장면에 등장하는 농촌 부녀자의 복장이나 영복이 복장이 어색하다는 점, 그 외 농촌의 관습이나 풍정에 맞지 않는 여러 가지 점들을 지적하면서 이 영화가 당대 풍속과 인물 재현에 문제점을 가진 영화라고 혹평하고 있다.[7]

세부적으로 부적절한 점들을 자세하게 지적한 점은 그렇다 하더라도 박승걸의 비평은 비평으로 갖춰야 할 비평적 관점은 생략한 채 지나치게 세부에 집착한 점이 아쉬움으로 남는다. 그러나 영화계 전문가의 이런 평가와는 별개로, 이 영화가 1939년에 개최된 조선일보 주최 영화제에서 무성영화 부문 6위를 차지하고 있다는 점을 고려하면 당대 관객에 대한 호소력은 어느 정도 있었던 것으로 보인다.

물주이자 악당 역의 박창수와 그 부인에게 얽힌 이야기, 그리고 영화의 마지막 부분인 국일관에서의 촬영에 얽힌 이야기, 촬영 시 거울을 사용하게 된 경위 등 이 영화 제작 당시 겪었던 어려운 점들을 안종화는 그의 영화사 저술에서 털어놓기도 하였다.[8]

〈청춘의 십자로〉에서는 기누가사의 〈십자로〉처럼 화면상에 '십자로' 형상이 노골적으로 제시되지 않는다. 이 영화에서 십자로는 가정 형편 때문에 애인을 버릴 것인가를 고민하는 계순의 내면에 존재하는 것이라 할 것이다. 그러나 개철을 쓰러뜨린 후 갑자기 모든 것이 해결된 것처럼 환하게 웃는 인물들의 모습으로 끝나는 영화의 결말은 이 영화의 제목으로 그럴듯하게 제시된 십자로의 상징성을 설득력 있게 풀어내지 못했다는 느낌을 준다. 영복에게 맞아서 초주검이 된 개철은 과연 어떻게 되었는가, 계순을 그렇게도 괴롭혔던 경제 문제는 어떻게 해결되었는가, 타락한 도시 여성이 된 듯해 보이던 영옥은 어떻게 자신의 순수성을 회복할 수 있었는가 등등의 질문에 대해서 이 영화는 적절한 답을 제시해주지 못한다.

만약 결말의 이런 부실함이 소실된 필름의 문제라면 제고되어야 하겠지만, 소실된 필름이 영화의 초반부를 구성하는 캔 한 통 분량의 것이라는 점을 고려할 때, 결말의 부실함은 애초 시나리오상의 것일 가능성이 크다. 1930년대 초반 경성의 젊은이들을 괴롭혔을 궁핍, 실업과 향락주의, 사랑, 순수성 상실 등의 문제는 분명히 풀기 어려운 것일 텐데도 안종화 감독은 영화 초반 기차가 터널을 통과해 빛으로 충만한 세상을 맞는 것처럼 논리를 초월해 그런 문제가 해결된 밝은 세상을 제시하고 있다.

4. 스크루볼 코미디 양식의 민족주의 영화: 〈십자가두〉

일본어 '십자로'를 중국어로는 '십자가두'라고 한다. 약간의 차이가 있기는 하지만, 중국의 도시에서도 십자가두는 근대 이후 인상적인 공간이라고 할 것이다.

션시링 감독의 영화 〈십자가두〉가 개봉된 것은 1937년이다. 중국 동북지방에 만주국이 세워진 후 본격적으로 시작된 일제의 침략 마수가 서남쪽으로 조금씩 뻗어오면서 중국의 지식인과 청년들 사이에 항일 의식이 강렬해지던 시기이다. 이 영화는 션시링 본인의 체험담과 주변의 실업자 친구들, 그리고 흔히 만주라고 불리는 동북지방 출신의 학생들과의 대화 중에서 얻은 힌트에서 비롯됐다.[9]

션시링은 일본 유학파 출신 감독이다. 그는 일본에서 미술과 염직을 공부했고, 귀국 후에는 좌익 계열의 시대미술사, 중국좌익작가

연맹 등에 참가한 바 있고, 그 후 당시 상하이의 대표적인 영화사였던 천일, 명성 등의 영화사에서 미술 담당으로 영화 경력을 시작하였다. 그는 짧은 조연출 경험을 거쳐 〈여성의 외침女性的訥喊〉(1933), 〈상해 24시上海二十四小時〉(1934), 〈여아경女兒經〉(1934) 등의 작품으로 감독 데뷔하였다. 이 영화들은 중국 최초로 노동자 생활을 묘사한 영화로 알려져 있다.[10] 이런 작품 성향은 그 후로도 이어져 항저우의 뱃사공 처녀의 이야기를 다룬 〈처녀 뱃사공船家女〉(1935)를 내놓은 후, 〈십자가두〉(1937)를 내놓게 되었다.

〈십자가두〉는 1930년대 상하이에서 살아가는 중국 청년들의 삶을 조명하고 있다. 대학 졸업 후에도 마땅한 일자리를 찾지 못해 자살을 시도하는 청년이 있는가 하면 일제에 의해 빼앗긴 동북지방을 되찾기 위해 혁명에 투신하는 청년도 있다. 그들은 극 초반에 사라지고 영화 속에서는 실업의 비운 속에서도 꿋꿋이 일자리를 찾고 찾아서는 열심히 일하지만 또다시 실업자가 되는 젊은이들을 중심인물로 설정해 그들의 애환을 보여준다.

남자 주인공 격인 노조는 대학 졸업 후 기자가 되기를 희망하지만 쉽게 얻지 못해 방세마저 내지 못하는 비참한 신세다. 그런데도 그는 결코 좌절하지 않고 노력한 끝에 한 신문사의 교정직 일자리를 얻게 된다. 매일 출근할 수 있는 직장을 얻게 됨과 동시에 방세도 낼 수 있게 되었다. 그런 그가 거주하는 월세방은 위가 다른 방으로 터져 있어 개인적인 생활이 보장이 안 되는 구조로 돼 있다. 그가 사는 맞은 편에 제사공장의 교련원으로 일하는 양지영이 세 들어 살게 된다. 그때부터 그들은 위가 터진 공간을 공유하면서 각종 촌극을 벌인다. 영화에서는 그들 간의 웃음거리가 희극적 기법으로 그려진다. 노조와 양지영이 벌이는 촌극은 표면적으로 볼 때, 그 당시 할리우드영화에서 유행한 스크루볼 코미디를 연상하게 한다.

그들은 서로 간에 알력이 생기지만 서로 출퇴근 시간이 엇갈리면서 서로 얼굴을 마주칠 일은 없다. 이런 설정은 현대인의 고립되고 익명화된 삶에 대한 아이러니를 드러낼 수 있도록 한다. 그들이 사는 셋방으로 이어지는 신작로 십자가두를 지나는 전차를 공유하면서 그들은 서로를 인지하지 못한 채 호감을 공유한다. 기자로서 교정 업무 중심으로 일을 하던 노조가 상하이 공장을 취재하면서 기사를 쓰게 되는 기회를 얻는데, 그가 쓴 기사는 「공장 풍경선工場風景線」이라는 제목을 단, 다소 낭만적 여운이 있는 일종의 스케치 기사로 보인다. 그가 쓴 기사는 결코 공장의 현실을 낱낱이 이해하고 쓴 것이 아니다. 그러다가 옆 방에 사는 양지영이 근무하는 공장 견학을 통해서 공장의 현실을 이해하게 된다. 현재 남아 있는 영화는 당국의 검열로 인해 부분 삭제가 된 것이어서 이 부분의 연결이 자연스럽지 않으나, 양지영이 근무하는 제사공장에서 여성 노동자가 과로로 쓰러지고 이런 현실에 교련원인 양지영이 항의를 하는 장면이 들어가 있었을 것으로 추정된다.

그런 양지영과의 인터뷰 취재를 통해서 노조는 현실의 외면만을 스케치한 가짜 기사가 아니라 현실의 핵심을 파고드는 진정한 기사를 쓰게 된다. 그가 쓴 기사는 「여공 애사女工 哀史」라는 제목의 시리즈로 연재된다. 영화에서는 이런 변화가 윤전기에서 「공장 풍경선」이라는 제목의 기사가 인쇄되는 장면이 제시된 얼마 후 노조의 변화를 암시하듯이 똑같은 방식으로 이번에는 「여공 애사」라는 제목의 기사가 인쇄되는 장면으로 제시된다.

그런 과정의 결과인 것으로 보이지만, 그 후 양지영은 근무하던 제사공장에서 해고돼 귀향하고, 노조 역시 기사 때문인지 신문사에서 해고된다. 다시 가난한 실업자 신세가 된 노조는 상점 진열장 전시 업무를 하는 단짝 친구 아당과 함께 불확실한 미래를 걱정하게 된다. 그러던 어느 날 영화 초반에 실업을 비관해 자살하려다 노조가 살려준 친구 소서가 결국 투신자살했다는 소식을 신문에서 접하게 된다. 이후 노조와 아당, 다시 상하이로 온 양지영과 그녀의 친구는 화면 왼쪽으로 향해 행진하듯이 당당하게 걸어가면서 영화는 끝이 난다.

이 영화 속 인물들은 불운한 삶을 살고 있지만, 그들은 좌절하는 나약한 인물이 아니라 희망을 품고 무기력한 삶을 개선해나가려는 의지를 가진 인물들로 그려진다. 현재 남아 있는 필름으로 보건대 이 영화에 실업자가 양산되는 원인에 대한 깊이 있는 조명은 없다고 할 수 있지만, 이 모든 원인이 일제와 국민당 정부에 있다는 점을 암시하고자 하는 감독 션시링의 의도는 충분히 읽힌다.

그 당시 국민당 정부는 청년 학생들의 애국심을 유지하면서도 일제를 과도하게 자극하지 않기 위해 노력하였다. 이를 위해 국민당 정부는 교육체제를 엄격하게 하고 필수과목과 복잡한 시험제도를 개발하여 학생들이 시위를 벌일 틈을 주지 않았고, 시위에 참여하는 학생들을 수색, 체포함으로써 공포 분위기를 조성하기도 하였다. 또한, 신문, 잡지, 서적 같은 인쇄 매체뿐만 아니라 영화 같은 대중매체에 대해서도 엄격한 검열을 시행하였다.

이와 같은 상황에서 중국의 당대 청년들에게 있어 이 모든 불행을 극복할 수 있는 유일한 방안은 일제와 국민당 정부에 맞서 공산

당 노선에 가담하는 것뿐이라는 급진적인 결론은 좌파 감독 셴시링으로서는 매우 당연한 것으로 보인다.

그렇다면 셴시링 감독이 이 영화의 제목을 〈십자가두〉라고 붙였을 때, 그가 의도한 바는 무엇이었을까? 영화 속에서는 주인공들이 출퇴근을 위해 타는 전차가 지나다니는 십자가두가 수시로 등장한다. 거기서 전차를 매개로 주인공들은 엇갈리기도 하고 마주치기도 한다. 그리고 서로 호감을 나누기도 한다. 이렇게 볼 때, 셴시링 감독에게 있어서 십자가두는 개별화되고 고립된 청년들이 만나고 헤어지는 공간이라고 할 수 있다. 그러나 그곳은 영원한 정주나 만남을 위한 공간이 아니라 어떤 목적을 품고 헤어져야 할 공간이기도 하다. 각각의 목적으로 분산된 그 길들이 당대 중국의 진로를 고민하는 지식인 감독 셴시링에게는 특정한 방향으로 합일되어 가는 과정을 위해 필수적인 공간으로 기능하는 것이다.

셴시링이 기누가사의 〈십자로〉나 안종화의 〈청춘의 십자로〉에 대해 알고 있었는지는 확실하지 않다. 일본 유학을 시작한 시점이 언제인지도 확실하지 않다. 다만, 1924년 스키지소극장에서 미술부원 활동을 했다는 이력이 확인되며 1928년 귀국한 것 정도가 확실해 보인다. 이로 볼 때, 그는 1920년대 내내 일본에 유학하면서 1920년대 일본의 급진적인 연극과 영화를 마음껏 접할 수 있었을 것이다. 그렇다면 기누가사의 영화들을 보았을 가능성은 충분하다. 그에 반해 그가 안종화의 〈청춘의 십자로〉를 보았거나 알았을 가능성은 추단할 수 없다. 그 당시 조선영화 중에서 중국에서 개봉된 영화가 있다는 기록이 현재로서는 없기 때문이다. 따라서 셴시링이 〈십자가두〉라는 제목을 사용했던 것은 상당한 우연이라고 할 수 있다.

그는 이런 제목을 통해 국망의 암운이 드리운 조국을 위해 당대 청년들이 십자가두 상에서 어디로 나아가야 할 것인지를 영화적으로 주장하고 싶었던 것으로 보인다.

5. 영화 아카이브의 중요성

2008년 〈청춘의 십자로〉 복원 소식은 한국영화계에 놀라움 그 자체였다. 문헌으로만 존재하던 영화가 어느 순간 나타난다는 사실 자체가 기적에 가까운 일이기 때문이다. 한국영상자료원이 주체가 되어 주로 러시아나 중국의 국영 영화 아카이브 기관의 협조로 진행되던 그간의 복원 사업과는 달리, 〈청춘의 십자로〉는 국내의 개인을 통해 이뤄졌기 때문이다. 이런 일을 겪으면서 앞으로도 이와 유사한 발굴이 가능할 수 있다는 희망을 심어주었다.

이 영화는 현재 한국영상자료원 고전 영화 아카이브에서 감상이 가능하다. 비록 변사의 연행을 동반한 이벤트를 경험하지 못했지만, 필자는 필름이 아니라 VOD로 이 영화를 몇 차례에 걸쳐 감상하였다. 이처럼 영화 연구는 실제 필름이 존재하지 않으면 제대로 이뤄질 수 없다. 그런 열기에 따라 이 영화 관련 논문도 몇 편 제출됐지만, 그 열기는 이내 식어버렸다. 이 영화에 관한 심도 있는 추후 논의가 이어지지 못한 데는 여러 가지 이유가 있겠지만, 이 영화를 조선영화라는 테두리에만 가두어버린 탓도 없지 않을 것이다.

그런 한계를 극복하고 논의의 지평을 확장하기 위해서 비슷한 시기에 발표된 유사한 제목의 일본과 중국의 영화들과의 비교 연구

검토를 시도하게 되었다. 이런 시도가 실제로 가능했던 것은 〈청춘의 십자로〉와 마찬가지로 해당 영화들을 손쉽게 감상할 수 있게 되었기 때문이다. 그 전까지는 상상할 수 없었던 일들을 가능케 해준 것은 유튜브 채널이다. 현재도 유튜브 검색을 통해 〈십자로〉와 〈십자가두〉 감상이 가능하다. 물론 한글 자막은 달려 있지 않으며, 〈십자로〉는 무성 그 자체로 올라와 있다. 〈십자로〉의 경우 애초 쇼치쿠 교토 촬영소에서 보관해 오던 필름이 1950년 교토 대화재로 소실됐지만[11] 이후 영국 국립 필름 보관소에 보관돼 있던 영어판 필름[12]이 도쿄 근대미술관 필름 아카이브를 통해서 복원돼 대중에게 공개되었다. 한 롤이 산화돼 소실된 〈청춘의 십자로〉나 일본 국내 네가 필름이 소실된 〈십자로〉처럼, 현존 〈십자가두〉 역시 국민당 정부의 검열로 여러 곳이 인위적으로 삭제되었다는 점에서 이들 영화는 모두 이상적인 원본이 사라진 불완판이다.

비록 국적이나 감독의 성향이나 작품의 기술적 특성은 제각각일지라도 비슷한 시기에 비슷한 제목으로 당대를 살아가는 이들의 고민과 방황을 특정한 상징으로 담아내려고 했다는 점에서 소위 '십자로 영화'들은 20세기 초반 격변의 시기를 살아간 동북 아시아인들의 모습을 조명하는 데 있어서 중요한 참고가 될 것이다.

| 주 |

1) 사토 다다오 저, 유현목 역, 《일본영화 이야기》, 다보문화, 1993, 86~87쪽.
2) 中山信子, 「『十字路』の1929年パリでの評價－當時の新聞・雜誌の批評の檢證と その評價の背景を探る」, 《演劇 研究》35號, 東京: 早稻田大學坪內博士記念演劇 博物館, 2011, 73~89쪽.
3) 雙葉十三郎, 《日本映畵ぼくの300本》, 文藝春秋, 2004, 111쪽.
4) 요모타 이누히코 저, 박전열 역, 《일본영화의 이해》, 현암사, 2001, 80쪽.
5) 오즈 야스지로(小津安二朗, 1903~1963)의 무성영화 〈청춘의 꿈은 어디로(青春 の夢いまいづこ)〉(1932)는 제목에 '청춘'을 쓴 대표적인 작품이다.
6) 이규환, 「佳作의 朝鮮映畵 青春의 十字路」, 《동아일보》, 1934. 9. 21.
7) 朴承杰, 「映畵 時評 『青春의 十字路』 人物 配役에 缺點 잇다(上)」, 《조선중앙일 보》, 1934. 12. 01.
    _____, 「映畵 時評 『青春의 十字路』 人物 扮裝 配役에도 缺點(中)」, 《조선중앙 일보》, 1934. 12. 02.
    _____, 「映畵 時評 『青春의 十字路』 農村을 몰랏다(下)」, 《조선중앙일보》, 1934. 12. 03.
8) 안종화, 《韓國映畵側面秘史》, 현대미학사, 1998, 191~196쪽.
9) 李多鈺, 《中國電影百年(1905~1976)》, 中國廣播電視出版社, 2005, 134쪽.
10) 위의 책, 134쪽.
11) 1950년 한 해에만 교토에서는 3차에 걸친 화재가 발생해서 교토 촬영소뿐만 아니라 교토역과 금각사도 소실됐다. 가토 미키로우 저, 김승구 역, 《영화관과 관객의 문화사》, 소명출판, 2017, 207쪽.
12) 사토 다다오 저, 위의 책, 87쪽.

6장

황지우 시의
이국 지명

1. 발화 욕망과 알레고리 형식

황지우黃芝雨(1952~)는 1980년대 내내 문학과 현실, 상상과 현실, 욕망과 좌절의 간극과 긴장을 최대치로 뽑아내는 창작 활동을 지속함으로써 "우리 시문학사에서 리얼리즘과 모더니즘의 가장 빛나는 교점을 보여준 시인"[1]이었다.

황지우의 등단작은 대한민국 사회가 기나긴 독재의 터널을 벗어나 새로운 희망과 긴장을 느끼던 순간에 발표되었다. 그러나 그 직후 발생한 광주민주화운동은 그의 시가 움직여 나갈 방향을 규정하는 계기가 되었다. 광주는 성년이 되기 전까지 그의 생의 터전이었고 1980년 이후 그의 시의 터전이 되었다. 그 후 발표된 그의 초기 시 거의 다가 이런 체험과 결부된 것이라는 점은 익히 알려진 사실이다. 예를 들어, 첫 시집 《새들도 세상을 뜨는구나》(1983)는 등단 후 1983년까지의 소작所作을 묶은 시집으로, 여기에는 광주민주화

운동과 관련된 정신적 외상을 느끼게 하는 작품들이 아닌 것이 없다. 가혹한 외적 탄압에 대한 공포로 인하여 그의 시적 표현은 간접화·은유화·알레고리화의 방식을 취하고 있다. 이를 통하여 그는 그가 살아가고 있는 현실에 대한 환멸·거부·이탈의 욕망을 표현하고 있다.

이들 시에서 느껴지는 도피의 심리에 대해서 일찍이 고故 김현은 낭만주의로 규정한 바 있는데, 그는 황지우의 낭만주의를 "도피와 일락의 낭만주의"가 아니라 "새로운 삶을 희구하는 남성적 낭만주의"라고 말하고 있다.[2] 그러나 낭만주의가 현실의 속악俗惡함을 넘어설 어떤 이상향에 대한 확신을 전제로 한다고 할 때, 황지우식의 낭만주의는 뚜렷한 목표 지점을 설정한 확고한 성격보다는 여기가 아니라면 어디라도 좋다는 식의 막연하고 암울한 성격을 보여준다.

황지우의 초기 시는 이처럼 말할 수 없는 것을 말하려는 의지의 산물이다. 그 과정은 외적 탄압의 장벽을 넘어설 특수한 시적 기제機制를 필요로 하게 되는데, 그 기제가 바로 황지우 초기 시의 개성을 만들어주는 것이 된다. 황지우 초기 시의 개성은 전통적인 의미에서의 시적인 것의 포기, 그리고 새로운 시적인 것의 발견과 관련된다. 전통적으로 우리는 시를 특수한 개인의 내면화된 단일한 목소리의 결과로 인식하는데, 황지우는 시 창작 초기에 이와 같은 상식을 무너뜨리고 시적이지 않은 외적 발화들을 시 속에 끌어들이려는 시도를 지속해서 한 바 있다.

그러한 외적 발화들은 대체로 시적 화자를 둘러싸고 있는 지배적 현실의 상응물들인 경우가 많다. 그것들은 시적 화자를 둘러싼 현실을 구성하는 지배 이데올로기의 매체이자 산물들이다. 황지우가 그의 시들에 신문이나 방송 일부분을 삽입하거나 아예 그것들로 시를 대체하는 경우가 여기에 해당한다고 할 수 있다. 그 경우 시에 삽입된 것들은 그 자체로 시적 화자의 발화는 아니다. 다만 특정한 목적을 위해서 시인에 의해서 선택된 것들이며 이것들은 시라는 문맥에 위치함으로써 시적 화자를 위한 특별한 매체로서 기능할 수 있다. 독자의 처지에서는 삽입된 내용을 바탕으로 시적 화자의 의도를 유추해야 하는 어려움을 느낄 수 있다.

그러나 이런 방식으로 시가 쓰일 수밖에 없는 엄혹한 상황을 전제한다면 이런 형식은 단지 시의 전통적 형식을 해체하기 위한 순수한 욕망의 산물이 아니라는 데에서 그 나름의 절실함을 느끼게 되는 것이다. 황지우 시에서 소위 말하는 해체는 그러므로 발화해야 할 것을 발화할 수 없는 고통의 산물이라고 할 수 있으며, 일견 무미건조한 신문 기사의 한 토막에서도 독자가 깊은 고통과 슬픔을 느끼게 되는 것은 시의 문맥을 형성하는 시대의 아픔을 우리가 채워 넣음으로써 가능한 것이다.

황지우 초기 시에 관한 기존의 연구들은 대체로 해체라는 외적 현상의 심층에 가라앉아 있는 시인의 욕망과 현실 사이의 긴장을 잘 이해하고 있었다고 할 수 있는데, 황지우 시가 보여주는 해체의 양상을 여러 가지 측면에서 조명하고 그것이 가지는 정치적 의미를 설명하는 데 집중해왔다. 그러나 해체의 외양에 대한 관심에 가려져 일견 해체라는 담론과 무관하거나 거리가 있어 보이는 작품들에 대해서는 등한시한 감도 없지 않다. 물론 황지우의 초기 시가 해체라는 특정 현상의 대표적인 작품들인 것은 인정할 수 있다 하더라도 그의 초기 시가 그것으로만 전적으로 수렴될 수는 없다는 점에서 기존 연구들은 모두 비슷한 한계를 가진다고 할 수 있다.

1980년대 초반 황지우는 발화할 수 없는 것들을 발화하기 위해 필사적으로 노력한 듯이 보이는데 그것이 시적이지 않은 것의 삽입이나 대체라는, 흔히 해체라고 알려진 방식 외에 다른 방식으로도 시도되었다는 사실을 이해할 필요가 있을 듯하다. 그것은 대한민국의 당대 현실을 타자의 상황과 뒤섞는 방식이다. 그것은 그가 시대에 대한 환멸과 부정을 표현하는 유일한 방식이었다는 점에서 소중하다고 할 수 있다.

여기서는 황지우 초기 시에 산재하는 이국 지명이라는, 기존 연구 풍토에서는 낯선 주제를 거론하고자 한다. 황지우 초기 시를 어느 정도 유심히 읽은 독자라면 거기에 이국 지명들이 다수 등장한다는 사실을 알게 된다. 황지우 초기 시에 등장하는 이런 이국 지명들은 일견 무질서한 양상을 보이지만 필자가 판단하기에는 대체로 한반도에 등위도 상에 있는 지명들이 언급되는 경우이거나, 드물게는 한반도와 일견 무관해 보이는 대척점 상의 지명이 언급되는 경우이 둘 중의 하나이다. 물론 이들 지명은 어떻게든 이 시들이 쓰였던 1980년대 대한민국의 상황과 모종의 연관성을 가진다는 점은 두말할 것도 없다.

2. 대중매체의 인용과 현실 도피의 욕망

　황지우의 첫 시집《새들도 세상을 뜨는구나》는 시인의 명시적인 언급은 없었지만 대체로 창작 연대순으로 배치된 것으로 보인다. 1980년《중앙일보》신춘문예 당선작〈연혁沿革〉이 시집 첫머리에 실려 있고 계간《문학과지성》데뷔작〈대답 없는 날들을 위하여〉연작이〈연혁〉,〈만수산萬壽山 드렁칡1〉에 이어 배치된 점, 그리고 시집 뒤쪽에 배치된 작품들이 대체로 시집 발간 연도인 1983년 어간에 쓰인 것으로 보인다는 점 등을 고려할 때 그런 판단이 가능하다. 따라서 초기 작품일수록 현실에 대한 환멸과 무력감은 강한 양상을 보이며 현실을 벗어나 타자의 세상을 꿈꾸는 욕망은 강한 양상을 보인다.

　그와 같은 욕망의 세계를 매개하는 것은 주로 시적 화자의 현실과 될 수 있는 대로 거리를 둔 먼 곳, 즉 다른 세상이다. 그러나 시적 화자의 이국 지향이 반드시 행복한 결말을 이끌고 오지 않는다는 데 시적 화자의 비극이 존재한다. 시적 화자에게 있어 이국은 막연히 상상되기도 하지만 신문이나 방송의 외신을 매개로 접하게 되는 지명일 경우가 대부분이다.

　〈만수산 드렁칡1〉에 등장하는 길림성 봉천吉林省 奉天은 시적 화자의 상상 속의 공간이다. 시적 화자는 망국으로 표상되는 자포자기적 심정으로 야유회를 떠난다. 이 야유회는 현실 도피나 이탈 행위이다. 그런 행위는 결국 국경에서 종말을 고할 수밖에 없는데, 그곳에서 시적 화자는 간절히 물을 찾는 길림성 봉천의 '풀'과 '꽃'들의 목멘 울음소리를 듣게 된다. 길림성 봉천은 시적 화자의 현실에서 한참 거리를 둔 막연한 이국임이 분명하다. 그런데도 길림성 봉천은 시적 화자에게 있어 역설적으로 도피하고자 한 현실을 강력하게 환기하는 공간이었다. 우리는 이 시에서 황지우가 느닷없이 길림성 봉천이라는 낯선 지명을 끌어들인 이유를 선뜻 이해하기는 어렵다.

길림성이라는 지명은 가난한 서울 생활의 한 토막을 그려내고 있는 〈수기手旗를 흔들며〉라는 시에도 등장한다. 콩나물을 신문에 싸 들고 막다른 골목을 돌아 외진 집으로 돌아오는 아내의 모습을 바라보면서 시적 화자는 자신의 삶과 연결된 민중의 세계를 환기하고 있다. 그는 일기예보를 보면서 길림성, 연해주沿海州로 상상의 경계를 확장한다. 그 과정에서 그는 "입에 손 모으고 호명하는 사람", 그들이 든 '흰 깃발'을 상상한다. 그들의 호명과 깃발은 삶에 대한 그들의 고통과 희망을 표현하는 것으로 그의 상상 속에서 그곳 역시 "사람이 있고" "사람들이 무더기로 죽고" 어딘가로 '유민들'이 되어 떠나간다는 차원에서 이 땅의 현실과 동일함을 느낀다. 시적 화자는 이 시의 마지막 부분에서 '흰 눈'을 아내가 자기 대신 맞고 있다고 진술함으로써 삶으로부터 비켜서려는 자신의 욕망과 그 욕망으로 인해 그 대신 희생을 누군가가 감수해야 한다는 사실에 대해 불편한 감정을 토로한다. 〈만수산 드렁칡1〉에서 길림성 봉천이 맡았던 역할을 이 시에서는 길림성 외에도 연해주, 외몽고外蒙古도 같이 맡고 있다.

황지우 초기 시에서 시적 화자가 처한 공간은 그의 생활의 테두리를 형성하고 있었던 신림동新林洞, 봉천동奉天洞, 좀 더 구체적으로 말하면 신림 6동(〈수기를 흔들며〉), 신림 10동(〈'일출(日出)'이라는 한자(漢字)를 찬, 찬, 히, 들여다보고 있으면〉)이었던 것인데 이들 시에서 만수산이 속악한 공간이라면 그곳을 벗어나고자 하는 시적 화자에게 허여된 공간은 길림성 봉천이나 연해주, 외몽고 같은 고난의 공간밖에 없었던 셈이다. 그런 상상의 공간에 대응하는 현실의 공간이 신림동이거나 봉천동이라고 할 때, 길림성 봉천은 황지우 자신이 술회하고 있는 것처럼 장승배기쯤에서 상상할 수 있었던 현실 도피의 최대치였다고 할 수 있다.

그러나 그것들이 과연 그의 의도나 욕망에 어떻게 조응하고 있었는가는 깊이 따져볼 문제이다. 그 당시 황지우의 시선에 포착되는 공간들은 1980년 광주민주화운동의 상흔이나 전두환 정권 치하의 '오염'에서 벗어난 청정 지역은 결코 아니었다고 할 수 있다.

이처럼 황지우는 현실에 대한 사유와 발언에 대한 욕망을 억누르면서도 끊임없이 무언가 내면에 갇힌 언어들을 풀어놓으려고 했다. 그러나 자신의 발언은 내외적인 금기에 막혀 구부러지거나 에돌아가는 방식을 취하게 된다. 그래서 그는 타자에 관해서 이야기하는 방식을 취하면서 간접적으로 현실에 관해 이야기하는 방식을 취한다.

예를 들면 〈베이루트여, 베이루트여〉라는 작품이 그 하나의 예가 된다. 이 작품은 PLOPalestine Liberation Organization가 팔레스타인 해방전쟁인 레바논 전쟁에서 패배하여 베이루트Beirut에서 철군하는 소식을 전하던 1982년 8월 23일 자 일간지의 외신을 소재로 하고 있다. 시적 화자는 이 소식을 매우 유심히 읽고 있는데, 실제 작품에는 굵은 글씨체로 일간지의 기사 제목들을 그대로 인용하고 있다.

'나의 조국' 합창하며 투쟁다짐,
PLO 떠나던 날 '우리는 조국 땅에 다시 온다.'
꺼지지 않은 채 흩어진 '불씨',
모든 길은 '예루살렘으로',
총구마다 아라파트 초상화,
'전세계서 지하 투쟁' 선언.

〈베이루트여, 베이루트여〉 중[3]

　이렇게 인용한 후 시적 화자는 괄호 속의 글씨로 "아, 이 말이
모두 외신이라는 안도감!"라는 첨어添語를 붙여놓고 있다. 그리고 시
적 화자는 일간지에 게재된 PLO의 사진들에 대해 한 장씩 설명을
덧붙이고 있다. 특히 소총을 하늘 높이 치켜들며 절규하는 한 부인
의 사진에 주목하고 있는데, 목소리가 배제된 사진 속의 그녀에게서
시적 화자는 생략된 목소리를 복원하려고 한다. "이 무지막지한 이
스라엘 군인 놈들아/ 내 자식 내 남편 내놓아라./ 이 갈갈이 찢어
죽일 아브람, 모세, 다윗, 솔로몬의 새끼들아" 그리고 마지막에 시적
화자는 "이 외신은 울음의 전도체인가, 아닌가"라고 덧붙이면서 이
작품을 끝내고 있다.
　〈베이루트여, 베이루트여〉는 삶의 터전을 지키기 위한 전쟁에서
패배한 팔레스타인인들에 대한 인도주의적 공감을 바탕으로 쓰인
것으로 보인다. 그러나 그 밑에 더 깊이 깔린 것은 광주민주화운동
의 패배라는 보다 현실적이고 생생한 경험이다. PLO가 전쟁에 패배
했음에도 불구하고 현실적 패배에 굴하지 않고 투쟁의 의지를 다지
는 모습, 그리고 소총을 치켜든 부인의 절규하는 표정 등은 광주의
패배와 살육의 경험에서 기인한 고통과 슬픔을 반추하게 하는 상응

물인 것이다. 그래서 베이루트는 광주의 상응물로서 시적 화자의 '울음'을 유발하는 것이다.

〈베이루트여, 베이루트여〉에서처럼 외신을 통해 들려오는 바깥의 소식은 황지우의 시적 화자들에게 현실을 되새기게 하는 계기가 될 뿐, 현실 도피를 허락하지 않는다. 그런 측면에서 비슷한 맥락의 이해를 유도하는 또 한 편의 작품이 〈같은 위도緯度 위에서〉이다.

이 작품은 1980년대 초반의 폴란드 사태를 다루고 있다. 계엄 통치 아래에서 자유와 민주를 쟁취하기 위한 레흐 바웬사Lech Walesa(1943~) 주도의 자유노조 활동은 그 당시 국내 언론에서도 주목했던 사건이었다. 황지우 역시 폴란드 사태를 지켜보면서 남다른 관심을 표명하고 있다. 그는 "난 그 위도緯度를 모른다 우리가/ 그래도 한 줄에 같이 있다는 생각/ 그 한 줄의 연대감을 표시하기 위해/ 마루벽의 수은주가 자꾸/ 추운 지방으로 더 내려간다./ 자꾸 그곳으로 가라고 나에게 지시하는 것 같다"라고 말하고 있는데, 이는 폴란드가 위도상으로 대한민국과 비슷한 위치에 있다는 지리적 지식을 동원하여 정치적 유비類比를 시도하려는 의도를 보인다. 1980년 봄의 민주화 운동이 신군부의 폭력 진압으로 무참히 박살난 상황은 시적 화자로 하여금 폴란드 사태의 추이를 관심을 두고 지켜보게 만드는 이유가 된다. 시적 화자의 욕망과 현실은 "바스락거리고 싶"음과 "내 손이 내 가슴을/ 치는 시늉"만 함의 상황에 비유되고 있다.

폴란드 사태에 관한 관심을 표명한 또 한 편 〈그대의 표정表情 앞에〉는 〈같은 위도 위에서〉와 비슷한 시점에 쓰인 작품처럼 보인다. 작품 첫머리에는 외신발 주요 뉴스가 간략하게 인용되고 있다.

세계 주요 도시의 날씨와 주요 뉴스가 묶음으로 되어 있는 부분에서 인상적인 것은 대부분 지역 날씨가 '흐림', '짙은 안개', '비', '눈', '폭설', '흐림', '폭우'처럼 맑은 날씨가 하나도 없다는 사실이다. 이는 황지우의 조작은 아니다. 그가 인용한 이 부분은 실제로 1982년 2월 19일자 일간지에 실린 그대로인 것으로 보인다. 그리고 각 지역 주요 기사는 국내 정치 상황이나 해외 정책에 관련된 것들이다.

그런데 폴란드 사태 관련 기사가 중복된 것이 인상적이다. 동독 본의 주요 기사는 "파波 계엄 위반자 14만 5천 명"이고 일본 동경의 주요 기사는 "파波 수천 명 검거"이다. 황지우는 이런 기사를 인용해 놓고 이 시 후반부에서는 "불쌍한 지구. 불쌍한 폴란드/ 불쌍한 태양계. 불쌍한 20세기 말/ 그리고 끝으로 불쌍한 이 시공時空"이라는 표현을 통해서 폴란드와 대한민국의 상황을 연관 짓고 있다.

시적 화자는 술을 마시고 귀가하는 길에 노상 방료를 하면서 자신의 그림자에조차 놀라는 자신의 모습을 조소하고 있다. 그는 거기서 느껴지는 절망과 자기모멸의 심정을 정상적인 활자보다 조금 작은 글씨체로 "못살아 못살아. 들어가면 아내에게 소리 지를 거다." 그리고 정상적인 글씨체보다 좀 더 크고 진한 글씨체로 "여보. 우리 꺼지자. 南美로. 南極으로. 우리의 對蹠地로. 어디든!"이라고 외치고 있다. 이와 같은 대조는 현실과 이상, 현실과 욕망 사이의 극단적 대조의 상황을 강조하기 위한 고안이라고 생각된다. 여기서 황지우의 현실 이탈 욕망은 극에 이른다. 시인 이윤택李潤澤(1952~)은 황지우의 이와 같은 태도를 낭만주의자들이 보여주는 전형적인 삶의 태도라고 파악하면서, 황지우의 이런 구절들이 유토피아의 존재 불가능성을 드러내는 것이라고 지적한 바 있다.[4]

3. 대척점의 상상과 현실 비판의 의지

위에서 살펴본 것처럼 황지우 초기 시에서 시적 화자는 신문을 자주 들여다보고 있다. 그의 신문 읽기는 시 작품 속에도 일부 반영되고 있다. 그런데 특징적인 점은 그가 읽고 인용하고 있는 신문 지면 상당수가 외신이라는 사실이다. 그는 국내 기사는 읽지 않거나 읽었더라도 시에는 잘 인용하지 않는다. 이는 국내 기사가 환멸의 현실을 대변하고 있었기 때문일 것이다. 그래서 국내 현실과 일견 무관해 보이는 외신 기사들에 유독 관심을 보였던 것으로 보인다. 특정한 어느 날의 외국 단신 기사들을 인용한 부분이나 폴란드 사태, PLO 사태 등에 대한 보도는 모두 시적 화자가 겪은 사건과 관련이 있는 것이다. 그는 이런 현실에 대한 비애를 느끼면서 이곳을 벗어나 '대척점'으로 가자고 아내에게 말하기도 한다.

그 '대척점'에 대한 지향을 바탕으로 쓰인 작품이 〈몬테비데오 1980년 겨울〉이다. 이 작품의 제목이 김승옥金承鈺(1941~)의 〈서울 1964년 겨울〉(1965)이라는 작품에서 비롯된 것이라는 점은 명확하다. 황지우가 이 작품을 쓸 때 김승옥의 작품을 어느 정도 염두에 두고 썼다는 사실은 작품 제목에 붙은 설명으로도 잘 알 수 있다.[5] 김승옥의 작품이 1960년대 초반 서울의 소시민 계층의 불안과 고독을 표현한 작품이라는 점에서, 황지우의 작품 역시도 특정한 측면에서 김승옥의 작품과 연결성을 확보하고 있음을 짐작할 수 있다. 다만 황지우의 이 작품에서 강하게 환기되는 것은 1980년이라는 시점이다. 이 시기는 광주민주화운동이 발생한 시점이라는 점에 그 특징이 있고 또한 몬테비데오라는 일견 이 시를 둘러싼 현실과 무관해 보이는 지명이 등장하고 있다는 점에 또 하나의 특징이 있다.

몬테비데오는 중남미 국가 우루과이의 수도로서 브라질과 아르헨티나와 접경해 있는 소국이다. 몬테비데오가 이 시에 등장하게 된 배경이 언뜻 이해되지 않는다. 그 당시 대한민국이 우루과이와 특별한 교류 관계를 맺고 있지도 않았고 황지우가 이곳을 거론할 만큼 특별한 인연이 있어 보이지도 않기 때문이다.

그런데 한 가지 유의할 점은 지리적으로 몬테비데오가 전라남도 여수와 대척점 관계에 있다는 사실이다. 대척점은 지구의 한 지점을 기준으로 반대편 지점을 말하는데, 기후는 정반대의 차이가 나고 12시간의 시차가 나게 된다. 그런데 서울의 대척점이 아르헨티나의 부에노스아이레스로 알려진 것을 상기한다면, 황지우가 굳이 부에노스아이레스가 아니라 몬테비데오를 시에 끌어들인 이유는 좀 더 정밀한 추정이 가능해 보인다. 그는 이 시를 통해서 1980년 5월 광주의 상황을 묘사하고자 한 것이 아닐까.

이 시는 매 연의 서두에 "잎이 지는 4월에서/ 눈 내리는 7월까지"라는 구절을 배치하고 있다. 남반구 도시인 몬테비데오는 대한민국과 달리 4~7월이 가장 추운 계절이다. 그러므로 이 시에 거론되지는 않았으나 이 시는 광주 반대편에 존재하는 몬테비데오를 표면에 제시함으로써 끊임없이 광주의 상황을 상기시키려는 의도를 가진 것으로 이해될 수 있다.

이 시를 좀 더 자세히 살펴보기로 하자.

이 시는 "잎이 지는 4월에서/ 눈 내리는 7월까지"라는 구절을 기준으로 내용상 5개의 단락으로 구분할 수 있다. 분량상 마지막 다섯 번째 부분이 가장 짧기는 하지만, 내용적으로 무겁기 때문에 독립된 하나의 단위로 설정해도 무방할 것으로 보인다.

> 잎이 지는 4월에서
> 눈 내리는 7월까지
> 시중(市中)에는 아무런 일이 없었다.
> 시민들은 대개 축구장으로 가고
> 테라스에서 노인들은
> 내기 체스를 두었다 복덕방과
> 의사당이 특히 한산했다
> 아침에 우유와 뉴스가 오고
> 혹은 주문한 히아신스꽃이 배달오기도 하고
> 이따금 먼 친척의 부음이 오기도 했지만
> 전철이 그 시간에 1번가(街)를
> 소리 내며 지나갔다.
>
> 〈몬테비데오 1980년 겨울〉 중[6]

1연은 몬테비데오의 외면적 상황을 묘사하고 있다. 가을에서 겨울로 접어드는 몬테비데오에는 특기할 만한 사건이 없었다고 시적 화자는 말하고 있다. 시민들은 축구장에 가서 축구 경기를 관람하거나 집에서 체스를 두면서 여가를 보내고 있다. 이처럼 시민들이 한가하게 일상을 보내고 있다는 사실은 대척점에 위치한 광주와 비교해보았을 때 극적인 대조를 형성하고 있다. 우루과이 역시 그 시절 군부 통치가 이뤄지고 있었다는 점에서 대한민국과 다를 바가 없었지만 외면적 상황은 극단적인 대조를 이루고 있었다. 시적 화자는 복덕방과 의사당이 특히 한산했다고 말하고 있다. 이는 무슨 의미일까. 인구 이동이 정체되고 입법부의 기능이 마비되어 있다는 뜻이라면 이는 민주주의가 독재에 의해 유린된 상황에 대한 간접 표현일 수도 있을 것이다. '우유'나 '뉴스', '꽃'으로 상징되는 일상생활은 작동되고 있으나 정치 영역에의 시민들의 참여는 제한되어 있다는 느낌을 우리는 1연에서 받게 된다. 그렇다면 이 시의 1연은 반反민주적 정치 상황에 대한 의도적인 표현이라고 볼 수 있으며, 문면에 나온 것처럼 우루과이의 상황에 대한 진술 그 자체가 목적이 아니라는 사실은 뚜렷해진다.

이 시에서는 매 연 시작할 때마다 "아무런 일이나 사건이 일어나지 않았다, 어떠어떠한 일 정도만 있었을 뿐이다."라는 식의 진술을 반복하고 있다. 이는 역설적으로 "뭔가 중요한 일이 있었다."라는 진술의 간접 표현으로 볼 수밖에 없다. 그런 이유로 이 시에 진술된 특정한 사건들은 더욱더 의미심장한 일로서 조명 받을 수밖에 없다.

> 잎이 지는 4월, 로트레아몽 가로수 길로
> 어린 임산부가 적십자병원을 찾아가는 모습이,
> 우연히, 보였고
> 7월의 적설량(積雪量)을 가르고 영구차가
> 최후로 도시를 빠져나갔다
> 한 아이의 떡잎이 떨어지고
> 한 사람이 자연사(自然死)했다
>
> 〈몬테비데오 1980년 겨울〉 중[7]

2연에는 한 '어린 임산부'의 모습이 보인다. 그녀는 '로트레아몽 가로수 길'을 따라 '적십자병원'을 찾아가고 있다. 이 대목은 1연과는 논리적으로 무관하다. 일견 무료해 보이는 몬테비데오의 소시민들과 '어린 임산부'는 다른 상황에 놓여 있는 것처럼 보인다. 어떤 이들은 현실과 무관하게 일상을 즐기고 있지만 다른 이들은 현실의 상황에 고통을 받고 있는데, '어린 임산부'는 그런 존재들의 대표처럼 보인다. 시적 화자는 그런 비극적 풍경이 우연히 보였다고 진술하고 있으나, '우연히'라는 표현에 강조점이 놓여 있는 것으로 볼 때 이런 풍경은 흔히 볼 수 있는 풍경이라고 말하고 싶어 하는 것을 느낄 수 있다. 다만 '임산부'가 어린 사람이라는 점, 그리고 그가 찾아가는 병원이 가난한 사람들이 찾아가는 '적십자병원'이라는 점, 그리고 그 길을 걸어서 가고 있다는 점 등을 고려할 때, 이 임산부는 1연의 소시민들과 확연히 구분되는 가난한 민중의 상징처럼 보인다. 그리고 겨울의 절정인 7월에 쌓인 눈을 헤치며 '영구차'가 몬테비데오를 빠져나갔다고 하는 진술과 겹쳐져서 '어린 임산부'는 1980년 5월의 광주 상황을 특별히 환기하는 기능을 한다.

그런 추정이 가능한 것은 그 당시 광주에서 계엄군의 진압 작전 과정에서 한 임산부가 계엄군의 총검에 의해 자상을 입고 뱃속의 태아와 동시에 사망한 유명한 사건을 이 구절이 환기하기 때문이다.[8] 그리고 그런 학살은 비록 일주일 여의 짧은 기간에 벌어진 것임에도 불구하고 광주 시민에게 있어서 그 기간은 몇 개월처럼 느껴지도록 깊은 정신적 상처를 준 것이다. 이런 상처의 깊이를 여기에서는 7월에 '영구차'가 이 도시를 최후로 빠져나감으로써 일단락된 것처럼 진술하고 있다. 시적 화자는 '어린 임산부'가 품고 있던 아이가 유산된 것처럼 묘사하거나 단지 한 사람이 특별한 사건 때문이 아니라 주어진 수명에 따라 사망한 것처럼 묘사하고 있다. 그러나 시적 화자의 심층에서는 그것이 하나의 경우가 아니며 결코 자연사도 아니라고 말하고 싶어 하는 것을 독자들은 짐작할 수 있다.

2연은 이처럼 광주 학살의 상황에 대한 간접 표현으로 이해된다. 그런데 흥미로운 점은 2연에서 '어린 임산부'가 걸어가는 '로트레아몽 가로수 길'은 과연 실존하는 것일까 하는 점이다. 그러나 이런 곳은 실제 존재하는 것으로 보이지는 않으며 황지우가 로트레아몽 Lautréamont(1846~1870)을 끄집어낸 데는 다른 이유가 있어 보인다. 로트레아몽은 19세기 후반에 활동한, 초현실주의 시의 선구자 격의 시인으로 평가받는다. 이지도르 뒤카스 Isidore Ducasse라는 본명의 이 시인은 프랑스 시인으로 알려져 있지만, 원래는 우루과이 몬테비데오 주재 프랑스 영사관의 부영사인 아버지 밑에서 몬테비데오에서 어린 시절을 보냈다. 그는 이후 프랑스로 건너가 공부하다가 시 창작에 몰두하여 《말도로르의 노래 Les Chants de Maldoror》(1868)라는 시집을 자비 출판하였지만, 생전에는 평가를 받지 못했던 비운의 요절 시인이다.

그렇다면 죽음의 이미지가 가득한 2연에 24세에 요절한 몬테비데오 출신의 로트레아몽이 등장하는 것은 자연스러운 선택처럼 보인다. 이런 측면에서 보면 이 작품 서두에 김승옥과 같이 인용된 줄 쉬페르비엘 Jules Supervielle(1884~1960)이 인용된 이유도 어느 정도 짐작이 간다. 그 역시 로트레아몽처럼 우루과이 출신의 시인이기 때문이다.

> 잎이 지는 4월에서
> 눈 내리는 7월까지
> 시중에는 아무런 사건도 일어나지

않았다 시민들은 사건 대신
가십을 읽었고 그 때문에
시(市)의원의 성(性) 스캔들이 정치 문제로
가진 않았다 언론과
교회는 관대했다 둘 다
기업의 다른 이름으로
부덕(不德)을 이용했다

〈몬테비데오 1980년 겨울〉 중[9]

　3연 역시 1, 2연과 동일한 구절로 시작하고 있다. 다만 차이점이
있다면 1연의 '부음', 2연의 '자연사自然死'처럼 죽음의 이미지는 절대
나타나지 않는다는 점이다. 이는 3연이 어떤 일이나 사건이 벌어진
이후의 상황을 이야기하려고 하기 때문일 것이다. 80년 광주민주화
운동 이후 일상의 영역으로 돌아간 도시의 상황을 어떤 감정도 배제
한 건조한 문체로 기술하고 있다. 시민들이 '사건' 대신 '가십'을 읽
었다는 부분은 사람들이 삶에 대해서 더는 진지한 태도를 보이지
않게 된 상황을 암시한다. 그런 탓에 정치인의 신상에 관한 추문도
'가십'의 차원에서 처리되고 '언론'과 '교회'도 이 사건에 대해 관대했
다고 말하고 있다. 독재 권력의 폭압에 맞서서 국민의 권리를 옹호
하거나 가지지 못한 자의 편에 서야 할 '교회'가 권력과 지배자의
편에 서서 행세하고 있는 상황, 즉 1980년대 권언유착, 기독교의 보
수주의적 행태를 비판하고 있다. 그리고 권력의 비호 아래 정치, '언
론', '교회'와 결합된 '기업'의 '부덕不德' 역시 비판하고 있다. 이처럼
3연은 독재자의 폭압으로 구축된 새로운 권력 하에서 지배 시스템
이 공고화된 상황을 암시하고 있다.

잎이 지는 4월에서
눈 내리는 7월까지
시중에는 아무런 변화가 없었다.
다만 역대 유네스코 사무총장이
갈렸을 뿐 야채 값은 안정세였다
쇠고기 때문에, 핵(核) 때문에, 외채(外債) 때문에
시민들이 시위하는 일은 좀체 없었다
노조 간부들과 사장은 웃으며 칵테일을 들었다
4월에서 7월까지
공단과 여공(女工)들의 합숙소와
전경련(全經聯) 회장댁에 똑같이 잎이 지고
똑같이 눈이 내렸다

〈몬테비데오 1980년 겨울〉 중[10]

4연은 1980년 경제 상황에 대한 진술이다. 뜬금없이 "유네스코 사무총장" 교체 건이 이야기되고 있을 뿐, 나머지는 경제 상황에 대한 진술이다. 실제로 유네스코 사무총장 교체는 1980년에 이뤄지지 않은 점[11]을 고려할 때, 국제적으로도 특별한 일이 없음을 말하고 있다. '야채 값'이 안정세란 것은 물가가 안정된 상태에 있음을 말하는데 이는 독재 권력 하에서도 표면적으로는 서민의 생활이 안정된 상태를 보인다는 것을 의미한다. 그리고 광주민주화운동 이전까지 격화일로에 있던 시위는 사라졌다고 말한다. 이는 전두환의 억압 통치가 박정희의 그것에 못지않은 수준으로 강화되었음을 말한다. 시적 화자는 '쇠고기', '핵核', '외채外債' 등 시민의 생존에 위협이 되는 각종 문제가 산적해 있음에도 불구하고 외형적으로는 시위가 사라져 정치가 안정된 것처럼 보이는, 위장된 평화의 허위를 고발하고

자 한다. '노조 간부들'과 '사장'이 치켜든 '칵테일' 잔이나 '여공女工' '합숙소'와 '전경련全經聯 회장댁'에서 관찰되는 자연 현상의 동일성의 강조는 전두환 정권이 추진한 노사협조주의, 노동 운동 탄압과 관련되어 있어 보인다.

> 잎이 지는 4월에서
> 눈 내리는 7월까지
> 시중에는 그렇게 아무런 잡음이 없었다
> 시민들은 15분간 등화관제를 했고
> 높은 통제탑에서 시장은 크게
> 흡족했다 대서양 해안 초소에도
> 이상이 없었고 해외여행에서
> 전(前) 공직자 부부도 이튿날 돌아왔다
> 그 4월과 7월 사이 시민들은
> 영세민의 권투 선수를 사랑했고
> 혼혈 가수의 노래를 따라 불렀다
> 순수시의 대가 페르디난도 춘초씨가
> 개혁 세력 시의원에 출마했고
> 고대 사학자 로차 첸씨는 지지 발언을 하기도 했다
> 대학은 잠잠했고
> 협의자 쟝 피에로 청년의 인권도 지켜졌다
> 간간이 무역풍이 대법원 종려나무에
> 지중해 겨울비를 실어왔지만
> 그러나 잎이 지던 4월에서
> 그러나 눈 내리던 7월까지
> 시중에는 아무도 보지 못했다
> 아무도 못 보았고 못 본 체했다
>
> 〈몬테비데오 1980년 겨울〉 중[12]

5연은 이 시에서 가장 긴 대목이다. 여기에는 1980년대 황지우가 광주 상황 이후 일상에서 목도한 현실이 가장 다채롭게 제시되고 있다. 그러나 지금까지와 마찬가지로 그는 일체의 비평을 삼가는 자세로 그의 눈에 띈 현실을 제시한다. 그러나 그는 여전히 간접 표현, 즉 숨기면서 드러내고, 드러내면서 숨기는 그런 방식을 사용하고 있다.

4월에서 7월까지 시중에는 "아무런 잡음이 없었다."고 말한다. 일절 비판이 허용되지 않는 분위기 속에서 강요된 침묵의 상황, 그것은 권력자의 측면에서 볼 때 '잡음 없음'의 상황이다. 전두환 정권 아래에서 국민은 '북괴' 전투기의 폭격에 대비해 주기적으로 '15분간 등화관제' 훈련에 동참했고 '시장'으로 상징되는 권력자는 '시민들'의 순종에 만족을 표시했다. '대서양 해안 초소' 즉 휴전선은 잘 방어되고 있었다. 적대적인 공존 관계 속의 남북 관계가 정권 유지를 위해서 활용되던 상황이 이 대목에 암시되어 있다.

1980년대 초 대한민국에서 '권투'는 가장 인기 있는 종목 중 하나였다. 박종팔朴鍾八(1958~), 장정구張正九(1963~)와 같은 세계 챔피언 타이틀을 차지하는 선수들이 나올 정도로 권투는 가난한 민중의 꿈·희망·슬픔을 대변하는 종목으로 큰 인기를 얻었다. 정치의 영역이 닫혀 있을 때 스포츠는 그 억압된 열기가 배출되는 호스 같은 존재였던 것이다. 그리고 시적 화자는 '혼혈 가수'를 언급하고 있다. 지금도 응원가로 자주 불리는 〈아파트〉(1982)를 불렀던 윤수일(1955~)을 비롯해 몇몇 혼혈 가수들이 정열적으로 활동하던 시점도 1980년대 초였다. '영세민', '혼혈 가수'와 같은 차별적인 표지를 가진 존재들에게 있어 스포츠나 노래는 민중의 억눌린 열정과 슬픔을 대변해주는 것이었다. 시종일관 대상으로부터 거리를 두던 시적 화자의 시선이 여기서 비로소 대상과 거리를 좁히고 있는 듯한 느낌을 준다.

그러나 그다음에 등장하는 낯선 이름의 두 사람을 거론할 때 이 거리는 다시 멀어지는 것처럼 느껴진다. '페르디난도 춘초', '로차 첸'이라는 낯선 이름은 지금 독자들이 읽고 있는 이 시가 관여하고 있는 상황이 1980년 5월의 대한민국이 아니라고 말하는 듯하다. 아마도 시적 화자는 그러한 거리 두기가 조금씩 허물어지는 상황에 대해 경계하기 위해서 낯선 고유명을 등장시킨 것은 아닐까 하는 추측을 하게 된다. 그런데 이 두 이름은 표면적인 인상과는 달리 실존 인물이 아닐 것이다. 그들 앞에는 각각 이름 설명이 달려 있다. '순수시의 대가', '고대 사학자'. 그러나 이런 수식 어구에 합당한 우루과이인이나 남미인은 존재하지 않는다. 아마도 이 두 사람은 대한민국의 특정 인물을 염두에 둔 가상의 인물일 가능성이 크다.

예를 든다면 '순수시의 대가'라는 수식 어구가 붙은 '춘초씨'는 한국현대시사에서 순수시의 대부라는 평가를 받는 김춘수金春洙(1922~2004)를 지칭하는 것으로 보인다. 이 시에서 '춘초씨'는 "개혁 세력 시의원에 출마"했다고 되어 있는바, 이는 1981년 제11대 총선에서 민정당 비례대표 후보 30번으로 출마하여 당선된 김춘수의 행적을 염두에 둔 조작일 것이다. 표면적인 순수와 내면의 비순수, 그 사이의 간극에 대해서 시적 화자가 비판하고 싶었던 것으로 보인다.

그렇다면 '고대 사학자'로 수식된 '로차 첸씨'는 누구일까? '김춘수→춘쵸'가 발음상의 유사성에 근거한 작명이라고 할 때, '로차 첸'의 경우도 비슷한 방식의 작명이라고 할 수 있다. 여기서 우리가 유의할 점은 '첸'이 '춘쵸'가 시의원에 출마했을 때 '지지 발언'을 했다는 언급이다. 1980년대 초반의 상황을 염두에 둘 때, 이 '첸'은 전두환이 통일주체국민회의 대통령 선거, 일명 체육관 선거에서 단독으로 대통령 후보에 입후보했을 때 지지 발언을 한 것으로 알려진 서정주 徐廷柱(1915~2000)일 가능성이 있다. 전두환에 대한 지지 발언 사실을 염두에 두고 전두환의 '전'과 유사한 발음의 '첸'으로 작명했을 것이다. 그렇다면 '고대 사학자'란 수식 어구는 어디서 왔을까? 이는 아마도 평소 '신라 정신新羅 精神'이니 '영원성永遠性'이니 하면서 신화적 환상에 탐닉하고 전두환에게 "단군 이래 최대의 미소"라는 식의 황당한 아부를 마다하지 않던 서정주의 보수적이고 반인륜적인 태도를 풍자한 것이 아닐까.

같은 시인이라는 꼬리표를 달고 있지만, 황지우 자신과는 너무나 다른 길을 걷고 있던 한국현대시의 대가들의 행태를 지나가듯 꼬집은 후 그는 '지중해 겨울비'로 상징되는 광주 학살에 대해 비판적인 목소리를 내지 못하고 있는 대학의 상황을 비판하고 있다. 그는 "아무도 보지 못한" 것이라기보다는 "못 본 체"하고 있다고 말함으로써 자신을 포함한 지식인의 비겁함을 비판하고 있다.

> 잎이 지는 4월에서
> 눈 내리는 7월까지
> 앞바다에 왜 혈흔이 떠 있는가
> 앞바다에 왜 혈흔이 지워지지 않는가
>
> 〈몬테비데오 1980년 겨울〉 중[13]

몬테비데오 항구 앞바다에 떠돌면서 지워지지 않는 '혈흔'은 몬테비데오의 소시민들과 지식인들이 외면하고자 한 민중의 고통을 암시한다. 그들의 고통은 그들만의 몫으로 남겨진 채 외면당하고 있음을 시적 화자는 말하면서 소시민들과 지식인들의 각성을 호소하고 있다. 그것은 김승옥의 〈서울 1964년 겨울〉에서 서적 외판원 '사내'와 같은 고통 받는 타자를 차갑게 외면하면서 개인주의에 함몰된 '나'와 '안'과 같은 사람들을 향한 절규가 〈몬테비데오 1980년 겨울〉인데, 김승옥의 작품이 4·19세대의 초상이라면 황지우의 이 작품은 5·18세대의 초상이라고 할 것이다.

4. 이국 지명의 상징성

한국현대시에서 황지우의 시만큼 구체적인 지명이 많이 등장하는 예도 드물 것이다. 특히 1980년대 초반 그의 등단 시점에 발표한 작품들에는 대개 그의 시적 사유의 시발점이 되거나 중심점이 되는 다양한 지명들이 등장한다. 시가 특정한 장소나 공간을 품는다는 것이 유달리 특별한 현상이 아니라는 점에서 논외로 할 법도 하지만, 황지우의 시를 논함에 있어서 지명은 그의 시적 내포를 해명하는 데 있어서 중요한 매개가 될 수 있다는 점을 주목할 필요가 있어 보인다. 그런데 이 점에 대해서 의식적으로 주목하면서 논한 경우는 잘 보이지 않는다.

황지우는 끊임없이 자신이 발 딛고 있는 곳을 자의식적으로 더듬고 거기서부터 자신이 처한 현실을 분석하고 어떤 탈출이나 도피의 욕망을 드러낸다. 특히 신림 6동이나 신림 10동 같은 현실의 구체적인 일상 공간이 아니라 지식이나 매체나 상상을 동원해서만 확보할 수 있는 공간에 관한 언급이 개입될 때, 그 공간이 황지우의 시에서 어떤 의미를 가지게 되는가는 황지우 초기 시의 특징을 이해하는 하나의 유력한 방법이 될 것이다.

앞에서는 특히 등위도선의 세계와 대척점의 세계라는 차원에서 구분해서 논의를 진행했다. 이 둘은 표면적으로는 그 나름의 차이를 가지고 있으나 황지우 시에서 현실을 다시금 사유하게 하는 역할을 한다는 점에서 그곳들은 모두 상징적 공간이다. 길림성 봉천, 폴란드, 베이루트 이곳들은 일기예보를 보거나 신문을 보면서 자연스럽게 포착되는 공간인 데 반해, 몬테비데오는 일상 속에서는 숨어버린 미지의 공간이다. 그러나 황지우에게 있어 길림성이나 몬테비데오는 전혀 다르지 않다. 황지우에게 있어 이국의 공간은 숨기면서 이야기할 수밖에 없는 현실적 제약이 끌어들인 불가피한 우수憂愁의 산물이라고 할 것이다. 그의 내면을 채우고 있었던 현실의 우수가 조금씩 옅어져 가면서 길림성도 몬테비데오도 그의 시에서 사라지고 있다는 사실은 그의 시와 지명의 관계를 반증하는 것이라 할 수 있다.

1980년대 한국현대시는 해체시라는 새로운 유행 사조가 풍미한 바 있다. 그런 현상은 한국현대시의 진행 과정에서 필연적으로 거쳐야 할 발전도상의 필연적 현상이었다는 측면도 없지 않다. 모더니즘 이후 포스트모더니즘의 도래가 마치 문학사의 필연적 현상인 것처럼 본다면 말이다. 그러나 그 당시 해체시의 흐름은 단일한 맥락을 갖고 있지는 않았던 것이 사실이다. 다수의 시인은 서구의 포스트모더니즘 사조의 영향권 아래에서 시 창작을 하고 있었던 것이라고 보겠지만, 적어도 해체시의 대표자로 이해된 황지우의 시만큼은 그런 흐름과 일정한 거리를 두고 있었다는 측면에서, 서구 추종주의와 일정한 선을 긋고 탄생한 한국적 현실의 산물이라는 점에서, 황지우의 초기 시는 시간의 흐름에도 불구하고 독자를 충격하는 절실함을 유지하고 있다.

| 주 |

1) 노춘기, 「심미적 거리와 현실 인식-김수영, 황지우의 경우」, 《한국어문학 국제학술포럼 제1차 국제학술대회 자료집》, 한국어문학국제학술포럼, 2007, 277쪽.

2) 김현, 「타오르는 불의 푸르름」, 《새들도 세상을 뜨는구나》, 문학과지성사, 1990, 122쪽. 이하 이 시집에서 인용할 경우 "《새들도 세상을 뜨는구나》, 쪽수"로 약칭함.

3) 위의 책, 58쪽.

4) 이윤택, 《해체, 실천, 그 이후》, 청하, 1988, 46쪽.

5) 이 시에는 다음과 같은 프롤로그가 붙어 있다. "쉬페르비에르 시(詩)를 읽어도 좋고, 김승옥의 《서울 1964년 겨울》을 읽어도 좋지만 하나도 안 읽어도 좋다." 《새들도 세상을 뜨는구나》, 문학과지성사, 1990, 46쪽.

6) 위의 책, 46쪽.

7) 위의 책, 46~47쪽.

8) 우루과이는 1980년 당시 군부 통치 아래에 있었다. 1976년에 시작된 군부 통치는 1985년에 종식되었다. 이렇게 보면, 황지우가 몬테비데오를 시적 대상으로 선택한 데는 단지 대척점이라는 이유만 작용한 것은 아니다.

9) 《새들도 세상을 뜨는구나》, 문학과지성사, 1990, 47쪽.

10) 위의 책, 47~48쪽.

11) 1980년 당시 세네갈 출신 7대 사무총장 아마두 마르타르 음보우(Amado-Mahtar M'Bow)가 재임하고 있었는데, 그의 재임 기간은 1974~1987년이었다.

12) 위의 책, 48~49쪽.

13) 위의 책, 49쪽.

7장

1990년 전후
한국의 홍콩영화

1. 동아시아의 킬러 콘텐츠, 홍콩영화

1980년대에 십 대를 보낸 한국의 남성들은 한 번쯤 홍콩영화에 열광했던 기억이 있을 것이다. 1980년대 후반 주윤발周潤發 Chow Yun Fat(1955~)을 주인공으로 한 영웅영화英雄映畫 혹은 '홍콩누아르', 그리고 왕조현王祖賢 Joey Wong(1967~)과 장국영張國榮 Leslie Cheung(1956~2003)을 주인공으로 한 고전 판타지 로맨스물은 한국의 영화계는 물론 대중문화를 휩쓰는 킬러 콘텐츠killer contents였다. 대략 1987년부터 1993년까지 지속한 홍콩발 문화 침략은 당시 특별한 문화적 호명 없이 한국 문화계를 사로잡았다. 그러나 지금의 명명법에 준거해 규정한다면 '항류港流' 정도로 칭할 수 있을 이와 같은 열광은 1997년 홍콩의 중국으로의 반환을 앞둔 시점에서 급격하게 사그라졌다.

홍콩의 중국 반환 20주년을 맞이하는 행사가 2017년 7월 1일 열렸는데, 이 행사는 애초 중국이 홍콩 반환 시에 약속한 일국양제一國

兩制의 유효 시한이 30년 남았다는 사실을 우리에게 새삼 상기시켰다. 홍콩 반환으로 인해 홍콩의 대중문화계가 예전과 같은 활력과 개성을 잃고 있다는 사실이 홍콩발 문화 충격을 경험한 세대의 눈에 매우 자명해 보인다. 홍콩영화계의 몰락 이후 영화 산업의 침체를 겪은 홍콩영화계로서는 중국이라는 거대 시장과 자본이 홍콩영화 산업 융성에 엄청난 활력소가 될 수 있다는 점은 매우 고무적이다. 그런 탓에 한때 홍콩영화계의 개성과 활력을 보여주었던 대표적인 감독이나 배우들이 이제는 대륙의 논리와 구미에 부합되는 영화들을 만들고 있다.

이런 상황에 대해서 일부에서는 매우 우려 섞인 반응을 보이기도 했다. 그러나 영화가 만들어지는 기본적인 정치적 환경의 변화를 무시할 수만은 없다는 점에서 이런 반응은 현실을 도외시한 과거 지향적인 면을 가지고 있다고 할 수 있다. 한국 관객들은 요즘 개봉하는 홍콩영화들에 대해 대체로 예전과 같은 폭발적인 반응을 보여주지는 않는다. 홍콩 반환 이후 제작된 홍콩영화 중에서 한국에서 흥행한 작품들은 주성치周星馳 Chow Sing Chi(1962~)의 영화를 제외하면 거의 없다고 해도 과언이 아니다. 한때 한국영화 시장을 할리우드 영화와 양분했던 홍콩영화는 자신을 자양분으로 해서 놀랍도록 성장한 한국영화에 그 자리를 내주었다.

일단 홍콩영화가 중국영화라는 큰 틀에서 움직여가고 있는 상황은 한국 내 홍콩영화의 상황을 더욱 악화시킨다. 한국 관객에게 있어 중국영화는 낯설고 이질적이다. 중국영화는 오랫동안 사회주의 미학과 논리에 따라 만들어져왔으며, 그마저도 1980년대까지 한국 내에서 공식적으로 상영된 작품이 매우 드물다. 1980년대 후반 세진謝陳(1923~2008) 감독의 〈부용진芙蓉鎭〉(1987)이 소개된 이후 장이모우張藝謀(1950~)나 첸카이거陳凱歌(1952~)처럼 국제영화제를 통해서 알려진 일부 감독들의 작품들이 1990년대 국내에 소개되기 시작했을 뿐, 일부 경우를 제외하면 중국영화 중 극히 일부만 국내에 공식 소개되었다.

이들 영화는 대체로 정적이고 내성적인 면이 강해서 할리우드 액션 영화에 길든 관객에게는 낯설고 지루한 면이 없지 않아 있다. 그리고 개혁개방 노선에 따른 경제적 성과를 본격적으로 보여주기 시작한 2000년대 이후 중국은 국제무대에서의 정치적, 경제적 영향력을 바탕으로 중화주의적中華主義的 시각을 기본적으로 견지하는 서사를 바탕으로 다수의 영화를 제작해왔다.

물론 표면적으로는 할리우드식 물량주의와 액션 묘사에 바탕을 두고 있어 국내 관객의 취향에 어느 정도 부합하는 면이 없지 않아 있으나 그런 영화들이 은근히 드러내는 중화주의적 세계관은 오랫동안 중화주의적 사대주의 역사 속에서 심리적 위축을 겪은 바 있는 우리에게는 결코 유쾌한 것만은 아니다. 이런 이유들로 인해 대륙 영화와 또 여기에 직간접적으로 연결된 홍콩영화들은 국내 시장에서 그다지 큰 호응을 얻지 못하고 있는 것이 사실이다. 특히 박근혜 정권 시절 추진된 사드 시스템 도입과 관련된 중국 정부의 각종 제재와 여기에 편승한 중국 내 반한 감정은 중국 관련 콘텐츠의 국내 수용에 있어서 장애 요소가 되고 있다. 최근에는 이와 같은 경색된 국면이 어느 정도 완화되고 있는 측면도 엿보이지만, 비문화적 요소가 문화적 요소에 끼칠 수 있는 영향의 변수가 상대적으로 강한 만큼 홍콩영화를 포함한 중국영화의 국내 시장 수용은 다른 지역에 비해 그 진동 폭이 크다고 할 수 있다.

현재로서는 1990년대 초반까지 홍콩영화계가 보여준 놀라운 활력들이 많이 소진되어서 더는 예전과 같은 수준으로의 상승이 어려울 것처럼 보인다. 거기에는 중국 반환 이후 벌어진 홍콩의 불안한 정치적 상황이 크게 작용하고 있다. 그런데도 홍콩영화계가 활발한 움직임을 보여주고 있고 변화하는 세계 영화 시장의 동향에 맞게 철저한 변화를 추구하고 있는 역동적인 세계라는 사실을 고려하면 지나친 비관은 일러 보인다. 또 홍콩이라는 좁지만 독특한 로컬리티를 영화적 개성으로 잘 녹여내던 그런 솜씨가 산업적인 전통으로 간직돼 있는 한, 홍콩영화가 변화된 환경 속에서 국내 관객을 비롯한 동아시아권 관객뿐만 아니라 전 세계 관객에게도 호소할 수 있는 참신한 영화들을 선보일 가능성은 농후하다.

이와 같은 가능성은 이미 홍콩영화가 세계적인 명성을 얻었던 1960년대 후반의 일련의 무협영화武俠映畵에서 발견되었다. 이후 홍콩영화는 다종의 장르에서 그 역량을 발휘하여 1980년대 후반에는 세계적인 수준의 미학적, 산업적 성과를 과시하기에 이르렀다.

같은 동아시아 권역에 있기는 했지만, 지역적으로 먼 거리에 있던 홍콩이 영화라는 틀에서만큼은 우리와 상당히 가까운 거리에 있었다. 1990년대 초반 중국 대중문화가 개방되고 1990년대 후반 일본 대중문화 개방이 이뤄지기 전까지 홍콩영화는 동아시아권에서 한국과 가장 가까운 문화적 권역이었다. 주지하다시피 1990년대 한국영화가 새롭게 부활하는 데 있어서 홍콩영화는 중요한 참조 틀이었다. 이런 점을 고려할 때 홍콩영화가 과연 우리에게 무엇이었는가를 이해하는 일은 우리 과거 대중문화의 한 자락을 이해하는 일이

며 향후 우리 대중문화의 발전을 위해서도 중요한 인식적 관심의
대상이라고 할 것이다.

2. 홍콩영화 연구의 국내외 동향

홍콩영화에 대한 열광의 순간을 경험한 바 있지만 적어도 연구적
관심에 기반을 둔 성과물로 눈을 돌리면 기묘할 정도로 참조할 만한
것들은 매우 빈약하다. 현재까지 단행본으로서 홍콩영화를 다룬 것
으로는 김지석, 강인형 공저의 《향항전영 1997년》이 국내 저자의
저서로는 유일하다. 발간 당시 '향항전영'이라는 익숙지 않은 제목
을 달고 있던 이 책은 1997년 홍콩의 중국 반환을 앞두고 쓰인 것이
다. 그런데 이 시점은 이미 홍콩영화 붐이 한풀 꺾인 시점이라는
데 그 특이함이 있다. 아마도 이 책을 기획하고 집필할 시점에는
홍콩영화 붐이 그토록 빨리 사그라질 것이라고는 미처 생각하지 못
했던 것일지도 모르겠다. 이 책이 출간된 시점에는 왕가위王家衛
Wong Kar wai(1958~)라는 아티스트 감독이 홍콩영화를 대표하던 시점
이었다. 여하튼 이 책은 홍콩영화의 역사와 장르, 국내 수용사受容史
등 그 당시로서는 흔치 않은 홍콩영화에 대한 지식을 집대성한 노작
勞作이라고 할 수 있다.

《향항전영 1997년》 이후 국내 저자의 성과로서 단행본으로 나온
것이 없는데, 이는 《향항전영 1997년》의 수준을 방증하는 것이거나
국내 학자들의 연구적 무관심을 반영하는 것이거나 그 둘 중의 하나
라고 할 수 있는데 어쩌면 그 둘 모두라고 할 수 있을지도 모른다.

이와 더불어 시선의 번역본으로까지 확대해보아도 사정은 썩 나아지지 않는다.

번역본 중에서 홍콩영화 그 자체만을 집중적으로 다루고 있는 저서는 홍콩 학자 종보현鍾寶賢 Stephanie Chung의 노작 《홍콩영화 100년사》를 들 수 있다. 종보현은 홍콩영화가 세계적인 명성을 구가하고 있던 1980년대에 십대 시절을 보낸 연구자로서, 그 역시 홍콩영화를 애초 단순한 감상의 대상으로 수용했던 홍콩의 평범한 청소년이었을 것으로 짐작된다.[1] 그는 홍콩영화 100년간의 역사를 종축으로 하여 특히 홍콩영화의 산업적 측면을 광범위한 자료를 바탕으로 충실하게 서술하고 있다. 이 책의 번역 소개 덕분에 홍콩영화의 면모가 그 산업적 특성을 중심으로 국내에서 한층 명확하게 이해될 수 있는 계기를 마련하게 되었다. 다만 홍콩영화의 미학에 대한 관심이 상대적으로 적게 할애되어 있어서 아쉽다.

《홍콩영화 100년사》 외에 홍콩영화만을 학문적 차원에서 집중적으로 조명한 책은 저서든 번역서든 전무한 편이다. 그 외 저서 중 홍콩영화를 다룬 책이 없지는 않으나 그 경우에도 홍콩영화는 중국영화 혹은 중화권 영화라는 전체적인 틀에서 그 일부를 구성하는 요소로서 단행본의 한 장 정도를 차지하는 수준에 머무르고 있다.

그 외 국내 저서에서 두드러지는 것은 홍콩영화를 학문적이거나 미학적인 차원을 벗어나 감상자의 관점에서 소개한 책들이 더러 있다는 점이다. 특히 이런 류의 책들은 이종철이라는 소장 중문학자에 의해 집필되었다. 비록 국적은 다르지만, 그는 앞에서 소개한 종보현처럼 1980년대 홍콩영화를 동시대적인 체험으로 홍콩의 십 대와 공유한 바 있고, 이를 바탕으로 한 감상문이나 수필 등을 묶은

책을 다수 출판하였다.[2]

이외 특기할 만한 것은 홍콩영화 촬영 현장을 더듬어가는 방식으로 맛집 소개를 겸하고 있는 일종의 홍콩 여행 정보서도 독서층의 반향을 어느 정도 얻은 바 있다는 점이다. 1990년대 대표적인 영화광 잡지로 통하는《키노》기자를 거쳐 1990년대 창간돼 현재도 계속 발간되는 영화 주간지《씨네21》주성철 기자의 책들이 그러하다. 대표적인 저서로《홍콩에 두 번째 가게 된다면》(달, 2010),《그 시절 우리가 사랑했던 장국영》(흐름출판, 2013) 이 두 권을 들 수 있다. 전자는 홍콩영화 정보서의 성격을 가지고 있는데, 우리가 흔히 방문하는 홍콩의 각 명소를 이와 얽힌 홍콩영화 이야기와 결합하여 소개함으로써 홍콩영화 지리지의 성격을 보여주고 있다. 후자는 2003년 투신자살한 홍콩의 대표적인 남자배우 장국영을 주제로 한 책으로, 주성철 기자 본인의 개인적 추억이 더욱 많이 묻어나는 책이다. 홍콩의 각종 장소 중에서도 특히 장국영의 생애사와 관련된 지역들을 보다 중점적으로 소개하고 있다는 점이 특징적이다. 이 책의 저자인 주성철 기자 역시 연령대로 볼 때 종보현, 이종철과 거의 비슷한 세대라고 할 수 있다. 그는 여전히 홍콩영화에 관한 해박한 지식을 보유한 몇 안 되는 현역 영화 기자라는 점에서 앞으로 어떤 책을 써내게 될지 자못 궁금하다.

이렇게 볼 때, 이들보다 십여 년 앞선 세대라고 할 수 있는 김지석을 제외하면 대체로 홍콩영화와 관련된 저작들은 1980년대에 십대 시절을 보낸, 현재 나이로 따지자면 50대 전후 연구자들에 의해 전적으로 생산되고 있다고 할 것이다.

단행본을 제외하면 홍콩영화 관련 학위논문은 합작영화를 주제로 한 안태근의 박사논문[3]을 제외하면 드문 편이고, 1960~1970년대 홍콩 무협영화와 쿵후영화의 국내 수용에 관한 이영재의 논문들[4]을 제외하면 홍콩영화와 한국의 관련성을 주제로 한 소논문들은 매우 적은 편이다.

국내의 이런 사정과 영어권의 사정에는 다소 차이가 있다. 홍콩영화의 고장인 홍콩을 비롯하여 홍콩영화의 수용이 활발하였던 미국의 아카데미를 중심으로 홍콩영화의 역사와 미학, 장르와 관객성에 관한 연구 저작들이 활발하게 생산되었다. 특히 미국의 경우 1980년대 홍콩영화의 붐이 일어난 후 아시아계 미국인 연구자들을 중심으로 미국 내에서 각종 콘퍼런스와 연구 프로젝트를 활발하게 진행해왔으며, 이런 성과를 단행본으로 묶어서 발간하였다.

홍콩 내에서는 홍콩국제영화제에서 홍콩영화 회고전 섹션이 마련된 후(1977년)부터 홍콩영화의 역사를 정리하면서 홍콩영화의 정체성을 확립하려는 움직임이 활발해졌다. 특히 회고전 담당자로서 오랫동안 활동을 해온 나카羅卞 law Kar의 역할을 컸다. 그는 매년 홍콩영화 회고전 자료집을 발간함으로써 전 세계 학자들이 홍콩영화에 접근할 수 있는 객관적인 정보를 제공하는 역할을 하였다.

그리고 미국 내에서는 포섹 푸傅葆石 Poshek Fu나 스티븐 테오 Stephen Teo 같은 홍콩계 미국인 연구자들을 중심으로 홍콩영화를 연구하는 움직임이 활발하게 일어났다. 그들은 홍콩영화에 접근할 수 있는 포괄적인 기획을 제시하는 데 주력해왔다. 특히 스티븐 테오는 단행본 분량의 종합적인 연구 성과를 비교적 이른 시기에 단독으로 제출함으로써 전 세계적으로 홍콩영화 연구가 활기를 띨 수 있는 결정적인 계기를 마련하였다. 이들 아시아계 미국인들 외에 데이비드 보드웰David Bordwell(1947~)이나 데이비드 데서David Desser(1953~) 같은 미국인들 역시 홍콩영화의 미학에 관한 관심이 있다.

그러나 전반적으로 볼 때 홍콩영화에 대해서는 지금껏 대체로 홍콩 내 연구자들이나 아시아계 미국인 연구자들 중심으로 담론이 펼쳐지고 있다. 기타 언어권에서는 홍콩영화에 관한 중요한 연구들은 거의 이루어지지 않고 있으며 일부 학자들이 자신의 특별한 관심사에 따라 감독론이나 주제론적 연구를 수행하고 있는 형편이다.

홍콩 이외 지역에서 펼쳐지는 홍콩영화에 관한 연구 중 가장 두드러진 방향성은 홍콩영화를 특정한 국가의 관객들이 어떻게 수용했는가를 살펴보는 수용론적 연구 혹은 관객성 연구이다. 이런 연구 방향성은 홍콩영화라는 특정한 문화적 산물이 세계 전역으로 전파될 때 벌어지는 수용자의 문화적 대응 양상을 보여주는 것이다. 이런 접근을 통해서 특정한 국가 내의 성별, 계층, 연령, 인종과 같은 다양한 요소를 지닌 관객이 초국가적 맥락 속에서 자신의 정체성을 형성하는 문화적 굴절 현상의 다기성多岐性을 확인할 수 있게 된다.

특히 홍콩영화 특유의 장르라고 할 수 있는 무협영화, 쿵후영화, '홍콩누아르' 등에 대한 다른 지역 남성 관객의 수용에 관한 연구들은 이런 수용론적 연구 내지 관객성 연구의 대표적인 예라고 할 수 있다. 홍콩영화가 홍콩인을 포함한 중화권 관객에게 수용되는 맥락이나 반응과 기타 지역 관객에게 수용되는 맥락이나 반응 사이에서 두드러지는 이런 차이는 홍콩영화가 여타의 중요한 문화적 산물들처럼 관객의 정체성 탐구에 있어서 적지 않은 영향을 미쳐왔다는 사실을 간접적으로 드러내는 것이라 할 수 있다.

단적인 예로서 이소룡李小龍 Bruce Lee(1940~1973)을 주인공으로 한 일련의 영화 중 특히 〈정무문精武門 Fist Of Fury〉(1972)이 중화권 관객과 일본 관객에게 수용되는 맥락이나 유발하는 반응에는 커다란 차이가 있다. 이소룡 쿵후영화의 짙은 중화주의에 대한 거부감 때문에 일본에서 이소룡 수용이 상대적으로 늦었고, 중화주의적인 느낌을 주는 '이소룡'보다는 국제적인 색깔이 풍부한 '브루스 리'라는 호칭을 선호했다는 주장도 있을 정도였다.[5] 이소룡 영화 중에서 서양인과의 대결 과정을 주요 장면으로 하는 〈맹룡과강猛龍過江 The Way Of The Dragon〉(1972)은 〈정무문〉과는 달리 아시아 대 서구, 동양인 대 백인이라는 새로운 대립 구도를 형성함으로써 〈정무문〉을 둘러싼 아시아 내적 갈등은 무화 내지 봉쇄되는 양상을 보인다.

  일본에서 이소룡 영화들은 홍콩영화 붐을 단기적으로 일으켰는데 이런 붐에 기대어 그 후 일본에는 영화 제목에 '용'이나 '호'라는 이름이 포함된 영화들을 대량 수입되었다. 1974년 한해만 하더라도 28편의 쿵후영화가 일본에 개봉되었는데 이소룡 붐에 기댄 저질영화들이었기 때문에 1970년대 일본에서 홍콩영화는 거의 성공을 거두지 못했다.[6]

  이처럼 홍콩영화의 수용에 관한 연구는 홍콩영화를 수용하거나 그들과 교류한 경험들을 가진 지역에서는 중요한 연구 영역이라고 할 것이다. 그러나 견문이 적은 탓인지는 모르나 한때 홍콩영화의 주요 시장이었던 말레이시아, 싱가포르, 태국, 베트남, 인도네시아 등 동남아권 국가나 대만이나 일본처럼 우리와 여러모로 가까운 위치에 있던 국가에서 수용론적 연구의 성과를 찾아보기는 쉽지 않다.

  우리와 함께 같은 시장 권역으로 분류되었던 일본만 하더라도

홍콩영화를 수용론적 관점에서 다룬 연구 성과가 잘 보이지 않는 것은 의외다. 다만 2007년 일본에서 구숙정邱淑婷이라는 홍콩인 연구자에 의해서 출간된 저서《香港·日本映畫交流史－アジア映畫ネットワ-クのルーツを探る》가 현재 검색할 수 있는 유일한 단행본이다.

구숙정이 도쿄대학에 제출한 박사논문을 단행본으로 출간한 이 책은 제목이 말해주듯이 홍콩영화계와 일본영화계의 교류사를 탐구하고 있다. 1930년대 일본의 대륙 침략에서 비롯된 양 지역 간의 교류는 애초에는 강제적인 성격의 만남이기 때문에 우리가 흔히 생각하는 자유로운 양자 간의 만남이라는 '교류'라는 표현에는 부합되지 않는 측면이 있긴 하다. 여하튼 그때부터 시작된 교류가 기실은 홍콩영화계 자체의 요청에 일본영화계가 부응하는, 다소 일방적인 것에 지나지 않는 것이었지만 이 연구를 통해서 그는 일본인들이 적극적으로 탐구하지 않은 영역을 적극적으로 자기 과제로 부여안아 연구를 진행한 것으로 보인다. "아시아영화 네트워크의 뿌리를 찾다"라는 부제가 말해주듯이 이 연구는 궁극적으로 세계화 시대 한층 전면적이고 일상적인 교류가 진행되고 있는 현재의 기원으로서의 과거사를 재구성하려는 의도가 있어 보인다. 비록 일본인 자신이 아니라 홍콩인에 의한 것이긴 하나 이 한 권의 저서를 통해서 홍콩과 일본 양 지역 간의 영화 교류사가 일목요연하게 포착될 수 있게 됐다는 사실은 무척 인상적이다. 이와 유사한 교류사의 가능성이 우리에게는 한층 더 뚜렷하기 때문이다.

홍콩에서는 2차 세계대전 후에도 일관되게 일본과의 교류가 끊어지지 않았다. 1951년 구로사와 아키라黑澤明(1910~1998)가 〈라쇼몽羅生門〉(1950)으로 베니스영화제에서 금사자상을 수상한 것을 계기로 일본영화가 국제적인 주목을 받게 되었는데, 그 후 홍콩에는 일본영화가 계속 수입 상영되었고 또 일본부터 감독과 카메라맨을 초청하여 영화를 제작하는 예도 종종 있었다.[7] 이노우에 우메쓰구井上梅次(1923~2010) 같은 감독, 니시모토 다다시西本正(1921~1997) 같은 촬영기사가 초창기의 예라면, 액션영화에 출연했던 사나다 히로유키眞田廣之(1960~) 같은 배우는 1980년대의 예라고 할 수 있다. 이처럼 홍콩영화계는 일본의 영화 인력들을 수혈받아서 자기 영화의 자양분을 흡수하는 데 그쳤을 뿐 일본영화의 발전에 뚜렷한 기여를 하지 않았다.

그러나 홍콩과 한국은 이와는 다르다. 1950년대 〈이국정원異國情鴛〉(1958)을 시작으로 각종 수준의 합작영화로 넘쳐났던 1970년대 후반까지 최소한 20여 년 이상 서로 간에 활발한 주고받음의 과정을 거쳐 온 경험이 있기 때문이다. 적어도 한국영화계는 홍콩영화가 초보적인 수준의 통속영화에서 시작하여 세계적인 수준의 무협영화를 만드는 과정에서 충실하게 동반자 역할을 했던 경험이 있다. 그리고 한국의 관객은 그런 과정에서 가장 열정적인 애정과 관심을 보여주었던 적극적인 수용자였다.

이런 측면을 고려한다면 홍콩영화가 과연 지난 시대 한국 관객에게 무엇이었느냐는 질문을 지금이라도 진지하게 받아들일 필요가 있을 것이다. 그런 과정을 탐색하는 것이야말로 해방 이후 이 땅에서의 영화 관람 경험의 중요한 일부를 확인하는 일이며, 또한 정치적, 사회적 격변의 틀에서만 읽어낸 한국 사회의 삶을 홍콩영화라는 새로운 프리즘을 투과할 때 새롭게 읽어낼 가능성도 있다.

3. 어둠 속의 영웅과 동양적 신화 – 〈영웅본색〉과 주윤발

영화 관람에 있어서 혁명적인 변화를 초래하게 된 VCR은 1988
년 올림픽을 전후로 하여 급속하게 보급되어 기존에 영화관 상영
에 주로 의존하던 영화 산업에 새로운 시장 판로를 제공해주었다.
VCR에 비해 비디오 카세트테이프라는 매체에 담길 영화들이 상대
적으로 부족한 상황이 초래됐는데 이와 같은 수급 불균형을 해소
해준 것이 바로 홍콩영화들이었다. 특히 1987년부터 불어 닥친 홍
콩영화 붐은 거의 십여 년 가까이 홍콩영화를 할리우드영화 못지
않은 영화계의 양대 아성으로 구축하여 한국영화 시장에서 특수
경기를 구가하였다.

1980년대 중반 불어 닥친 난데없는 홍콩영화 붐은 사실 처음에는
그렇게 뚜렷한 모습을 갖추고 있지는 않았다. 그 실마리를 제공한
영화는 1980년대 홍콩영화의 아이콘 배우라고 할 주윤발 주연의
〈영웅본색英雄本色 A Better Tomorrow〉(1986)이었다.[8] 흔히 이런 계통의
영화를 그 당시 '홍콩누아르'라고 불렀다. 자기 식으로 이름 붙이기
를 잘하는 일본인의 조어 감각이 돋보이는 이 용어는 프랑스 누벨바
그Nouvelle Vague 시네아스트들이 1950년대 미국의 특정한 하드보일
드hard-boiled 영화들을 지칭하기 위해 사용한 '누아르 영화film noir'라
는 용어에서 차용한 것이다. 누아르 일반의 특징에다 홍콩영화만의
특징이 결합된 이런 영화들은 1980년대 중반부터 1990년대 중반에
이르기까지 다수 제작되었다. 대개 홍콩의 암흑가를 주름잡는 조직
내부의 갈등을 주요 소재로 한 일련의 '홍콩누아르'는 주윤발을 주
연 배우로 한 경우가 많았다.

주윤발은 사실 허안화許鞍華 Ann Hui(1947~) 감독의 〈호월적고사胡越
的故事 Woo Yuet's Story〉(1981) 같은 사회성 짙은 영화의 주연을 맡기도
했지만 〈영웅본색〉 이전에는 주로 홍콩의 TV 채널에서 주로 활동했
던 TV 탤런트로서의 이미지가 강했던 인물이다. 홍콩의 벽지僻地 라
마섬 출신으로 탤런트로 선발되어 TV를 무대로 주로 활동했지만
출연하는 작품마다 신통치 않은 성적을 보여주어서 배우로서의 성
공 가능성을 점치는 사람들은 없었던 배우였다. 그는 1976년 영화계
로 투신하여 여기呂奇 감독의 〈노가, 사패, 고야자撈家, 邪牌, 姑爺仔 The
Hunter, The Butterfly, And The Crocodile〉(1976) 등의 영화에 출연하였지만,
흥행의 부도수표로 지목받았다.[9] 그런데 〈호월적고사〉에 출연한 이
후 〈영웅본색〉이라는, 그로서는 행운의 작품에서 마크라는 역을 맡
음으로써 일약 영화배우로서의 진가를 발휘하기 시작했다.

〈영웅본색〉의 플롯과 일부 캐릭터들은 룽 콩Patrick Lung Kong(1935~
2014)이 감독한 〈영웅본색英雄本色 The Story of a Discharged Prisoner〉(1967)
에서 가져온 것으로 알려져 있는데,[10] 오우삼吳宇森 John Woo(1946~)의
이 영화는 룽 콩의 영화와는 완전히 새로운 이야기라고 할 수 있다.
이 영화에서 주윤발이 맡은 마크는 위조지폐 제조 및 유통으로 생활
하는 암흑가의 인물이다. 그는 적룡狄龍 Ti Lung(1946~)이 맡은 송자호
라는 의형제 같은 인물과 단짝을 이뤄 범죄생활을 해왔다. 그러나
송자호에게는 경찰 지망생이면서도 형의 신분을 전혀 눈치 채지 못
하는 동생 송아걸(장국영 분)이 있다. 그런데 대만에서 위조지폐 유통
에 나선 송자호가 대만 경찰에 검거되어 형을 살게 되고 마크가 송
자호의 복수에 나섰다가 다리 불구가 되면서 이들의 운명은 급변한
다. 그리고 이런 사실을 알게 된 송아걸은 경찰이 되기는 했으나

범죄자인 형 때문에 승진이 되지 못하면서 형에 대한 원망과 분노가 극에 달하면서 친한 부자 관계 같았던 형제 관계는 극도로 멀어진다. 송아걸의 생일을 맞아 동생의 집을 찾아온 송자호에게 동생은 극단적인 반감을 표시한다.

그런데도 송자호는 동생을 위해 새로운 삶을 살기로 다짐하고 택시 회사에서 운전대를 잡게 되지만 한때 송자호가 관여했던 조직이 위조지폐 사업에 동생을 미끼로 송자호를 끌어들이면서 극적 갈등이 고조된다. 그는 동생을 위해서 범죄에서 손을 씻겠다고 다짐했지만, 오히려 동생을 구하기 위해서 범죄에 다시 관여해야 하는 상황에 이르게 된 것이다. 또한 불우한 신세에 직면하게 된 마크의 부추김은 송자호의 결심을 흔들어놓기에 충분한 것이었다. 결국, 동생을 구하기 위해서 범죄 현장으로 향한 송자호는 동생에게 사전에 정보를 제공함으로써 자신으로 인해 놓친 승진 기회를 동생이 되찾을 수 있도록 배려한다. 이 과정에서 한때 자신의 수하였으나 이제는 조직의 보스가 된 아성 세력과의 총격전이 벌어진다. 이 현장에 개입하게 된 송아걸이 위협에 처하게 되지만, 마크의 힘으로 송아걸은 생명을 건지게 된다. 그 대신 마크는 무차별로 난사하는 총탄으로 전신이 벌집이 된다. 이 장면은 특히 슬로모션으로 처리되어 마크의 영웅으로서의 장렬한 최후를 더욱 비장하게 만든다.

이 작품은 기본적으로 사회의 계층 구조로 볼 때 가장 밑바닥을 형성하고 있는 암흑가의 모습을 보여주고 있다. 그러나 누아르 자체가 그렇듯이 인물의 표면에 가려져 있는 정반대의 면모를 조명하고 있다는 점에 있어서 단순한 총격전 영화와는 구분된다. 비록 위조지폐에 관여하는 범죄자임에는 분명하나 송자호는 나이가 한참 어려 보이는 동생을 극진하게 보살피는 부성애 가득한 인물이다. 그리고 마크 역시 위조지폐를 통해 돈을 벌겠다는 욕심밖에는 없는 인물로 비치지만 작중에서 거의 의형제적 관계로 비치는 송자호에 대한 의리만큼은 매우 투철한 인물로 그려진다. 배신과 협잡으로 교도소에 갇히게 된 송자호를 위해서 복수를 감행하며 그로 인해 다리 불구의 신세가 됨에도 불구하고 송자호가 돌아올 날만을 기다리며 자동차 유리닦이 행상을 해서 번 돈으로 허술한 식사를 하면서 연명하는 것으로 그려지는 모습은 마크의 이런 면모를 단적으로 보여준다. 이처럼 이 영화는 극단적인 의리의 결합체인 송자호와 마크가 보여주는 남성적 유대를 강렬한 톤으로 그려내고 있다.

여타의 '홍콩누아르'처럼 이 영화에는 암흑가를 배경으로 한 격렬한 총격 장면이 펼쳐진다. 그러나 그런 총격 장면은 주로 초반과 후반, 그중에서도 후반에 집중되어 있다. 러닝타임의 상당수는 다소 장황하다 싶을 정도로 중심인물들의 처지와 태도, 상황 변화의 곡선을 정밀하게 그려내는 데 할애되어 있다. 이런 '드라마적 쌓기'의 과정을 통해서 등장인물 간의 극적 갈등 상황에 맞는 다양한 음악들이 삽입됨으로써 작품의 정서적 톤을 더욱 강화한다.

단순히 사회의 이면을 어두운 톤으로 묘사하고 있다는 측면에서 이 영화를 '홍콩누아르'의 일종이라고 볼 수는 있을 것이다. 그러나 누아르 영화가 이 세상에서 진실이라고 믿었던 것과 거짓이라고 믿었던 것의 경계가 무너지는 도덕적 아노미의 감각을 특권적인 내용으로 한다고 볼 때, 적어도 〈영웅본색〉이 한 편의 경우, 이 영화를 '홍콩누아르' 혹은 누아르라는 틀로 규정하는 것은 다소 어려워 보인다. 왜냐하면, 이 영화는 형제간에 우애가 있어야 한다거나 친구

간에 믿음이 있어야 한다는, 또는 우애가 없으면 형제가 남만 못하다거나 배신하는 사람은 친구일 수 없다는 전통적인 동양적 믿음을 전적으로 수용하고 있기 때문이다. 오히려 이 영화는 배경만 현대 홍콩일 뿐 그 속에 담긴 논리는 동양권에서 오랫동안 내려온 유교적 화친의 논리 그대로일 뿐이다.

《향항전영 1997년》에서는 이 영화가 성공할 수 있었던 요인으로 "특수효과나 스턴트 효과의 극대화를 통한 폭력의 지나친 미학화, 극단적으로 감상적인 스토리, 무용 동작 같은 총격전, 양식화된 명예지상주의, 무협영화에서 보편적인 명예, 배신의 테마 등은 관객들의 정서를 충분히 자극하였"다는 점 등을 거론하였다.[11] 또 미국 내 한 홍콩영화 전문가는 이 영화를 프란시스 포드 코폴라Francis Ford Coppola(1939~) 감독의 〈대부Mario Puzo's The Godfather〉(1972)나 샘 페킨파David Samuel Peckinpah(1925~1984) 감독의 〈와일드 번치The Wild Bunch〉(1969), 일본 야쿠자(갱스터)영화들을 초현대식으로 정서적으로 압도적인 방식으로 재창조한 것으로[12] 평가하기도 하였다.

1986년에 나온 이 영화는 일본을 거쳐 1987년 민주화 요구로 한국 사회가 들끓던 그해 5월 23일 서울 변두리 영화관을 중심으로 개봉되었다. 그 당시 홍콩영화는 세간의 주목을 받을 만한 상황이 아니었다. 기본적으로 그 당시 한국의 관객은 할리우드영화를 주로 소비하고 있었고, 그 외에는 다양한 국적의 유럽영화들이 빈틈을 메우는 정도였다. 홍콩영화로는 이소룡 이후 쿵후영화의 계승자였던 성룡成龍 Jackie Chan(1954~), 홍금보洪金寶 Sammo Hung(1952~)가 출연하는 코믹 액션영화나 강시영화僵尸映畵가 어느 정도 인기를 끌 정도였다. 그리고 1987년은 사람들의 이목이 온통 정치적 변화의 가능성 여부에 모아져 있었기 때문에 영화에 쏟을 관심은 상대적으로 적을 수밖에 없었다.

그런데도 수입사에서 〈영웅본색〉을 수입할 때, 외국 영화 흥행의 지표 역할을 종종 했던 일본 내 개봉 상황을 염두에 두었을 것으로 보이는데, 〈영웅본색〉은 일본에서 개봉했을 때도 상당한 호응을 얻은 바 있었다. 국내에서는 시내 중심가 영화관에서 개봉되지는 못했고 서울 변두리 영화관에서 상영이 이뤄졌다. 커다란 기대를 걸지 않았던 것과는 달리 이 영화는 변두리 영화관에서 관객들에게 상당히 지속적인 호응을 얻고 있다는 사실이 확인되었다. 아직은 시내 영화관 접근의 어려움 때문에 지역 관객들을 상대로 상당한 수익을 올리고 있던 변두리 영화관들에서 이 영화는 일종의 신드롬에 가까운 반응을 불러일으켰다.

〈영웅본색〉에 열광했던 변두리 관객들이란 대체로 시내 중심가 영화관을 이용하는 관객들과는 여러모로 차이를 보이는 사람들이라고 짐작할 수 있다. 1980년대 중반 서울 시내 영화관 일회 관람료가 외국 영화의 경우 일반 기준 3천~3천 5백 원 정도일 때, 변두리 영화관 특히 재개봉관의 일회 관람료는 대체로 2천 원 정도였다. 이를 고려할 때 변두리 영화관 관객들은 대체로 시내 중심가 영화관에서 영화를 관람하기에 경제적으로 다소 부담을 느끼는 사람들이었다고 할 수 있다. 여기에는 성별이 뚜렷하게 구분되지는 않는데, 왜냐하면 변두리 관객들은 상영되는 영화들의 성격에 따라 그 성비가 유동적일 수 있기 때문이다.

당시 변두리 재개봉관은 2편을 한 회로 묶어서 상영하는 시스템을 가지고 있었는데, 2편의 구성에는 다양한 고려가 작용했을 것이다. 이 중 한 편이 보통 개봉관 상영작으로서 변두리 관객의 이목을 사로잡을 수 있는 작품을 선정한다면 나머지 한 편은 상대적으로 편당 수입가가 저렴한 저질영화들 특히 선정적인 색채가 강한 영화들로 채워지기도 하였다. 다만 재개봉관 상영 프로그램은 영화관이 소재하고 있는 지역의 특징에 좌우되는 측면이 강하다고 볼 수 있다. 예를 든다면 대학생이 관객의 다수를 점하고 있는 대학가 주변의 재개봉관의 경우와 노동자들이 밀집 주거지역에 위치한 재개봉관의 경우는 프로그램 구성에서 다른 고려가 작동될 수밖에 없을 것이다.

여하튼 〈영웅본색〉은 대학가 주변의 재개봉관보다는 노동자 밀집 구역에 있는 재개봉관들에서 상대적으로 높은 호응도를 보여주었던 것으로 보인다. 이는 이 영화가 기본적으로 내포하고 있는 메시지가 서구적인 교양을 배경으로 한 것이 아니라 동양적인 사회문화 속에서 기본적으로 학습해온 윤리와 관련된 것이라는 점이 가장 큰 이유라고 할 수 있다. 그리고 우정이나 의리를 위해서 목숨을 바친다는 인물들의 행동 논리가 멋진 액션과 음악으로 포장되어 있다는 점은 이 영화가 젊은 남성 노동자들에게 호소력을 가질 수 있는 이유였다고 할 것이다. 스티븐 테오는 이 영화가 관객들에게 호소력을 가진 이유 중 하나를 "아르마니 정장을 입고 명예와 충성을 위해 자신의 목숨을 바치는 의리의 사나이들의 모습"에서 찾기도 하였다.[13] 그러나 이 영화가 1987년 정치적 격변기에 개봉된 영화였다는 점을 고려할 때, 이 영화가 "전통적 덕목들이 급격히 변하는 환경에 대처하는 실행 가능한 선택으로 나타나는 남성적 판타지의 상상적 공간"[14]으로 기능했다는 측면을 지적한 안진수의 의견은 경청할 만하다. 물론 〈영웅본색〉의 수용에 관한 면밀한 통계 조사가 있었던 것은 아니지만 이와 같은 논리적 도출은 상당히 그럴듯한 측면이 있다고 생각된다.

이 영화는 형 송자호와 동생 송아걸과의 관계를 주선율로 한 영화이다. 형으로 등장한 적룡은 1970년대 장철張徹 Chang Cheh(1923~2002) 감독의 양강영화陽剛映畫에 단골로 등장한 대표적인 미남 배우였다. 더는 전통적인 무협영화가 존재할 수 없게 된 1980년대 홍콩 영화계에서 그는 나이가 지긋하고 한때 자신의 젊은 시절을 상기하는 장국영을 부성애적 시선으로 바라보는 중년의 배우가 되었다. 그리고 대표작 〈천녀유혼倩女幽魂 A Chinese Ghost Story〉(1987)이 등장하기 바로 전, 장국영은 풋풋한 기운이 채 가시지 않은 모습으로 이 영화에서 형의 사랑을 갈구하는 애틋한 동생을 연기하고 있었다.

〈영웅본색〉은 적룡과 장국영을 중심으로 진행되는 영화였으나, 뜻하지 않게 이 영화로 최대의 수혜자가 된 배우는 주윤발이었다. 그는 친구를 위해 복수를 하다가 불구가 됐고 마지막에는 충분히 도망갈 여유가 있었음에도 친구를 위해 돌아와 싸우다가 몸이 벌집이 되어가면서 죽었다. 이전에 언급한 것처럼 슬로모션으로 처리한 그의 죽음 장면은 이 영화가 궁극적으로 주윤발 캐릭터에 방점을 찍고 있다는 사실을 확언하고 있음을 엿보게 한다. 정치적으로 어수선한 분위기에서 개봉되기는 했으나 곧이어 6·29선언으로 민주화 분위기가 가득하던 상황에서 〈영웅본색〉과 주윤발 신드롬[15]이 정치적 구애의 부담을 털고 한국 사회에 확산하였다.

이미 제작된 지 1년이 지난 후, 이 영화는 시리즈화의 길을 걸었다. 첫 편이 선보인 이듬해인 1987년 2편이 제작되었다. 1편의 명성에 힘입어 2편은 서울 시내 개봉관에서 당당히 개봉되었고, 예상대로 많은 관객이 관람했다. 이해에 개봉된 왕조현, 장국영 주연의 〈천녀유혼〉이 흥행에 성공하면서 홍콩영화는 한국 사회에서 결정적으로 붐을 이뤘다. 그런데 1980년대 후반 한국 영화가에 홍콩영화 붐을 일으키는 데 있어서 결정적인 역할을 한 이 두 편의 영화에 모두 장국영이 등장하고 있다는 사실은 눈에 띤다. 그러나 〈영웅본색〉에서 그러했던 것처럼 〈천녀유혼〉에서 관객의 시선을 끈 것은 왕조현이었다. 귀신 멜로드라마 속에 등장한 그녀는 매우 신비로운 아름다움을 발산하였다.

이들 두 편의 흥행에 있어서 남성 관객의 역할이 지대했다는 사실은 새삼 거론할 바가 못 된다. 1960년대 한국영화계의 흥행이 주로 고무신 관객이라고 조롱받은 여성 관객에 의해 주도됐다면 1980년대 흥행은 남성 관객에 의해 주도됐다. 1989년 한국영화진흥공사가 전국의 16세 이상 남녀 1천 5백 명을 대상으로 벌인 이 조사 내용에 따르면, 남자는 할리우드영화 다음으로 홍콩영화를 선호한다는 조사 결과를 발표했다. 여기에는 또한 학력과 소득 수준이 낮을수록 할리우드영화와 홍콩영화를 선호한다는 내용도 포함되어 있다.[16] 이로써 알 수 있듯이 홍콩영화의 주 관객층은 대체로 학력 수준이나 소득 수준의 낮은 남성 노동자나 청소년들이 주를 이루고 있을 가능성이 크다.

〈영웅본색〉이 의리라는 원초적인 남성 유대의 서사로서 남성 관객을 자극했다면 〈천녀유혼〉은 남성 관객이 기대하는 이상적인 여성상에 대해 만족감을 준 것이었다. 이로써 주윤발과 왕조현은 한국 영화가에서는 흥행보증 수표 역할을 하였다. 이후 이들 배우를 주연으로 한 각종 장르의 다양한 영화들이 양산되었다.

이처럼 1987년은 한국에서 홍콩영화 붐이 형성된 결정적인 해였다고 할 수 있는데, 그 한가운데에는 주윤발과 왕조현, 장국영과 같은 배우들이 있었다. 그 후 홍콩영화는 국내 관객에게 한층 친근하며 매력적인 소구 대상이 되었다.

4. 폭력과 모방 – 몰락의 징후

1970년대 초반 세계적인 명성과 상업적 성공을 만끽한 바 있었던 홍콩영화계는 무협영화와 쿵후영화의 인기 퇴조로 인하여 십여 년 이상 부진을 겪었다. 전통적으로 홍콩영화계는 동남아시아와 대만, 북미의 차이나타운을 주요 시장으로 하고 있었고, 제작 자본의 상당량은 주로 동남아 화교 자본가들에 의해서 충당해오고 있었다. 그러나 1970년대 중반 이후 전 세계 영화계가 침체에 빠지면서 홍콩영화계에 유입되는 영화 자본도 대폭 감소하게 되었다. 제작 투자금의 감소는 영화의 질적 하락으로 이어졌고 이는 또 영화에 대한 관객의 불만과 감소로 이어짐으로써 홍콩영화계는 악순환의 늪에 빠져 있었다.

그런 침체의 과정이 다소 길어지다가 1980년대 중반에 들어서면서 일련의 스타 배우와 장르적 호응으로 인해 홍콩영화계는 다시금 활기를 띠게 되었다. 물론 이 과정에는 이전까지 홍콩영화계를 움직이는 양대 산맥 중 하나였던 골든하베스트사嘉禾娛樂事業有限公司 Golden Harvest Entertainment와 전속 배우였던 성룡의 역할이 컸다. 그러나 1980년대 들어 홍콩영화계의 양대 산맥 중 또 하나였던 쇼브라더스邵氏兄弟有限公司 Shaw Brothers Limited가 영화업에서 철수함으로써 생긴 공백을 메운 일련의 새로운 영화 제작사들의 존재를 거론하지 않을 수 없다. 홍금보의 덕보영화사德寶電影公司 D & B Film Co.,Ltd.와 시네마시티新藝城影業有限公司는 그중 대표적인 영화 제작사들이라고 할 수 있다. 그중에서도 시네마시티는 창의적인 아이디어를 가진 젊은 영화인들인 황백명黃百鳴 Raymond Wong(1946~), 맥가麥嘉 Karl Maka (1944~), 석천石天 Dean Shek(1950~)이 결합하여 1981년에 세운 영화사로 1980년대 이후 홍콩영화계의 새로운 흐름을 주도하는 수많은 영화 아이디어를 현실화하였다. 시네마시티의 등장으로 쇼브라더스에 대항해 새로운 영화를 주장했던 골든하베스트는 이제 다소 구세대 영화사의 이미지를 풍기게 되었다. 시네마시티의 영화들은 기발한 아이디어에 기반을 둔 것으로서 현대 관객의 취향을 앞서가는 면이 있을 정도였다. 이렇게 되자 자연스럽게 이들 영화는 관객의 호응을 얻게 되었고 동남아 자본이 홍콩영화계에 다시 관심을 두게 되었다. 심지어 그동안은 투자의 경험이 그다지 없었던 대만, 일본, 한국의 자본도 홍콩에 밀려들기 시작했다.

홍콩영화 제작사들은 시나리오가 완성되기도 전에 그 영화에 캐스팅된 배우의 이름만 가지고도 투자 유치가 가능할 정도였다. 이런 상황이다 보니 홍콩영화계는 각국 자본주들과의 관계에서 우월한 위치를 점한 상태에서 유리한 조건의 계약을 맺을 수 있게 되었다. 그러나 스타 배우 주윤발의 1980년대 중후반의 영화 목록을 통해서도 알 수 있듯이 비슷한 성격의 영화들이 단기간에 조제남조粗製濫造되었다.

물론 앞에서 거론한 영화들이 그 기간에 만들어진 주윤발이 주연한 모든 영화의 목록은 아니고 그중에는 어느 정도 수준을 갖춘 작품들도 있다. 그러나 그 시절 주윤발을 주연으로 내세운 영화 중에는 홍콩영화에 대한 관객의 기대를 무너뜨리는 수준 이하 작품들도 분명히 존재했다. 이런 작품들은 스타의 상품성만을 단기간에 활용하기 위해 만들어진 졸작임이 분명하다.

이처럼 한 편의 영화가 흥행에 성공하면 이 영화의 특정한 요소들을 모방하는 작품들이 단기간에 조제남조되는 경향은 갈수록 심화하였다. 이는 그 당시 이런 영화들이 각국 관객들의 호응을 지속해서 얻고 있었다는 사실을 방증하는 것이다. 더욱이 앞에서 언급한 것처럼 1980년대 후반 들어서 전 세계적으로 VCR이 각 가정에 급속도로 보급되면서 비디오 카세트테이프에 대한 수요가 폭발적으로 증가하고 있던 추세도 홍콩영화의 조제남조 현상과 무관하지 않다. VCR이 대중화되지 않은 시절에는 영화란 기본적으로 영화관 상영을 전제로 해서 제작될 뿐이고 그 외의 활용법이란 개봉 후 TV를 통한 방영 이외에는 달리 없었다.

지금은 VOD를 포함한 온라인 채널로도 영화가 유통되고 있으나 1980년대 후반 영화는 이제 영화관이나 브라운관을 통한 수동적인 관람의 시대를 넘어서 능동적인 안방극장의 시대로 접어들고 있었다. 그 당시 홍콩영화는 수요와 비교하면 턱없이 부족한 비디오 영화 공급의 중요한 원천이었다. 비디오 제작 덕분에 강화된 영화의 수익성은 상대적으로 많은 수의 영화 제작으로 이어졌고 편당 제작비는 상대적으로 하락하였다. 이로 인해 충분한 제작 과정을 거치지 않은 영화가 제작되는 것은 불가피한 일로 여겨졌다. 홍콩영화 중 대다수는 이제 정식으로 개봉되지 않고 비디오로 제작돼 동네 비디오 대여점에 전시되었다.

그 당시 비디오 대여점은 보통 동네 주민을 대상으로 한 소규모 사업이었기 때문에 대여점 공간은 보통 10~20평 정도의 크기였다. 내부 공간의 벽면과 중앙 공간을 활용해서 각종 비디오 카세트테이프를 진열하였다. 보통 한국영화와 홍콩영화는 여타 영화들과 구분해서 전시했다. 이는 소비자의 취향을 고려한 것일 텐데 한국영화 외에 홍콩영화가 뚜렷한 하나의 섹션으로 구분돼 있었다는 사실.[17] 은 그 당시 홍콩영화가 국내 비디오 시장에서 차지하고 있는 역할을 단적으로 보여주는 것이라고 할 것이다. 1993년의 한 기사에 따르면, 비디오 카세트테이프 시장의 25%를 홍콩영화가 채우고 있다고 할 정도로, 홍콩영화의 인기는 뚜렷했다.[18]·[19]

이 시기 홍콩영화 붐을 선도했던 대표적인 감독이 서극이다. 그는 이미 1980년대 초반에 등장하여 〈제일유형위협第一類型危險 Dangerous Encounters Of The First Kind〉(1980)이나 〈촉산蜀山 Zu: Warriors From The Magic Mountain〉(1983), 〈도마단刀馬旦 Peking Opera Blues〉(1986) 같은 영화로 홍콩영화계에서 이단아로 주목받은 적이 있다. 또, 그는 〈천녀유혼〉, 〈영웅본색1, 2〉의 제작자로서 유명하다. 그는 전영공작실電影工作室 Film Workshop이라는 영화사를 설립하여 자신의 창의적인 아이디어를 바탕으로 참신한 작품들을 다수 제작하였고 일부는 자신이 직접 메가폰을 잡기도 하였다. 그리고 때때로 배우로도 활동하는 등 영화에서는 다방면의 천재적 기질을 지닌 대표적인 시네아스트로 통하는 인물이었다. 그러나 정작 그의 이름을 확실하게 각인시킨 작품은 1990년대 초반의 〈황비홍黃飛鴻 Once Upon A Time In China〉(1991),

〈동방불패笑傲江湖之東方不敗 SwordsmanⅡ〉(1992) 같은 영화를 통해서이다. 이들 영화 역시 그가 직접 감독으로 나서기보다는 제작하는 데 중점을 두고 활동하였다. 그는 주로 SFX 기술을 활용한 무협영화나 사극, 로맨스 멜로드라마를 주로 제작하는 방향을 취해왔다. 〈촉산〉에서 시작된 이러한 경향은 1980년대 〈천녀유혼〉으로 이어졌고 1990년대에는 〈소오강호笑傲江湖 Swordsman〉(1990) 시리즈, 〈황비홍〉 시리즈 등으로 이어졌다.

이 과정에서 특히 〈동방불패〉의 주연을 맡았던 임청하林青霞 Brigitte Lin(1954~), 그리고 〈황비홍〉 시리즈의 주연을 맡았던 이연걸李連杰 Jet Li(1963~)은 1990년대 홍콩영화를 대표하는 대표적인 남녀 배우가 되었다. 주윤발이 주연하는 영웅영화의 인기가 시들해지자 이 자리를 SFX 기술을 활용한 무협영화들이 차지했고 다른 한편에서는 유덕화劉德華 Andy Lau(1961~) 등의 청춘스타들이 등장하는 〈천장지구天若有情 A Moment Of Romance〉(1990) 같은 청춘영화들이 인기를 끌었다.

물론 이 시기에도 장국영은 홍콩영화에서는 빠질 수 없는 중요한 배우로서 지속해서 활동했다. 그러나 그의 이미지가 주로 멜로드라마에 적합해 보이는 다소 연약하고 부드러운 측면이 강했기 때문에 이 시기 홍콩영화의 주류와는 일정한 거리를 두고 있었다. 그런데도 국내 시장에서의 장국영은 인기는 상당히 지속적이었던 것으로 보인다. 1980년대 장국영은 주윤발과 더불어서 홍콩영화를 대표하는 남자배우로서 인기를 얻고 있었다. 이를 반증하듯이 그는 국내 모 제과의 초콜릿 CF에서 등장하기도 했고[20] 국내 TV 프로그램에도 종종 초대되기도 하였다. 그리고 홍콩 영화배우 중에서는 거의 유일하게 국내 콘서트 현장에서 만날 수 있는 존재이기도 하였다. 진백강陳百强 Danny Chan(1958~1993)과 쌍벽을 이루며 홍콩을 비롯한 아시아 각국에서 장국영은 큰 인기를 얻고 있었다. 중문학자 이종철도 그 당시 장국영의 노래에 심취하며 보냈던 시간들을 감회에 젖어 회상할 정도로[21] 1980년대 장국영은 가수로도 동아시아 청소년들에게 인기를 얻고 있었다. 순수하게 영화배우로서만 활동했던 주윤발에 비해서 장국영이 국내에서 인기를 얻을 수 있었던 배경은 충분했다.

그렇다면 이처럼 홍콩영화가 세계 영화 시장에서 호응을 얻을 수 있었던 이유는 무엇일까. 여기에 대해서 분석한 짤막한 기사 하나를 소개하기로 한다.

> 홍콩영화의 무기는 환상적인 장면과 갖가지 트릭을 구사할 수 있는 특수효과 촬영 기법이 미국 못지않다는 점과 영어를 상용하고 있어 동시 녹음에도 어색함이 없어 세계 각국에서 공감할 수 있다는 것, 그리고 제도적으로 영화 제작에 아무런 규제가 없으며 국제자유항답게 막대한 자금을 제작비로 투입할 수 있다는 점 등이다.[22]

위의 기사에 의하면, 홍콩영화의 장점은 SFX 기술, 영어 사용권, 영화 제작의 자유와 막대한 제작비 등인데, 동남아 시장을 비롯한 세계 각국의 투자 자본이 쉽게 모일 수 있고 영화 제작에 있어 상당한 자유를 부여하는 홍콩 정부의 정책은 영화업에 투자하기 쉬운 여건을 제공하고 있었다. 특히, 1980년대부터 축적해온 특수효과 촬영 기술은 그 당시 할리우드영화의 수준과 맞먹는 수준을 보여주고 있다. 이로써 할리우드영화를 뛰어넘지는 못하지만, 그에 못지않은 영화를 홍콩영화계가 제작할 수 있도록 하였다.

이런 조건을 바탕으로 1990년대 초 홍콩영화는 국내 시장에서 할리우드영화와 어깨를 나란히 할 수 있는 거대한 영화 공급처로서 기능하고 있었다. 할리우드영화와는 달리 홍콩영화는 국내 시장의 입김이 적극적으로 작용할 수 있는 예외적인 영역이었다. 앞에서 이야기한 대로 국내 외국 영화 수입상들은 이미 제작이 시작되기도 전에 유명 배우가 출연하는 영화에 투자하는 데 혈안이 되었고 흥행이 예측되는 영화를 사들이는 데 천문학적인 액수의 돈을 마다하지 않았다. 《홍콩영화 100년사》의 저자 종보현에 의하면, 이와 같은 선매수 붐이 절정을 이뤘던 1992~1993년 제작자들은 시나리오 없이도 임청하나 이연걸의 이름만 가지고서 배급상에게 100만여 달러의 해외 판권료를 미리 받을 수 있었고, 해외 판매 수익은 홍콩 극장주의 영화 예약금과 함께 영화 제작비의 60%에 달하였다고 한다.[23] 때로는 국내 영화수입업자들이 홍콩 거주 알선업자에게 속아 제작되지도 않은 영화에 대해 판권료를 지불했다 돌려받지 못하는 경우도 있었고[24] 그 당시 국내 영화계에서는 홍콩영화를 둘러싼 수입상들의 과도한 경쟁에 대한 비판적인 여론이 일고 있었다.[25]

그동안 정부의 규제에 묶여 제한되었던 외국 영화 수입 시장이 1980년대 중반 풀리자 외국 영화 수입 시장은 황금알을 낳는 거위처럼 취급되어 외국 영화 수입에 자금이 몰리는 상황이었다. 때마침 홍콩영화 붐이 일자 투자 자금이 홍콩영화 수입 시장에 몰려들고 있었다. 일제강점기 식민지 조선의 극장들이 외국 영화 쟁탈전을 벌였던 사실은 익히 잘 알려진 사실인데, 외국 영화 수입 제한이 풀리자 그런 현상이 여지없이 재현된 것이다. 이는 한국영화의 수준이 외국 영화와의 경쟁을 버틸 수 없을 정도로 저급한 상태였던 1990년대 초반까지의 한국영화의 상태를 반증하는 것일 터이다.

홍콩영화 주요 수출 시장의 순위와 점유율 조사에 의하면, 1987년까지는 순위에 들지 못했던 한국이 통계에 처음 잡힌 것은 1988년이었다. 이해 한국은 3위(10.3%)를 차지했고, 1990년과 1992년에는 2위(각각 12.8%, 11.5%)를 차지했다. 짝수년 통계만 나와 있어서 정확하지는 않으나 통계에 잡히지 않은 1989년과 1991년에도 2위 정도를 차지했을 것으로 보인다. 그런데 1994년 통계에서는 5위(9.3%)로 떨어졌고 1995년도 5위(6.3%)를 기록하면서 서서히 홍콩영화 시장으로부터 멀어지기 시작했다.[26] 위의 통계가 보여주듯이 1990년대 초반 홍콩영화의 전통적인 주요 시장을 제치고 한국이 수출 시장 상위권을 차지한 것은 그만큼 홍콩영화에 대한 수요가 많았다는 사실을 증명하는 것이다.

1993년 초, 당시 아카데믹한 영화 비평가로서 주목을 받고 있던 영화 비평가 정성일鄭聖一(1959~)이 홍콩영화에 대한 한 편의 짤막한 글을 일간지에 기고한 바 있는데, 이 글은 홍콩영화가 붐에 대한 중요한 언급으로 보인다. 이 글은 홍콩영화 전반에 대한 중요한 지적을 담고 있어 다소 길기는 하지만 전체적으로 읽고 생각해볼 가치가 있다.

93년 1월 1일 이후 3개월 만에 개봉된 홍콩영화가 이미 10편을 넘어선다. 그중에서 임청하 주연의 〈동방불패2〉, 〈동성서취〉, 〈동방여신〉(이 영화의 원제는 〈도마단〉이고, 이미 비디오로 나왔는데 제목까지 속이고 수입되었다), 〈절대쌍교〉, 〈녹정기2〉로 5편이고, 이연걸이 〈황비홍3〉과

〈방세옥〉으로 그 뒤를 잇고 있다. 더구나 편당 수입가가 모두 1백만 달러 이상이어서 결코 '싸구려' 영화가 아니다.

더욱 아연실색할 만한 것은 홍콩영화 관객들 스스로 삼류영화라는 걸 뻔히 알면서도, 영화평론가들이 온갖 악담을 늘어놓고 두 손을 들고 말려도, 매스컴이 한심한 노릇이라고 빈정거려도 전혀 못들은 척하면서 영화관 앞에 줄지어 늘어선다는 사실이다.

저질영화 관객이라고 비난하면 영화는 그저 오락일 뿐이라고 맞받아치고, 이 무슨 황당무계한 영화냐고 물으면 무협소설을 읽어본 적이 있긴 하느냐며 되묻고, 바로 그런 태도가 영화를 소비문화로 이끌고 간다고 탄식하면 차라리 직배영화를 보는 편이 나은 건가라고 물으며 눈을 휘둥그레 뜬다.

할리우드 영화광, 유럽 예술영화 중독증, 제3세계영화 추종자, 한국영화 쇼비니즘이라고 부를 만한 이 지도 위에 홍콩영화 환자가 하나쯤 더 늘어도 그것이 뭐 그리 크게 잘못된 것일까? 문제는 그들이 서로를 금지하고, 방해하고, 무효로 만드는 데에 너무 열중하여 오히려 유치한 비판의 칼날을 서로 휘두르는 데 있다.

그러나 우리는 할리우드의 '진짜' 걸작을 본 적이 없으며, 유럽 예술영화는 성공한 적이 없고, 제3세계영화를 기획하는 대학영화제가 점차 줄고 있으며(요즘 유행은 컬트로 바뀌었다), 한국영화는 이미 20년째 위기로 진단되고 있음을 잘 알고 있다. 이 비판은 홍콩영화 팬들에게도 그대로 적용된다.

왕가위의 〈아비정전〉(카이에 뒤 시네마 93년 개봉 추천작 베스트 13입선)는 능지처참 당했으며, 관금붕의 〈연지구〉(칸영화제 '주목할 만한 시선')와 〈완령옥〉(베를린영화제 여우주연상)은 사지절단당해서 비디오로 나왔고, 서기의 〈태양 없는 나날〉(베를린영화제포럼 초청)이나 나탁요의 〈가을에 뜬 달〉(런던영화제 초대작)은 볼 길이 없다. 홍콩 감독들은 한국 관객들이 홍콩영화를 죽인다고 공공연히 말하고(왕가위), 좋은 한국영화가 나오기 어려운 것을 이해한다(관금붕)며 동정까지 한다.

나는 홍콩영화 팬들이 좀 더 '극성'맞아졌으면 정말 좋겠다. 그래서 임청하 방한에서 보여준 그 열광과 전문가 뺨치는 정보로 홍콩영화의 진수를 알려서, 홍콩영화가 싸구려라는 오해를 불식시키는 데까지 밀고 나갔으면 좋겠다. 홍콩영화는 실제로 이미 세계적인 수준이며 1997년 중국 반환 이전에 세계영화제에서 그랑프리를 받을 것이라는 데 수 많은 평론가들이 동의하고 있기 때문이다.[27]

이 글은 서두에서 1993년 1~3월까지 3개월 동안의 홍콩영화 수입 상황을 제시하고 있다. 임청하와 이연걸이 주연으로 등장하는 각종 영화가 앞을 다투면 개봉된 것이다. 〈동방불패〉의 흥행으로 인해 이미 비디오로 유통된 바 있는 〈도마단〉이 '동방여신'이라는 이름으로 재개봉될 정도로 〈동방불패〉와 임청하의 인기가 대단했음을 보여주고 있다. 또 성룡 이후 쿵후영화를 계승한 이연걸 주연 〈황비홍〉의 기록적 흥행은 수입업자들 간의 영화 쟁탈전을 일으켰다. 이로 인해 〈황비홍2黃飛鴻之二男兒當自强 Once Upon A Time In China Ⅱ〉(1992) 보다 〈황비홍3黃飛鴻之三獅王爭霸 Once Upon A Time In China Ⅲ〉(1993)이 먼저 국내에 수입되는 기현상을 연출하기도 하였다. 〈황비홍2〉를 놓고 벌인 수입업자들 간의 쟁탈전으로 인해 홍콩영화 수입 단가는 급상승했고 결국 홍콩영화의 국내 수익성을 악화시키는 계기가 되었다.

정성일에 따르면 1993년 초에 개봉된 홍콩영화들은 모두 편당 1백만 달러 이상의 가격에 수입된 것이라고 한다. 이는 그 당시 환율로 8억 원이 이르는 금액으로 국내 영화 한 편의 제작비가 2~3억 원이던 상황을 고려할 때, 엄청난 금액이라고 하지 않을 수 없다. 당시 서울 시내 영화관 관람료를 평균 1인당 5천 원으로 잡고, 영화관과의 이익 배분을 5 대 5라고 설정할 때, 서울 기준으로 최소한 30만 명 정도의 관객을 동원해야 손익분기점을 넘을 수 있는 수준이었다. 그러나 그 당시 서울 영화관의 관객이 30만 명을 넘는 경우가 드물었다는 점을 생각하면 홍콩영화를 1백만 달러에 수입하는 일은 일종의 투기에 가까운 것이었다.

정성일은 이와 같은 홍콩영화 열기와 이를 뒷받침하는 홍콩영화 팬들의 존재에 관해서 관심을 환기시킨다. 비평가들이 홍콩영화의 질적 수준을 문제 삼는데도 불구하고 홍콩영화 관객은 이런 비판에 반문하며 의연히 홍콩영화를 관람한다고 한다. 그러면서 "할리우드 영화광, 유럽 예술영화 중독증, 제3세계영화 추종자, 한국영화 쇼비니즘이라고 부를 만한 이 지도 위에 홍콩영화 환자가 하나쯤 더 늘어도 그것이 뭐 그리 크게 잘못된 것일까?"라고 한탄을 늘어놓는다.

그는 이 땅에 다양한 영화들이 수입되기는 하지만 어떤 부류의 영화에 있어서도 "진짜 걸작"은 국내에 소개되지 않거나 "예술영화"나 "제3세계영화"의 입지가 갈수록 좁아진다는 사실을 개탄한다. 이는 홍콩영화도 마찬가지라고 하면서 홍수처럼 쏟아지는 홍콩영화들 속에서 "진짜 걸작"의 반열에 드는 작품들이 국내에는 제대로 소개되지 않고 있다는 사실을 함께 적는다.

그 당시 비디오카세트 테이프로 발매된 왕가위의 〈아비정전阿飛正傳 Days Of Being Wild〉(1990), 관금붕關錦鵬 Stanly Kwan(1957~)의 〈연지구因脂拘 Rouge〉(1987)와 〈완령옥阮玲玉 The Actress〉(1991)이 불완전한 상태라는 점, 서기舒琪 Shu Kei(1956~)의 〈태양 없는 나날沒有太陽的日子 Sunless Days〉(1990)과 나탁요羅卓瑤 Clara Law(1957~)의 〈가을에 뜬 달秋月 Autumn Moon〉(1992)이 국내에 전혀 소개되지 못하는 점을 지적하고 있다.

당시 비디오 제작 과정에서 영화 원본이 훼손되는 경우가 많았는데, 검열 과정에서 삭제 처리되거나 영화가 너무 길어서 비디오 카세트테이프 제작에 있어 문제가 되어 제작업자의 임의적인 판단에 따라 '편집'되는 경우가 있었다. 정성일이 거론한 세 작품의 비디오 카세트테이프 상태가 어떠했는지 지금으로서는 구체적으로 확인할 길이 없긴 하나, 〈아비정전〉이나 〈연지구〉는 검열의 문제, 〈완령옥〉은 상업성의 문제 때문에 원본이 훼손된 것이 아닌가 추측할 수 있다. 그 당시 수입되는 홍콩영화들이 상업성이 강한 홍콩영화들 중심이었다는 점에서 홍콩 뉴웨이브 감독들의 작품들이 이 과정에서 배제된 것이 사실이다. 정성일은 예술영화에 관한 사회적 공감대가 형성되기 이전의 시점에서 홍콩영화의 진수를 관객들이 전혀 맛보지 못하고 있다는 사실을 강조하면서 관객들이 "홍콩영화의 진수"를 맛보고, "홍콩영화가 싸구려라는 오해"를 불식시키는 쪽으로 나아가기를 희망하고 있다. 그는 홍콩의 중국 반환 전에 세계 영화제에서 홍콩영화가 그랑프리를 수상할 것이라고 확신하고 있는데, 실제로 홍콩의 중국 반환 약 1개월 남짓 전에 열린 칸영화제에서 왕가위의 〈해피 투게더 春光乍洩 Happy Together〉(1997)가 감독상을 수상했다. 물론 감독상은 1등에 해당하는 그랑프리가 아니라 3등에 해당하는 상이긴 하지만, 그의 예언대로 홍콩영화의 상징인 왕가위가 수상함으로써 홍콩영화의 예술성을 보여주었다.

그 당시 한 기사에서는 "보고 나면 아무것도 기억에 남는 것이 없지만 영화를 보는 순간만은 다른 모든 것을 잊게 하는"[28] 게 홍콩영화라는 표현을 사용할 정도로 그 당시 홍콩영화는 할리우드영화에 육박하는 오락성을 보여주고 있었다. 그 당시 홍콩영화에 대한 우려 섞은 비판은 일간지 어디서나 쉽게 확인할 수 있다. 일간지 독자 의견란에는 홍콩영화에 대한 비판적 의견을 종종 게재되기도 하였다.

> 우리 영화계에 청소년들이 볼만한 영화가 없는 것은 사실이지만 그렇다고 해서 폭력을 미화하는 저질 액션물이 대부분인 홍콩영화가 마구잡이로 수입돼 청소년 관람가로 버젓이 개봉되고 있는 현실은 참으로 한심스럽기만 하다. 폭력이 난무하는 홍콩영화의 범람은 주대상층인 청소년들에게 은연중에 폭력 파괴심리를 조장하고 스타 열병을 더욱 부추겨 그들의 올바른 가치관 확립과 정서 발달에 악영향을 미치게 된다.[29]

위에서 보는 것처럼 학부모 세대의 독자는 흔히 홍콩영화를 폭력과 탈선을 조장하는 불량 영화로 보는 시선을 공유하고 있었다. 위의 글에서는 홍콩영화가 "스타 열병"을 조장한다고도 이야기하고 있는데, 이는 그 당시 청소년들이 홍콩 배우들을 좋아했기 때문으로 보인다.

1990년의 한 일간지 기사에 따르면, 홍콩영화 중에서 73%가 범죄를 소재로 하고 있고 이 중에서 마약과 관련된 것이 60%에 이르고 있다고 한다. 물론 이런 통계 조사의 신뢰성에 대해서는 구체적인 근거를 제시하지 못하고 있지만 그 당시 독자들은 그들의 경험상 실제와 이런 수치 사이에 큰 차이가 있어 보이지는 않는다고 생각했을 가능성이 높다. 이 기사에서는 그 당시 인기를 얻었던 대표적인 홍콩영화인 〈영웅본색1, 2〉와 양자경楊紫瓊 Michelle Yeoh(1962~) 주연의 〈예스마담1皇家師姐 Yes, Madam〉(1985), 〈예스마담2皇家戰士 Royal Warriors〉(1986)를 대상으로 이 작품들이 포함하고 있는 범죄의 목록들을 열거하면서 이 중에서도 〈영웅본색1, 2〉의 위조지폐 제조, 청부살인, 마약, 〈첩혈쌍웅〉과 〈예스마담1, 2〉의 무기 밀매 등의 범죄 묘사의 예를 들고 있다.

특히 이들 영화의 주 관객층인 청소년들과 관련해서 특히 마약, 위조지폐, 청부살인 등의 묘사가 가져올 수 있는 악 영향에 관해서 설명하고 있다. 결과적으로 이런 영화들을 관람하는 청소년들에게 이들 영화가 "한편 영화 속의 악한들은 이상 파괴심리를 가진 비정상적 인물들로 폭력을 정당화하며 영웅적으로 그려짐으로써 청소년들로 하여금 모방심리를 자극하고 있다."고 우려하고 있다. 이 기사 말미에는 수입업자의 자성을 촉구하고 심의를 강화해야 할 것이라는 "서울 YMCA"의 주장을 덧붙였다.[30] 이로 보건대 홍콩영화의 폭력성에 관한 조사는 "서울 YMCA"에 의해 이루어졌음을 충분히 짐작할 수 있다. 실제로 청소년 범죄자 중에는 경찰 조사에서 〈영웅본색〉의 주인공이 멋있게 보여 따라 했다며 선처를 호소하는 경우도 있을 정도였다.[31]

이처럼 홍콩영화의 폭력성에 대한 우려가 가중되는 가운데, 1991년 10월 영화 홍보 차 내한한 서극은 기자들과의 인터뷰에서 자신이 제작하거나 감독한 영화들의 폭력성에 대한 세간의 논란에 대해서 "영화에는 관중들의 심리상태가 반영된다. 내 영화의 폭력 묘사는 사람들의 내부에 깔린 폭력 심리를 드러내는 것이다."[32]라는 답변을 내놓은 바 있다. 이는 영화 속의 폭력 묘사 그 자체만 보고 그런 폭력의 온상인 사회 현실에 무관심한 기성세대들에 대한 젊은 감독으로서의 답변이라고 할 수 있다.

홍콩영화는 영화가의 전통적인 성수기인 추석이나 설과 같은 명절, 학생들의 방학 시즌을 맞아서 집중적으로 개봉하였다. 이는 홍콩영화의 주 관객층 중 학생층이 상당했기 때문으로 보이는데, 이런 성수기를 제외하면 홍콩영화가 스크린에서 사라지는 현상을 보이기도 하였다. 1993년 4월의 경우 그 전까지만 하더라도 앞 다퉈 개봉하던 홍콩영화가 스크린에서 사라지는 일종의 기묘한 현상이 확인되기도 하였다. 이에 대해서 한 기자는 그 이유에 대해서 "그만그만한 내용과 비슷한 화면, 임청하, 이연걸이라는 스타를 전면에 내세운 졸속 제작에 식상한 탓"도 있지만 "비수기로 극장가가 전반적으로 불황을 탈 때 한국영화를 상영해 스크린쿼터제의 날 수를 채우자는 몇몇 극장들의 의도"도 한몫한 것으로 풀이하고 있다.[33]

스크린쿼터제가 시행되고 있던 1990년대 초반 한국영화는 한국영화 의무 상영일수를 채우기 위해 도구로 전락했을 뿐, 영화관은 할리우드영화와 홍콩영화를 위한 독무대였다. 아직까지 한국영화가 살아날 기미가 전혀 보이지 않던 시점에서 모 일간지 홍콩 특파원 윤득헌은 과거 1960년대 신상옥申相玉(1926~2006) 감독의 지도를 받던 수준의 홍콩영화가 이제는 한국영화를 앞질러서 홍콩영화에서 "한 수 배워야 할 처지"[34]가 돼 버렸다는 사실을 확인하고 있다.

그러나 윤득헌이 홍콩영화를 부러워하면서 한국영화의 처지를 비관하고 있을 때 정성일은 홍콩영화의 상업주의적 경향에 대해서 한층 더 날카로운 비판의 칼날을 휘두르고 있었다. 1994년 모 일간지에 기고한 칼럼에서 그는 홍콩영화가 창의성이나 개성을 상실하고 상업적 성공만을 추구하는 세태를 비판하고 있다. 이 글에서는 〈천장지구2天長地久2 Days Of Tomorrow〉(1993)와 〈정전자2至尊三十六計之偷天換日 The Sting 2〉(1993)를 주 타깃으로 하고 있는데 이들 작품은 흥행작이었던 〈천장지구〉와 〈정전자賭博 God Of Gamblers〉(1989)에서 이름만 빌어 왔을 뿐 속편이라고 불릴 만한 근거가 전혀 없는 작품이었다. 이런 형태를 두고 정성일은 "홍콩영화는 친자 확인 소송이라도 내야 할 지경"이라고 비꼬면서 두 작품에 대한 구체적인 비판을 이어가고 있다. 결과적으로 그는 "'다시 만들기'(〈천장지구2〉)와 '섞어 만들기'(〈정전자2〉)는 하나의 영화 역사가 썩어가는 증거이다. 베끼기는 그저 '확대 재소비'의 논리나 다름없고, 더 이상 아무런 할 말이 없는 침묵보다 더 추한 수다 떨기에 지나지 않는다."고 비판하고 있다.[35]

이처럼 1990년대 초반 〈황비홍〉과 〈동방불패〉 이후 홍콩영화계에서는 무수한 아류작, 속편들이 끊임없이 만들어졌고, 때로는 정성일이 비판했던 것처럼 전혀 무관한 작품들이 흥행작을 사칭하는 예도 있었다. 정성일은 이 글을 발표하기 한 해 전인 1993년 서극 감독의 〈황비홍〉 시리즈 네 번째 편인 〈황비홍4黃飛鴻IV王者之風 Once Upon A Time In China IV〉(1993)에 대해서도 "이제 막다른 골목까지 온 홍콩영화의 눈물겨운 악전고투를 말 그대로 기록한 영화처럼 보여주는 악수 끝의 악수"라고 혹평한 바 있다.[36]

5. 홍콩 반환 이후의 홍콩영화계

1993년 초반만 하더라도 국내 영화가는 홍콩영화로 뜨겁게 달아올랐었다. 그런데 1993년 후반기에 들어서면서 홍콩영화의 국내 시장 반응에 이상 신호가 감지되었다. 홍콩영화의 관객 수를 분석한 다음 기사는 그런 점을 단적으로 보여준다.

올 상반기 중 국내에서 개봉된 홍콩영화는 20여 편, 이 중 성룡 주연의 〈시티헌터〉가 26만 명, 이연걸 주연의 〈황비홍3〉이 25만 명, 임청하의 〈동방불패2〉가 22만 명 등으로 명맥을 유지했으나 대부분의 작품은 수천 명에서 1~2만을 포함, 10만 명 미만으로 흥행에 실패했다. 이는 지난 1~2년 사이에 개봉된 〈황비홍〉의 43만 명, 〈용형호제2〉 40만 명, 〈동방불패〉 35만 명, 〈쌍룡회〉, 〈신용문객잔〉 25만 명의 기세에 크게 못 미치는 수치다.

올 하반기 들어 하락세는 더욱 두드러져 「흥행의 보증수표」로 불리며 최소 20만 명은 동원할 것으로 예상됐던 성룡 주연의 〈중안조〉가 13만 명에 그쳐 수입사 측에 충격을 주었다. 흥행 대목인 추석 프로로 상영된 이연걸 제작, 주연의 〈대도무문〉이 15만 명, 임청하, 장국영 주연의 〈백발마녀전〉은 이에도 미치지 못했다.[37]

1993년 추석 대목을 지난 후 추석 영화가 흥행 성적을 조사한 위의 기사는 기대를 모았던 홍콩영화들의 흥행 성적이 예상에 미치지 못하고 있다는 사실을 보여준다.

이처럼 1993년 후반기 이후 홍콩영화의 퇴조세는 완연했는데, 그동안 홍콩영화의 진가 알리기에 힘을 써온 정성일에게 있어 이런 모습들은 1997년 홍콩의 중국 반환을 앞둔 홍콩영화의 사망 징후처럼 보였다. "이제 홍콩영화가 기사회생하기는 틀린 것 같다. 그 가장 큰 이유는 홍콩 금융 시장이 빠른 속도로 해체되거나 해외로 이전하고 있기 때문이다. 상업주의와 대형화 일변도로만 달려온 홍콩영화가 자본 없이 더 이상 새로운 영화를 만들리라는 것은 무모한 기대뿐이다. 이제는 우리도 홍콩영화에 대한 짝사랑을 거두고 작별을 고해야 할 것 같다."[38]라고 말하고 있다.

1990년 그 당시 역대 최고의 흥행 성적을 거뒀던 임권택林權澤

(1936~) 감독의 〈장군의 아들The General's Son〉(1990)이 나올 수 있었던 것은 홍콩영화 덕분이었다. 그리고 기술적으로 세련된 한국영화가 1990년대 후반에 나올 수 있었던 것 역시 1990년대 홍콩영화 덕분이었다. 이처럼 1980~1990년대 홍콩영화는 한국영화의 모델 역할을 하기도 했지만 1993년 후반 들어 홍콩영화의 상황은 급속도로 악화하였다. 영화 제작에 있어 창의성을 사라졌고 홍콩 반환을 앞두고 불안을 느낀 자본들은 홍콩영화 시장을 이탈하는 속도를 높이고 있었다. 국내 흥행 상황도 이를 반증했다. 1993~1997년 한국 흥행수익 상위 10위에 오른 홍콩영화가 한 편도 없었다.[39]

그 후에도 홍콩영화를 둘러싼 사정은 더욱 악화하였다. 1990년대 중반 말레이시아와 태국의 환율 대란, 인도네시아 폭동, 1997년 아시아 금융위기와 한국의 IMF 사태 등으로 인해, 홍콩영화에 투자하는 사람들은 사라졌고 한때 흥행의 보증수표로 여겨졌던 감독이나 배우들도 흥행을 장담할 수 없게 되었다.[40] 이런 상황으로 인해 홍콩영화계는 급속도로 무너져 갔다. 앞서 본 것처럼 1994년 홍콩영화계는 상업으로는 파산 상태를 향해 치달리고 있었고, 이 자리를 대체할 만한 반등의 조짐은 보이지 않았다. 다만 상업주의로 인해 빛을 보지 못하던 왕가위 감독이 홍콩영화의 예술성을 무기로 홍콩영화계를 대표하고 있을 뿐이었다. 홍콩의 중국 반환 후에도 기존의 체제를 그대로 유지하겠다는 일국양제가 누차 언급됐음에도 불구하고 홍콩은 미래에 대한 불안의 그림자가 짙게 끼어 있었고 당분간은 조심스럽게 사태의 추이를 관망하는 모드가 이어졌다.

이런 흐름에는 영화계도 예외는 아니었다. 정치적, 경제적 규제나 제약에 크게 구애받지 않았던 홍콩영화계는 급기야 이 두 가지 모두에 신경을 써야 하는 처지가 된 것이다. 홍콩은 그동안 영연방의 특수한 지역 개념으로 존속해오면서 홍콩만의 개성을 유지하고 있었으나 중국 반환 이후 홍콩은 이제는 독립된 지역이 아니라 중국의 특별행정구역으로 종속되게 되었다. 이로써 홍콩 그 자체가 그런 것처럼 홍콩영화계도 더는 그전과 같은 자유로움을 누릴 수 없게 되었다. 그리고 그러한 상황과 연관된 특수한 활력이나 개성을 잃고 대륙의 검열과 시장에 한층 종속될 수밖에 없게 되었다.

현재에도 홍콩영화 인력들의 주도하에 다양한 영화 프로젝트들이 계속 진행되고 있다. 그러나 요즘 보이는 홍콩영화들은 과거 홍콩영화에 열광했던 중장년층 관객들이 기억하는 홍콩영화들과는 다른 색깔의 영화들이다. 홍콩영화임에도 불구하고 보통화로 대사가 진행되고 홍콩 배우들뿐만 아니라 대륙의 배우들도 꽤 많이 보인다. 또한, 주제 역시 대륙 관객의 취향에 따라 중화주의로 수렴될 수 있는 역사물, 판타지물, 항일전쟁물 등이 종종 보인다. 과연 이런 홍콩영화들이 예전 홍콩영화들과 어떤 점에서 차이가 나는가에 대해서는 구체적인 분석이 뒤따라야 할 것이다.

그리고 홍콩은 이제는 새로운 대중문화의 발신지이기만 한 것은 아니다. 과거 전기제품은 일제라는 인식이 있었지만, 최근에는 한국 상품의 점유율이 높아진 것처럼, 대중문화에서도 마찬가지 현상이 일어나 2000년대 들어 홍콩의 대중문화를 한류가 지배한 적이 있다.[41]

불과 20~30여 년 전 한국 사회에 '항류'라고 할 문화 흐름이 휩쓸었던 점을 생각해볼 때 홍콩영화를 비롯한 대중문화의 힘은 현재 확실히 줄어들었다. 그러나 홍콩 사회 특유의 활력이 이대로 사라

질지 아니면 중국 반환이라는 격류를 만나 새로운 방향으로 부활할
지 아직은 미지수이다. 앞으로의 방향성을 가늠하기 위해 과거 홍
콩 대중문화의 중심축이었던 1980~1990년대 홍콩영화에 관한 탐구
는 매우 중요한 문제라고 할 수 있다.

| 주 |

1) 이 책을 번역한 공역자는 홍콩영화가 한국 중장년층의 청소년기에 미친 영향을
   다음과 같이 말하고 있다. "사실 지금 한국의 중장년층들의 청소년기는 홍콩영
   화와 떼 놓고 생각할 수 없다고 해도 과언이 아닐 만큼 커다란 비중을 차지하고
   있었다." 종보현 저, 윤영도 · 이승희 공역, 《홍콩영화 100년사》, 그린비, 2014,
   역자 후기 중, 813쪽.
2) 그의 에세이집 중에는 《영웅본색 세대에 바친다》(스토리하우스, 2013.)라는
   제목을 단 것도 있는데, 이는 이 책보다 20여년 전 영화감독이자 시인 유하의
   에세이집 《이소룡세대에 바친다》(문학동네, 1995.)와 같은 맥락을 가지고 있는
   것으로 보인다. '이소룡'과 '영웅본색'이야말로 홍콩영화에 대한 현재 한국 중장
   년층 남성의 경험과 추억을 대변하는 적절한 기호라고 생각된다.
3) 안태근, 「韓國 合作映畵 硏究: 위장합작영화를 중심으로」, 한국외대 박사논문,
   2012.

4) 이영재, 「트랜스내셔널 영화와 번역: 왜 외팔이가 '여기저기서' 돌아오는가」, 《아세아연구》 제54권 제4호 통권 146호, 고려대학교 아세아문제연구소, 2011. 12.

_____, 「맹인, 절뚝발이, 외팔이: 전후 동아시아 영화의 신체」, 《현대문학의 연구》 제46집, 한국문학연구학회, 2012. 2.

_____, 「중공업 하이모던 시대의 아시아적 신체: 1970년대 한국에서의 홍콩영화의 수용」, 《여성문학연구》 통권 30호, 한국여성문학학회, 2013. 12.

_____, 「아시아영화제와 한홍 합작 시대극 "아시아영화"라는 범주의 생성과 냉전」, 《대동문화연구》 88권, 성균관대학교 동아시아학술원, 2014.

_____, 「양강(陽剛)의 신체, 1960년대 말 동아시아 무협영화의 흥기: 장철(張徹)을 중심으로」, 《비교어문연구》 제39집, 비교어문학회, 2015. 4.

5) 四方田犬彦, 也斯, 《往復書簡 いつも香港を見つめて》, 巖波書店, 2008. 倉田 徹, 張彧暋, 《香港 中國と向き合う自由都市》, 巖波新書, 2015, 119쪽에서 재인용.

6) 邱淑婷, 《香港・日本映畫交流史—アジア映畫ネットワークのツ-ルを探る》, 東京大學出版會, 2007, 253쪽.

7) 林ひふみ, 《中國・台灣・香港映畫のなかの日本》, 明治大學出版會, 2012, 134쪽.

8) 홍콩 문회보와 홍콩라디오방송이 마련한 '20세기 홍콩영화 베스트 10' 선정 행사에 참가한 3만 1000명의 투표 결과, 20세기 홍콩영화의 1위는 〈영웅본색〉이었다. 「20세기 홍콩영화 최고봉 저우룬파 주연 '영웅본색'〉, 《동아일보》, 1999. 8. 27.

9) 종보현 저, 앞의 책, 449쪽.

10) Tony Williams, "The Crisis Cinema of John Woo", Ed. by David Desser & Poshek Fu, *The Cinema of Hong Kong: History, Arts, Identity*, Cambridge University Press, 2002, p.147.

11) 김지석, 강인형, 《향항전영 1997년》, 한울, 1995, 50쪽.

12) Mike Wilkins & Stefan Hammond, *Sex and Zen & A Bullet in the Head: The Essential Guide to Hong Kong's Mind-bending Films*, Touchstone, 1996, p.37.

13) Stephen Teo, *Hong Kong Cinema: The Extra Dimensions*, British Film Institute, 1997, p.236.

14) Jinsoo An, The Killer, Ching-Mei Esther Yau,, *At Full Speed*, Univ of Minnesota Press, 2001, p.109.

15) 주윤발의 매너와 옷은 그 당시 젊은 한국 남성들이 광범위하게 흉내 냈고, 이를 한국 언론은 주윤발 신드롬이라고 칭했다. Jinsoo An, *Op. Cit.*, p.107.

16) 「일본영화 수입 긍정적 48%」, 《매일경제》, 1989. 12. 05.

17) 김지석, 강인형, 《향항전영 1997년》, 한울, 1995.

18) 「홍콩영화 정통 무협물 다시 강세」, 《경향신문》, 1993. 10. 09.

19) 1990년대 초반 대학생들은 경제적 사정 때문에 개봉관보다는 재개봉관을 주로 이용했다. 그리고 자취방을 중심으로 모이면 음주로 시간을 보내는 경우가 대부분이었지만 가끔은 비디오 영화 시청을 하기도 하였다. 그 당시 비디오 대여점에서는 비디오 카세트테이프를 물론이고 흔히 '데크'라고 불렀던 VCR까지 대여해 주곤 했다. '데크'에다가 비디오 카세트테이프 4개 정도를 하나의 세트로 묶어서 대여했다. 대체로 1990년대 초반에 1만 원대 초반의 비용을 지불했다. 이때 영화는 신작 중심으로 빌려오게 되는데 그중에 홍콩영화는 반드시 포함되었다.

20) 1980년대 후반 홍콩 배우들을 불러들여 상업 광고를 찍는 것이 국내 CF의 유행처럼 번지기도 했다. 주윤발과 왕조현은 '밀키스'와 '크리미'라는 음료 광고를 찍기도 했는데, 이 당시 홍콩 배우를 불러들여 상업 광고를 찍는 현상에 대해 부정적으로 보는 시선도 있었다. 「음료 광고 홍콩 배우 동원 너도나도」, 《매일경제》, 1989. 6. 21.

21) 이종철, 《홍콩의 열혈남아들》, 학고방, 2012, 232쪽: "당대 최고의 소프트 가이, 장국영의 감미로운 목소리와 서정성 짙은 멜로디, 그리고 투유 초콜릿, 당시 엄청난 화제를 불러일으킨 장국영의 광고다. 달콤쌉싸름한 초콜릿은 장국영의 부드러운 이미지와 잘 맞아떨어졌고 메가톤급 화제를 모았다. 우리들의 우상 장국영이 우리 광고에 나온다는 자체가 충격이었던 시절이었다. 게다가 그가 부른 감미로운 노래는 광고에 삽입되면서 우리들을 완전히 사로잡았다. 장국영이 들고 있는 초콜릿을 먹으면 나도 그 같은 감미롭고 애절한 사랑을 할 수 있을까. 너나없이 그런 마음이었는지 그 시절 초콜릿 엄청들 먹었을 것이다." 이종철, 《영웅본색 세대에게 바친다》, 스토리하우스, 2013, 87쪽.

22) 「홍콩영화 세계 시장 활보」, 《경향신문》, 1990. 12. 22.

23) 종보현 저, 앞의 책, 643쪽.

24) 「홍콩영화 수입경쟁 사기 부른다」, 《동아일보》, 1994. 3. 19.

25) 오명철, 「"예술성보다 재미" 홍콩영화 관객 몰린다」, 《동아일보》, 1992. 3. 28.

26) 〈표 1.9〉 홍콩영화 주요 수출 시장의 변화 참고. 종보현 저, 앞의 책, 55쪽.

27) 정성일, 「서울서 활개 치는 홍콩 영화들 본토 수준작 설 자리 빼앗는다」, 《한겨레》, 1993. 3. 27.

28) 오명철, 「"예술성보다 재미" 홍콩영화 관객 몰린다」, 《동아일보》, 1992. 3. 28.

29) 박준환, 경기도 의정부시, 「홍콩영화 폭력 난무 수입 경쟁 자제하라」, 《동아일보》, 1990. 1. 11.

30) 「홍콩영화 73%가 범죄물」, 《경향신문》, 1990. 1. 17.

31) 「홍콩폭력영화 흉내 노상강도 고교생 4명이 행인 털어」, 《경향신문》, 1992. 5. 11.

32) 「〈부용진〉 셰진, 〈영웅본색〉 시 하크 감독 내한 중국, 홍콩 영화 흐름 소개

예술원, 수입 영화사 초청으로」, 《한겨레》, 1991. 10. 27.

33) 「극장가 비수기 홍콩영화 자취 감춰」. 《매일경제》, 1993. 4. 11.

34) 윤득헌(홍콩), 「21세기를 여는 포성 문화전쟁(3) 홍콩영화」, 《동아일보》, 1994. 1. 30.

35) 정성일, 「영화관람석-〈천장지구2〉, 〈정전자2〉 모방, 아류 판치는 홍콩영화 철학 없는 상업주의 극치」. 《한겨레》, 1994. 7. 01.

36) 정성일, 「영화 관람석, 〈황비홍4 - 왕지지풍〉, 황당무계한 억지 상상력 바닥 드러낸 홍콩영화 단면」, 《한겨레》, 1993. 10. 29.

37) 「홍콩영화 유사작 홍수 줄거리 황당 뻔한 주인공 인기 시들」, 《경향신문》, 1993. 10. 30.

38) 정성일, 「영화 관람석, 황비홍4 - 왕지지풍, 황당무계한 억지 상상력 바닥 드러낸 홍콩영화 단면」, 《한겨레》, 1993. 10. 29.

39) Lisa Odham Stokes & Michael Hoover, *City on Fire: Hong Kong Cinema*, Verso, 1999. p.258.

40) 종보현 저, 앞의 책, 637쪽.

41) 日下部雅彦, 《香港物語》, 東京圖書出版, 2013, 103쪽.

8장

김혜순의
영화적 상상력

1. 반주류적 사유와 상상력

2019년에 시인 김혜순金惠順(1955~)은 두 가지 상을 수상했다. 하나
는 해외 상이고 다른 하나는 국내 상이다. 캐나다의 문학상인 그리
핀상The Griffin Poetry Prize(2019)을 수상한 데 이어 시인 이형기李炯基
(1933~2005)의 업적을 기려 제정된 이형기문학상을 수상한 것이다. 이
두 상은 일정한 예술적 업적을 장기간 지속해서 내보인 원로급 인사
에게 주는 공로상과는 차원이 다르다. 이 두 상은 모두 가장 최근에
발간된 시집들을 대상으로 해서 주어진 것이다. 그런데 이 시집들
은 한결같이 연륜을 더해가며 축적된 삶에 대한 성찰과 더불어 치열
한 대결 의지의 산물이라는 점에 그 특징이 있다.

보통 한국의 시인들은 중년에서 노년으로 넘어가는 시점에 현실
이나 외부와의 대결보다는 내면적 침잠에 빠져든다. 그런데, 김혜순
의 최근 시집들은 그 성격의 차이는 있을지언정 등단 이후 그가 보

였던 치열한 현실 대결 의식을 여전히 가지고 있다는 점에서 인상적이다. 나이 들어가면서 젊은 시절의 분열과 대결의 자세에서 화해와 포용의 길로 향해 가는 경향이 있는 한국 시단에 시인됨의 자세가 어떠해야 하는가를 그 시집들이 보여주는 것으로 생각되기 때문이다.

　김혜순은 일찍이 한국 주류 남성의 생각과 자세와 어법에서 벗어난 새로운 시 세계를 보여주었다. 그런 양상을 여성주의라는 범주에서 논하고, 그것이 가진 특성과 의미를 해명하려는 비평적, 학문적 시도들이 한동안 왕성했다. 한국 사회에서 정상이라고 불릴 만한 것으로부터 가장 멀리 떨어진 것들을 가장 낯선 방식으로 제시하는 데 집중했던 김혜순의 시들은 1970년대 이후 한국 여성주의 시의 중요한 업적이라는 점에 대해서는 대체로 동의할 것이다. 보통 여성적 몸의 언어로 이야기되는 그의 구성법이나 화법은 기존의 남성 중심의 질서에 대한 전복의 도구라는 점에서 그동안 많은 주목을 받았다. 그러나 애초 남성적 논리의 의미화를 벗어나려는 의도의 산물이기 때문에 그런 언어가 산출하는 의미나 효과가 기존의 언어망으로 완벽하게 번역될 수는 없다. 그런 차원에서 김혜순의 시는 일견 난해함 그 자체만을 목적으로 추구하는 것처럼 이해될 여지가 있지만, 가부장제적 사회 질서와 결부된 문화 형식의 하나인 시들을 해체하는 과정에서 드러나는 난해함이나 낯섦은 불가피하다. 기존 비평이나 연구들은 김혜순의 시의 이와 같은 측면들에 대한 집중적인 관심을 보여주었다.[1]

　기존 연구들을 통해서 김혜순의 작품 세계가 1980년대 이후 활발한 활동을 한 여성 시인들의 작품 세계와 비교했을 때 발견할 수 있는 공통점이나 특이점들 상당수가 해명되었다고 할 수 있다. 그러나 단기간에 집중적으로 양산된 이와 같은 연구들을 일별할 때, 연구 결과물들이 김혜순의 시의 여성주의적 양상이나 태도를 해명하는 데에만 지나치게 몰입한 듯한 인상을 준다.

김혜순의 시를 초기작부터 최근작까지 일별해볼 때, 시의 양상이 동일하지 않다는 점을 쉽게 알 수 있다. 이는 김혜순이 자기 속의 고립을 피해, 끊임없이 타자와의 교류를 통해서 자신의 시 세계를 변화시켜 왔기 때문이라고 할 수 있다. 1980년대 '또 하나의 문화' 동인과의 만남, 최근 노년으로 접근하면서 그가 겪었던 신체적 질병과 죽음에 대한 자의식은 그의 시가 끊임없이 변하는 중요한 계기였다.

이렇게 볼 때, 김혜순의 문학은 여성주의라는 단선적 잣대로 판단할 수 없는 다층성이나 다면성을 가지고 있다고 할 것이다. 그와 비교하면 기존의 연구들은 지나치게 단선적이었다고 할 수 있다.

2. 1990년대 영상문화와 김혜순의 영화 체험

1990년대는 흔히 영상문화의 시대라고 한다. 이상길은 "1990년대는 영화 산업의 양적 팽창, 영화 작품의 질적 향상이 일어난 시기였을 뿐만 아니라, 영화를 예술로서 공인하고 본격적인 감상과 연구의 대상으로 삼고자 하는 사회적 인식이 고양된 시기였"[2]다고 말한 바 있다. 이와 관련해 그는 "대학 내에서 '영화학'의 제도화, 영화전문지의 증가, 각종 미디어에서 영화 관계 기사와 프로그램의 증가, 학교나 직장, 혹은 PC통신과 인터넷 등을 매개로 활동하는 수많은 영화동호회와 동아리의 형성, 지역공동체에서의 영화 상영 행사"[3] 등을 1980년대에는 볼 수 없었던 1990년대의 새로운 현상으로 거론하였다.

그만큼 사회 전반에 걸쳐 TV나 영화와 같은 영상매체의 보급이 확대되고 그 사회적 영향력이 확대되었다. 특히 1990년대 사회 전반의 민주주의 확산 속에서 소비산업이 발전하고 소비자의 구매력이 상승하면서 이전과는 달리 개인주의 문화에 기반을 둔 문화적 욕구가 영상기술의 매개에 힘입어 영화와 같은 영상매체에 관한 관심으로 확산하였다. 1980년대까지 독재정권의 강압 속에서 기형적인 모습을 보였던 한국영화 시장이 세계 영화 산업에 개방되면서 세계 각국의, 소위 예술영화 등 선진적 영상문화가 조금씩 소개되면서 대중의 문화적 욕구에 불을 지피던 시점도 1990년대였다.

1990년대 초반 〈서편제〉(1993)가 불러일으킨 돌풍은 한국영화를 비롯한 우리 문화 콘텐츠의 우수성에 대해 자부심을 대중에게 심어주었고, 더불어 수준 높은 영화를 감상할 수 있는 관객의 저변을 확대했다. 〈서편제〉로 한국 영화 산업이 활성화되고, 이와 더불어 《씨네21》(1995. 4), 《키노》(1995. 5) 같은 영화저널이 탄생하였고, 각종 PC통신에 영화동호회들이 결성되는 등 영화를 본격적인 문화로 인정하고 이에 열광적으로 탐닉하는 소위 영화 마니아층도 형성되었다. 이와 더불어 할리우드 액션영화 중심의 외국 영화 문화를 지양하고 비할리우드영화 특히 소위 예술영화라 불리는 영화들을 전문적으로 취급하는 외국 영화 수입사도 탄생하였다. 안드레이 타르코프스키Андре́й Тарко́вский(1932~1986)의 〈향수Nostalgia〉(1986)를 수입해서 화제를 모았던 영화사 백두대간이 대표적이다. 백두대간은 각종 영화전문지 속에서만 존재하던 예술영화들을 차례로 수입함으로써 그간 비공식적으로만 유통되던 예술영화가 공식적인 절차를 통해도 충분히 유통될 수 있고, 예술영화 수입, 상영업도 적절한 이윤이 보장되는 사업으로 유지될 수 있다는 사실을 확인해주었다. 이런 영화들은 기존의 극장보다는 이런 영화들을 주로 상영할 것을 목적으로 하는 일부 극장들을 탄생시키기도 하였다. 그 대표적인 극장은 종로2가의 코아아트홀, 동숭동의 동숭시네마테크 같은 곳이었다. 이곳은 1990년대 예술영화 팬이나 영화 마니아에게는 성전聖殿과 같은 곳이었다.

이런 분위기 속에서 젊은이 중 장래 희망으로 영화감독이나 시나리오 작가, 혹은 영화평론가 등을 지망하는 층들이 조직적으로 형성되기도 하였다. 이처럼 1990년대는 해방 이후 한 번도 경험하지 못한 영상문화 열풍이 일었던 시기라고 할 수 있다.

소설가나 시인들 역시 이런 분위기에 영향을 받지 않을 수 없었다. 일부 소설가의 경우 자신의 작품들이 영화로 제작되는 경험을 하였으며, 또 일부의 경우 자신의 작품 창작의 모티프를 기존 영화에서 가져오는 일도 있었다. 서사물이라는 공통점이 있었기 때문에 소설가들이 이런 문화적 분위기 속에서 한층 더 강한 자극을 받았다고 할 수 있을지도 모른다. 그러나 문학가에 대한 영향이라는 측면에서 시인 역시 소설가보다 그 영향력이 덜했다고 단정하기 어려울지도 모른다. 시 역시 이미지의 연쇄로 창작이 이뤄지는 장르라는 점에서 영화와 공통점을 가지고 있기 때문이다.

김혜순은 등단 초기부터 인접 예술 장르에 관해 관심을 가졌다.

시로 등단하기 전 그는 이미 미술 평론으로 등단한 이력을 가지고 있다. 그리고 작품들의 연극적 특성들을 보건대, 1980년대부터 연극과 같은 공연 장르에 대해서도 관심이 있었음을 알 수 있다. 이는 그가 몸담은 서울예대의 분위기와 무관하지 않은 것으로 볼 수 있다. 그러나 이때는 그가 영화에 관한 관심을 본격적으로 가지기 이전으로 보인다. 1980년대는 한국영화의 수준이 낮고 외국 영화의 수입이 저조하던 시절이라, 예술가들에게 영화는 특별한 관심 대상이 되기 어려웠다. 그러나 이미 이야기한 대로 1990년대 영상문화가 발전하고 대중적으로 보급되면서 예술가들에게 영화는 주목의 대상이 되었다. 특히 이미지라는 측면에서 공유 지점이 존재하는 시인에게 있어 서구의 예술영화는 자신의 창작 의욕을 자극하는 매개체가 되기에 충분했다. 김혜순의 시에서 영화가 인용되거나 모티프 역할을 하게 되는 시기도 사회적으로 영화의 대중화가 진행되던 1990년대부터였다. 그가 주목한 것은 할리우드영화와 같은 대중적 오락물은 아니었다. 그보다는 비관습적인 서사와 이미지로 가득한 비할리우드영화였다. 그런 영화들이 추구하는 미적 이상이 김혜순의 그것과 얼마나 부합하는지는 검토의 대상이겠지만, 그는 그런 영화들을 한동안 감상하면서 자신의 창작에 활용하였다.

김혜순이 이런 영화들을 본 경로는 크게 두 가지라고 생각된다. 하나는 동숭시네마테크같이 일반에 공개되어 있긴 하나 대중적 취향의 관객보다는 예술적 취향의 관객들이 주로 찾던 예술영화 전용관이다. 이곳은 정식으로 영화를 수입 상영한다는 측면에서 제도권 통로라고 할 수 있다. 그리고 다른 하나는 특별한 예술적 취향과 의도를 가진 개인들이 상호 교류의 목적으로 지하창고나 카페 등 상업적, 비상업적 공간을 활용하여 소규모로 영화를 상영하는 공간이다. 여기서 상영되는 영화는 제도권 통로와는 달리 정식 수입된 필름 영화가 아니라 비디오테이프에서 복제한 테이프 수준의 영화이다. 물론 여기에도 일정한 관람료가 부과되지만, 이는 영리적 목적의 상영이라고 보기 어려운 수준의 금액이다. 김혜순은 자신이 몸담고 있던 서울예대와 지리적으로 가까운 위치에 있던 동숭시네마테크를 통해서 각종 영화를 감상했던 것이 아닌가 생각된다. 그런데 그가 언급하는 영화들에는 당시 제도권 통로를 통해서 상영되지 않았던 것으로 보이는 작품들도 종종 있는 것으로 보아, 가끔은 비제도권 통로를 통해서도 영화들을 감상했던 것으로 보인다.

1990년대 한국의 영상문화는 활화산처럼 폭발했다. 그 당시 지식계에서는 영상이 문자를 몰아낼 것이라는 성급한 비관론이 확산하기도 하였다. 그러나 그런 우려가 기우에 지나지 않았음을 현재의 우리는 알고 있다. 2000년대 이후 인터넷 기술의 발전과 사회적 확산으로 새로운 양상으로 한국의 영상문화는 펼쳐지고 있다. 하지만 그런 변화가 한국문학에 단순히 부정적인 영향만 준 것은 아니라는 점을 확인할 수 있는 근거가 되는 것 중 하나가 김혜순의 문학이라고 할 수 있다. 그런 측면에서 김혜순의 문학에 영화가 어떻게 개입하고 있는지를 살펴보는 일은 중요하다.

3. 영화적 상상력의 시적 전개

1) 현실 표현의 새로운 가능성으로서의 영화

김혜순 시에서 가볍게라도 영화적 개입의 양상을 확인할 수 있는 첫 작품은 1988년에 출간된 두 번째 시집 《어느 별의 지옥》에 수록된 〈오늘의 무성영화〉라고 하겠다. 지금껏 이 작품에 주목한 이는 거의 없다. 김혜순의 작품들이 주로 여성주의적 관점에서 조명돼온 연구사를 상기하면 특별히 이상할 것도 없다. 다만, 관심을 영화적 상상력이라는 측면으로 돌려본다면 이 작품에는 꽤 흥미로운 구석이 있다.

> ▶▶를 눌러놓고
> 〈오늘〉 프로 관람
> 목 없는 시간 강사
> 목 부러진 현대 문학사를
> 간신히 두 손으로 붙여 들고
> 접었다 붙였다 부채처럼
> 목 없는 학생들과
> 서로 째려봤다 웃었다
> 다음 장면
> 목 없는 운전사
> 목 부러진 승객
> 자연히 무성 영화
> 그저 엉덩이만 들썩들썩
> 방귀만 풀썩풀썩
> 돈 내고 하차

목 없으니 모가지 노려볼
필요 없어
목 없는 상인
목 없는 조기 한 마리
목 없는 남편 목 없는 아내
자연히 대화 사절
막간을 이용해
끊어진 화면 놔파 방영중
여전히 목 없으니
눈감을 필요 없이
취침.

〈오늘의 무성영화〉 전문[4]

시적 화자가 일과를 반추하는 내용이 이 작품의 전부라고 할 수 있다. 대학에서 시간 강의를 하고 택시를 타고 시장에서 장을 보고 귀가해 남편과 저녁을 보내는 여성 화자의 일과는 그 당시 중산층 지식인 여성의 평균적인 일과라고 할 만하다. 그런데 이 작품에서 흥미로운 점은 이런 일과를 보여주는 데 있어서 영화적 기법을 사용하고 있다는 점이다. 첫 행의 '▶▶'는 VCR의 빨리 돌리기 버튼 아이콘이다. 시에서는 좀처럼 시각기호를 잘 쓰지 않는 관습이 있고, 또 이 시가 쓰일 당시 VCR이 그다지 대중적이지 않았다는 측면에서 이 시에 쓰인 이런 기호는 독자의 주목을 받을 만하다. 시적 화자의 머릿속에 저장된 일과를 마치 VCR을 통해서 비디오테이프를 감상하는 듯한 방식으로 표현하고 있다. 그런데 시적 화자를 포함해 그가 마주치는 대상들 모두가 '목이 없'는 존재라고 말하고 있다. 이는 어떤 의미일까. 아마도 상호 간 의사소통의 창구가 되는

입이나 귀나 눈 등의 부재를 암시하는 것일 터다. 이는 현대사회의 소통 불능의 상태를 희화화한 것으로 볼 수 있다. 따라서 이런 내용을 표현한 시의 제목에 '무성영화'라는 표현이 들어가는 것은 매우 자연스럽다.

이처럼 1980년대 작품 중 영화적 발상을 가진 작품에는 〈오늘의 무성영화〉 외에도 의문의 죽음에 대한 흉흉한 소문이 만연하고 그 죽음의 여파가 세상에 퍼지는 범죄 미스터리적 내용을 담은 〈모월 모일 미상가未詳街〉(《어느 별의 지옥》, 1988 (1997), 문학동네) 같은 작품도 있다. 또, 한국현대사의 굵직한 정치적 사건들과 연루된 죽음에 관해 이야기하는 듯한 작품 〈태평로1〉(《우리들의 음화》, 문학과지성사, 1990)의 끝 행에는 "안으로 필름을 돌리는 털 난 돌상자들"이라는 구절이 있다. "안으로 필름을 돌"린다는 표현에 단적으로 영화적 표현이 등장하는데, 영화관 영사실에서 필름을 영사하듯이 과거의 사건들을 회상하거나 반추하는 행위를 이렇게 표현한 것이다.

그러나 이들 일부 작품을 제외하면 1980년대 김혜순의 작품 세계에서 영화적 개입의 흔적은 그다지 크게 보이지 않는다. 이는 특정한 영화의 영향과도 무관한, 단편적 고안의 수준에 지나지 않는 것으로 생각된다.

1990년대 들어서면서 단순한 개입의 양상이 적극적 개입의 양상으로 전화된다. 이때는 그가 본격적으로 영화에 관심을 가지고 감상하고 사유하고 그것을 시적으로 표현하기 시작하는 때이다. 1990년대 초반에 쓴 작품들이 묶여 있는 1994년 시집 《나의 우파니샤드, 서울》(문학과지성사)에는 〈사월 초파일〉이라는 작품이 수록돼 있다. 이 작품은 1991년 4월에 발생한 명지대학교 1학년생 강경대姜慶大

(1971~1991) 군 사망 사건을 배경으로 한 작품으로, 그해 5월 서울 시내 한복판에서 벌어진 장례식 때의 풍경을 묘사하고 있다. 그런데 이 작품에서 인상적인 점은 이 작품의 서두에 미국 현대 시인 프랭크 오하라Frank O'Hara(1926~1966)의 〈레다의 영상an image of leda〉에 나오는 다음과 같은 구절을 인용하고 있다는 사실이다.

> 영화는 기적처럼 잔인한 것. 우리는 어두워진 방에서 텅 빈 하얀 공간에 대해선 아무 것도 묻지 않고 앉아 있다.
>
> 〈사월 초파일〉 중[5]

이 부분은 특별한 첨언 없이 작품이 시작되기 전에 인용되고 있다. 이 부분은 작품의 내용에 대한 어떤 비평을 의도한 것으로 보는 게 적절한데, 언뜻 봐서는 이 구절들이 왜 인용되고 있는가를 이해하기 어렵다. "영화"가 "기적"처럼 "잔인"하다는 표현은 이해하기 쉽지 않다. 다만 그 뒤에 관객이 영화의 스크린을 응시할 때의 무력한 수동성에 대해 언급하고 있는 것으로 봐서, 영화 관객이 가지는 심리적 상태를 마치 신이 기적을 내려주기를 무력하게 기다릴 수밖에 없는 인간적 한계를 비유한 것으로 보인다. 영화는 그것이 스크린 위에 펼쳐지는 현실성의 환영이라는 측면에서 관객에게 양가감정을 불러일으킨다. 그가 보고 있는 것이 현실에 관한 것이기는 하지만, 정확한 의미에서 현실과는 동떨어진 환영이기 때문이다.

〈사월 초파일〉은 장례식에 참석한 시적 화자가 시위 해산 작전이 펼쳐지면서 참석자들이 혼비백산 흩어지는 장례식 행사장의 어수선한 분위기를 다큐멘터리 영화 식으로 그려내고 있다. 그런 현실을 기록하는 작가이자, 그런 현실에 동참하는 시민이라는 정체성을 가진 시적 화자에게 있어서 프랭크 오하라가 말한 "기적처럼 잔인한" 영화의 관객이라는 위치는 김혜순이 1990년대 시 세계를 펼쳐가면서 오랫동안 머물렀던 궁극적인 고민거리였던 것으로 보인다.

〈사색과 슬픔의 빛, 울트라마린 블루〉는 파란색과 연관된 경험들을 연작 형식으로 제시하고 있는 작품이다. 이 작품의 한 부분에서 김혜순은 브라질영화 〈Pixote〉(1981)를 언급한다.

> 나는 영화를 본다 브라질 영화 〈Pixote〉
> 강도의 아들이 자연스럽게 어린 강도가 되고
> 자고 먹고 일어나고 손님을 향해 자연스럽게
> 총을 쏘고,
> 친구들이 다 죽은 후 창녀의 가슴에 매달려
> 아기처럼 젖을 빨던 소년 Pixote는 걸어간다
> 텅 빈 새벽 철로 위를 카우보이처럼,
> 바지춤에 권총을 꽂고
> 밥처럼 코카인 먹고 오줌 눌 때처럼 자연스럽게 권총을 쏘러
> 시내로 간다
> 나는 신문을 본다 브라질에선 상인들이
> 전문 살인 청부업자 총잡이를 고용한다고, 자연스럽게.
> 저 소년들을 잡아서 죽여주세요
> 쥐새끼들처럼
>
> 나는 집 밖으로 뛰쳐나가 버스를 기다린다
> 한밤중 두 소년이 내게로 다가온다
> 아줌마 차비 좀 주세요 싫어 없어 저리 가

두 소년이 나를 걷어찬다 떠밀어 진흙탕에 처박는다
불 꺼진 밤거리 내린 무쇠 셔터 앞에서 나는 사색과 슬픔의 빛
짙푸른 물감통에 온몸을 첨벙 담그고 운다 아니
못 운다

〈사색과 슬픔의 빛, 울트라마린 블루〉 중[6]

위에서 보는 것처럼 영화는 현실과 겹친다. 〈Pixote〉는 〈거미 여인의 키스Kiss of the Spider Woman〉(1985)로 유명한 감독 헥토르 바벤코 Hector Babenco(1946~2016)의 초기작이다. 폭력과 마약에 노출된 소년의 비참하고 짧은 생을 다룬 작품이다. 시적 화자는 이 영화의 주인공 픽소테에 관한 이야기를 마치 줄거리 소개하듯이 천연덕스럽게 제시한다. 영화 감상 경험을 독자에게 단순히 전달할 목적인가 하는 의혹을 품게 하기도 하지만, 그다음 부분에서 그가 왜 이 영화 이야기를 꺼내게 됐는지를 짐작할 수 있다. 그는 한밤중 길거리에서 깡패 소년들을 만나서 곤욕을 치른 경험이 있다. 차비 주기를 거부하자 이 소년들은 그에게 폭력을 행사했다. 그런데도 그는 이 일로 분노하기보다는 슬퍼한다. 그는 자신이 겪은 일을 단지 자기에게 닥친 불행으로 생각하기보다는 그 일에 빠져든 소년들에 대한 연민을 강하게 느끼고 있다. 그는 마치 〈Pixote〉의 픽소테가 불운한 환경에서 성장한 탓에 빠져든 타락과 폭력에 아무런 죄가 없듯이 그가 마주친 불행 역시도 그런 성격과 동일한 것이라는 데에 생각이 미친 것이다. 그래서 그는 그 일을 겪은 한밤 "나는 사색과 슬픔의 빛/ 짙푸른 물감통에 온몸을 첨벙 담그고 운다 아니/ 못 운다"라고 한 것이다.

이처럼 김혜순에게 있어 영화는 현실을 새로운 각도에서 바로 볼 수 있게 하는 매개체로서 기능하고 있다. 하지만 김혜순의 영화 경험이 전적으로 예술영화에만 맞춰진 것은 아니다. 1990년대 중반 가장 대중적인 영화였던 왕가위王家衛(1956~) 감독의 영화들도 그의 영화 경험에 포함되어 있다. 시집 제목이 암시하는 세계의 한 축을 형성하고 있는 사랑의 문제에 관한 관심을 반영하고 있는 〈타락천사〉(《불쌍한 사랑 기계》, 문학과지성사, 1997)가 대표적이다. 이 작품의 제목은 왕가위의 영화 〈타락천사Do lok tin si〉(1995)에서 따온 것이다. 그런데 시 작품의 내용을 살펴보면, 단지 〈타락천사〉뿐만 아니라 왕가위의 대표작 〈중경삼림Chung Hing sam lam〉(1994)까지 이 시가 포괄하고 있다는 사실을 영화를 본 사람이라면 쉽게 알 수 있다. 진정한 인간관계의 부재와 고독, 사랑에 대한 갈구라는 왕가위적 주제에 대한 비평적 언급까지 시도하고 있는 시 〈타락천사〉는 1990년대 김혜순 시가 그의 적극적인 영화 감상 경험에서 상상력을 빚고 있음을 보여주는 단적인 예라고 할 것이다.

2) 시적으로 번역된 영화와 성숙한 인식

시집 《달력 공장 공장장님 보세요》는 2000년에 발간되었다. 이전 시집 《불쌍한 사랑 기계》가 1997년에 발간되었다는 사실을 고려하면, 이 시집에 수록된 작품들은 대략 1997년부터 2000년까지의 창작물이라고 할 수 있다. 이 시기에 들어서면서 김혜순의 시는 영화와 가장 근접한 양상을 보여준다. 핀란드 감독 아키 카우리스마키Aki Kaurismäki(1957~)의 문제작 〈레닌그라드 카우보이, 미국에 가다

Leningrad Cowboys Go America〉(1989)의 줄거리를 거의 그대로 제시한 〈꼬뮤니즘의 인기가 올라가는 7분간 혹은 70년간〉(《달력 공장 공장장님 보세요》, 문학과지성사, 2000)은 김혜순이 이 시기에 영화에 얼마나 탐닉하고 있었는가를 바로 보여주는 예라고 할 수 있다. 그 이전까지만 해도 그에게 있어 영화는 시적 변용을 위한 매개체였다. 자본주의 세상에서 곤욕을 치르며 무너져 가는 동토의 왕국 핀란드의 밴드 모습을 "웃기며 지워지"면서도 "영원히 지워지지 않던!"이라고 말하고 있다. 거기서 우리가 감지하는 것은 여성주의자로서의 김혜순과는 분명히 다른 모습이다. 이 당시에 김혜순은 한국 현대사회를 가부장제적 모순의 사회일 뿐만 아니라 자본주의적 모순 그리고 분단 모순이 중첩된 세상으로 보고 있었던 것은 아닐까 하는 생각을 몇몇 작품들을 읽어가면서 하게 된다.

러시아 감독 비탈리 카네프스키Виталий Каневский(1935~)의 영화 〈얼지 마, 죽지 마, 부활할거야Замри-умри-воскресни!〉(1989)를 밑바탕으로 하고 있는 〈아무것도 얼지 않고〉를 보자. 밑바탕 영화는 2차 대전 말기 극동의 가난한 마을을 배경으로 상황에 희생돼가는 순진한 소년의 모습을 조명하고 있다.

> 도대체 이 우주에서 깊이라는 걸 측량할 수 있을까
> 날마다 이 행성은 전속력으로 궁창 속을 떨어져가고 있다는데
> 하루 종일 서러운 비가 내리고
> 꿈속에서도 변소는 넘쳐흘렀다
> 겨울인데도 아무것도 얼지 않고 을씨년스러웠다
> KBS 일요스페셜은 진흙탕에서 국수 가닥을 주워 잽싸게
> 입으로 가져가는 북한 어린아이들을 보여주었다

내 딸은 화면을 향해 핵폭발 후의 장면이야
노인처럼 고개를 절레절레 흔들었다
이번엔 Freeze, Die, Come to life 영화를 보는데
어머니 이번에도 유죄 판결을 받았어요
이번엔 형량이 길어요
그 나라 사람들은 밤낮없이 엉터리 노래를 불렀다
저 아이를 죽여주세요도 노래로 불러제꼈다
아마, 나 오늘 굶어 죽어요도 노래로 부를 거다
정말 나는 끝도 없이 떨어지는 행성 위에 있구나
누워 있어도 날마다 멀미가 났다
머리칼이 공중으로 잡아당겨져 올라가고 발이 공중에 뜬 나날
벽을 꽉 움켜잡지 않고 살던 친구는 이 행성을 먼저 떠났다
그래도 어디론가 떠나고 싶은 내 트렁크는 날마다 곰팡이가 늘고
하루 종일 서러운 겨울비는 내리고
비만 오면 물에 잠기는 허술한 무덤
결국 이 가설 무대 같은 나라로 내려앉아야
먹고 살 수 있는 새들은 모두 섞여서 떨어졌다
나는 밤새도록 꿈속에서 방안으로
넘쳐 들어오는 똥물과 싸워야 했다.

〈아무것도 얼지 않고〉 전문[7)]

위에서 보듯이, 김혜순의 의식 속에서 비탈리 카네프스키의 영화
와 KBS 다큐멘터리 프로그램 〈일요스페셜〉은 겹친다. 흉년이 들어
서 기아에 시달리는 북한의 아이들을 다룬 방송 프로그램에서 받은
인상은 러시아영화에서 받은 인상과 분리 불가능하게 겹쳐진다. 화
면 전체에서 추운 겨울의 이미지가 가득했던 영화의 인상과 다큐멘
터리 속의 북한 땅의 이미지는 시적 화자의 뇌리에서 겹쳐지고 "겨

울인데도 아무것도 얼지 않고 을씨년스러"운 "하루 종일 서러운 겨울비는 내리"는 풍경을 악몽처럼 기억한다.

《달력 공장 공장장님 보세요》에 수록된 작품들 중 영화를 소재로 한 가장 의미 있는 작품은 〈또 하나의 타이타닉호〉라고 할 수 있다. 1998년 국내 개봉된 제임스 카메론James Cameron(1954~) 감독의 영화 〈타이타닉Titanic〉(1997)은 그 당시 큰 화제를 불러일으켰는데, 김혜순의 이 시는 이 영화와 연관된 것이 확실하다. 이 영화는 당시로서는 엄청난 제작비를 투여한 스펙터클이 볼거리로 화제를 불러일으켰다. 마침 스크린쿼터제 문제로 불거진 외국 영화 불매 운동 분위기와 겹쳐서 이 영화는 그런 논란의 중심에 있었다.

20세기 초 항해 중 빙산에 충돌해 좌초돼 엄청난 희생자를 낸 초대형 여객선 타이타닉호를 배경으로 연인의 사랑과 이별을 낭만적으로 그려낸 이 영화는 갑판에 선 남녀의 장면과 셀린 디옹Celine Dion(1968~)의 주제가와 더불어 큰 화제를 불러일으켰다. 외국 영화로서 기록적인 관람객 수를 기록한 이 영화는 그 당시 영화를 보는 관객들에게는 필수 관람 작으로 통했다. 김혜순 역시 이 작품을 감상한 것으로 보인다. 그런데 이 작품을 본 경험을 바탕으로 창작한 시 작품은 영화의 내용이나 분위기를 그대로 복제하는 수준을 넘어서고 있다.

> 솥이 된 '또 하나의 타이타닉 호'
> 1911년 건조되었고, 선적지는 사우샘프턴
> 속력은 22노트, 여객선, 한 번 항해에 2천 명 이상 탑승한 경력
> 내가 결혼한 해에 해체되었으며

지금은 빵 굽는 토스터, 아니면 주전자, 중국식 프라이팬,
한국식 압력 밥솥이 되었다
상처투성이의 큰 짐승
육지 생활에 여전히 적응 못 하는 퇴역 선장
그래서 솥이 되어서도
늘 말썽이 잦다
나는 밥하기 싫은 참에 압력 밥솥 회사에 항의 전화를 걸었다
자꾸 김이 새잖아요?
내가 씻은 쌀이 도대체 몇 톤이나 될까. 새벽에 일어나 쌀을 씻고,
식탁을 차리고, 다시 쌀을 씻고, 솥을 닦고, 숟가락을 닦고, 화장실을
닦고, 다시 쌀을 씻는다. 닭의 뱃속에 붙은 기름을 긁어내고, 쌀을 씻
고, 생선의 내장을 꺼내고, 파를 다진다. 다시 쌀을 씻는다. 망망대해를
떠가는 배, '또 하나의 타이타닉'표 압력 밥솥, 과연 이것이 나의 항해인
가. 리플레이, 리플레이, 리플레이
우리집에 정박한 한국식 압력 밥솥 '또 하나의 타이타닉 호'
불쌍해라. 부엌을 벗어난 적이 없다
밥하는 거 지겨워
설거지하는 거 지겨워
그럼 그것도 안 하면 뭐 할 건데?
압력 밥솥이 내게 물었다
뱀처럼 밥 먹고 입을 쓰윽 닦지
내가 대답했다
영사기에서 쏟아지는 빛처럼 가스 불이 솥을 에워싸자 파도가 끓는다
스크린처럼 하얀 빙산에 배가 부딪힐 때
밤바다로 쏟아져 들어가는 내 나날의 이미지
물에 잠겨서도 환하게 불 켜고
필름처럼 둥글게 영속하는 천 개의 방
느리디 느린 디졸브로

솥이 된 여자, 그 여자가
곧, 스타들과 엑스트라들이 끓어오르는 흰 파도 속에서 잦아든다
그 이름 '또 하나의 타이타닉 호'
화이트 스타 선박 회사 건조
수심 4천 미터 속 부엌을 천천히 걸어 다니며
짙푸른 바닷속에 붉은 녹을 풀어 넣고 있다

〈또 하나의 타이타닉호〉 전문[8]

이 작품은 침몰까지를 소재로 한 영화와는 달리, 침몰 후부터 이
야기를 시작하고 있다. 작품 내용에 의하면, 화려한 제원을 자랑하
던 타이타닉호는 침몰 후 해체돼 다양한 제품으로 재활용되었다.
이 시는 이전에 타이타닉호의 일부였던 철이 "한국식 압력 밥솥"이
되었다는 상황에서 시작된다. 시적 화자의 압력 밥솥이 되었지만,
김이 새는 등 밥을 제대로 짓지 못하는 불구의 밥솥이다. 이것을
핑계로 시적 화자는 자신의 일상에 대한 불만을 표출한다. 그의 일
상이란 전통적 가정의 여성에게 할당된 가사노동이다. 그런 일상은
마치 침몰을 예정하고 있는 타이타닉호의 항해처럼 위태로운 것이
다. 매일 반복되면서 끝내는 침몰로 귀결될 것 같은 일상에 대한
느낌을 시적 화자는 "'또 하나의 타이타닉'표 압력 밥솥, 과연 이것이
나의 항해인가. 리플레이, 리플레이, 리플레이"이라고 표현하고 있
다. 매일 밥을 지을 때 시적 화자는 솥을 에워싸는 파란 가스 불을
보면서 차가운 겨울 바닷속으로 미끄러져 침몰했을 타이타닉호의
환영을 본다.

여성으로서 자신을 억압하던 가부장적 질서의 힘에 무력하게 희
생당하면서 다른 한편으로는 거기에 문제의식을 느끼는 자신을 "수

심 4천 미터 속 부엌을 천천히 걸어 다니며/ 짙푸른 바닷속에 붉은 녹을 풀어 넣고 있다"라고 표현하고 있다. "4천 미터"라는 깊이는 실제 타이타닉호가 침몰한 지점의 수심이자 시적 화자가 현실에서 느끼는 장벽의 거대함, 그것을 해체하는 것이 현실적으로 거의 불가능하다는 절망적 인식의 도저함을 반영한 것이라고 할 수 있다. 그런데 그런 현실에 대한 저항의 모양으로 시적 화자가 하는 것은 "붉은 녹을 풀어 넣"는 행위이다.

영화 〈타이타닉〉은 일종의 재난영화라고 할 수 있다. 그런데 김혜순에게 이 영화는 그대로 창작 소재가 되지는 않았다. 그는 침몰과 이별로 끝난 줄거리, 거기에서 상상력을 발휘하였다. 거대한 유람선이 지금은 지역과 용도를 바꿔서 한국 가정의 압력 밥솥이 되었다는 가정, 거기서 김혜순의 시는 시작되었고, 제대로 기능하지 못하는 밥솥의 모습에서 한국 여성의 전통적인 역할에 회의적인 시적 화자와 비슷한 측면을 발견하고, 밥솥이 곧 여성이라는 인식에 균열을 일으키는 과정이 이 시의 핵심이다. 그런 전이는 여성주의자로서의 자의식이 강했던 그 당시 김혜순의 시인다운 상상력이 만들어 낸 결과물이라고 할 것이다.

당대 가장 대중적인 영화였던 〈타이타닉〉과 시 〈또 하나의 타이타닉호〉는 영화와 시, 대중적 장르와 예술적 장르 사이의 전이 작용이 김혜순의 시에서 얼마나 적극적으로 일어나고 있었던가를 보여주는 좋은 예다. 물론 〈그들은 결혼했고 아주아주 행복하게 살았단다 그래서, 그다음엔 어떻게 되었나요?〉(《달력 공장 공장장님 보세요》, 문학과지성사, 2000)처럼, 영화의 낭만적인 모습 그 자체에 탐닉하며 그 자체를 즐기는 듯한 모습의 작품이 없는 것은 아니다. 그런데도 김혜순 시에서 보이는 영화적 모티프들은 한결같이 영화를 매개로 해서 시적 화자를 둘러싼 현실을 더욱더 적나라하게 드러내는 기능을 하고 있다.

영화적 영향력을 가장 과감하고 활발하게 보여준《달력 공장 공장장님 보세요》(문학과지성사, 2000) 이후 김혜순의 시에서 영화적 상상력은 일시적으로 소강상태를 보인다. 이 시집 이후 2004년에 발간된《한 잔의 붉은 입술》(문학과지성사, 2004)에서는 영화적 상상력이라고 할 만한 작품이 갑자기 자취를 감춘다. 그러다가 그다음 시집인 2008년에 발간된《당신의 첫》(문학과지성사)에서 영화적 상상력은 다시 이어진다.

〈트레인스포팅〉이라는 제목은 대니 보일Danny Boyle(1956~) 감독의 〈트레인스포팅Trainspotting〉(1996) 그대로다. 누가 봐도 그 영화에서 착안한 작품으로 보인다. 그런데 첫 연을 보면 이 작품이 영화 〈트레인스포팅〉뿐만 아니라 마이클 포웰Michael Powell(1905~1990), 에머릭 프레스버거Emeric Pressburger(1902~1988) 감독의 〈분홍신The Red Shoes〉(1948)도 참조하고 있음을 알 수 있다. 발레리나를 꿈꾸는 어떤 여성이 끝내 자신의 발에서 발레 신발이 벗겨지지 않는 악몽을 끝내기 위해 철길에 투신해 자살하는 장면은 이 영화에서 가장 인상적인 장면일 것이다. 시적 화자는 이제는 더 이상 기차가 정차하지 않는 통리역을 찾아 〈분홍신〉의 여배우가 느꼈을 기분을 새삼 느낀다.

통리역에 서 있으니
아무도 타지 않고 아무도 내리지 않는 간이역에

춤추는 빨간 구두 벗어지지 않아 기찻길에 달려든
이제는 은퇴한 그 여배우가 된 기분이다

급행열차가 지나갈 시간이면
파랑 주의보에 뜨는 고깃배처럼 간이역엔 소름이 돋고
석탄을 가득 뱉은 산들마저 진땀을 흘렸다

〈트레인스포팅〉 중[9]

트레인스포팅이란 사전적으로 "(취미로) 기차를 관찰하고 기관
차 번호를 기록하는 일"이라는 뜻이라고 한다. 기차가 탄생하던 초
창기의 용어로서 현재는 뚜렷한 의미가 있는 표현은 아닌 것으로
보이는데, 영화의 내용을 참고할 때, 사회에서 뚜렷한 역할을 하지
못하고 부유하는 젊은 계층의 모습을 빗대어 이르는 표현이 아닌가
생각된다. 김혜순은 이 시에서 더 이상 기차역으로 기능하지 못하
는 폐역에서 마치 번호를 맞추기 위해 목이 빠지라고 기차의 도착을
기다렸던 산업혁명 초창기 영국의 젊은이들과 같은 심정으로 통리
역을 바라보고 있다. 〈트레인스포팅〉은 이제는 역의 기능을 상실한
공간을 매개로 시간의 흐름 속에서 젊음을 조금씩 상실해가는 시적
화자의 슬픔과 초조함을 표현하고 있다. 이 작품의 경우 대니 보일
감독의 동명 영화 내용과는 거의 아무런 관련이 없고, 오히려 〈분홍
신〉과 관계가 있다고 볼 수 있을 것이다.

이처럼 2000년대로 넘어가면서 김혜순의 시에서 영화는 단순히
시적 번안의 소재가 되기보다는 그것을 매개로 창의적 이미지가
도출될 수 있는 촉매와 같은 역할을 하게 된다. 〈트레인스포팅〉과
비슷한 시기에 창작된 것이라 할 장 피에르 주네Jean Pierre Jeunet

(1953~), 마르크 카로Marc Caro(1956~) 감독의 〈델리카트슨 사람들 Delicatessen〉(1991)을 모티프로 한 〈Delicatessen〉, 테오 앙겔로플루스 Theo Angelopoulos(1935~2012) 감독의 〈영원과 하루Mia aioniotita kai mia mera〉(1998)를 모티프로 한 〈뱃속의 어항은 정말 처치 곤란이야〉가 그런 예라고 할 수 있다.

이전과는 달리, 원작 영화의 줄거리와 시 내용 사이에는 외관상 분명한 연관을 찾기 어렵게 되었다. 이는 김혜순이 영화의 지배에서 어느 정도 풀려나온 결과라고 할 것이다. 그전까지 영화의 내용이나 줄거리는 그의 시적 사유를 얽매는 거멀못 같은 역할을 하였으나, 시간이 흐르면서 영화는 시적 사유를 진행해가는 첫 번째 단계로 기능할 뿐 그 결과물과 직접적인 연관성을 확인하기 어려운 상태로 자유로워진 것이다.

4. 산문 속의 영화적 사유

《여성이 글을 쓴다는 것은》(문학동네, 2002)은 김혜순의 산문집 중 문학 관련 첫 번째 산문집이다. 이 책 속에는 1990년대 그가 여성 시인으로서 해온 각종 생각이 특별한 의장 없이 직설적으로 표현되고 있다. 한국 사회에서 여성으로서 살고 생각하고 글을 쓴다는 것의 의미를 다양한 방식으로 표현하고 있는 이 글들을 들여다보면 그에게 있어 영화가 그런 사유와 글쓰기를 추동하는 데 있어서 얼마나 중요한 역할을 하고 있는가를 짐작할 수 있다.

이 장에서는《여성이 글을 쓴다는 것은》을 비롯해서 이 책 이후

14년 후에 발간된 또 다른 문학적 산문집 《앉아는 이렇게 말했다》(문학동네, 2016)를 대상으로 그의 영화적 사유에 대해서 살펴보고자 한다.

> 그러자 병이 낫고 나는 책 대신에 영화를 보러 다닌다. 친구도 없고 선배도 없고 나는 혼자 영화나 보면서 돌아다닌다. 딴 세상에 있다가 혼자 어두워진 거리로 뛰쳐나온다. 밖이 어두워지지 않았으면 극장으로 다시 들어가 본 영화를 또 본다. 가끔 다른 학교 도서관에 가서 미술전집을 보기도 한다.
>
> 〈태양 지우개님이 싹싹 지워주실 나의 하루〉 중[10]

위의 글은 김혜순의 영화적 체험에 관한 기본적인 사실을 알려준다. 그가 모종의 병을 앓고 난 후 문학보다는 영화를 보거나 "미술전집"을 보면서 보낸 체험이 기술되어 있다. 이 글이 쓰인 시점을 생각해보면 이런 체험 내용이 1990년대의 것으로 생각할 수 있지만, 어쩌면 그가 교수 생활을 하기 이전, 멀게는 학창 시절의 것은 아닐까 하는 추정도 할 수 있다. "친구"나 "선배"가 없이 "나 혼자"라는 표현이 결정적 단서가 될 수 있을 것이다. 만약 이런 가정이 적절하다면 그는 대학 시절부터 문학 이상의 열정을 가지고 미술이나 영화 등 시각문화에 탐닉하고 있었다.

이런 점을 고려하면 1990년대에서 2000년대에 걸쳐 김혜순의 시에 영화적 모티프가 다수 등장하고 그 이전부터 그가 영화적 기법이나 표현 등을 종종 쓰고 있다는 사실이 그렇게 어색하게 느껴지지는 않는다. 그가 시에서 표현하는 일상은 영화적 프레임 속 환상으로 표현되기도 한다. 예를 들어 퇴근길에 마주치는 차량 정체를 그는

"자동차 안에서 핸들을 쥔 사람들이 모두 퇴근길 정체 속에서 앞만 바라보고 있다. 저 앞에 극장이라도 있는가 보다. 모두 앞을 뚫어져라 바라보고 있다. 나도 그 영화를 본다. 어제도 봤지만 지독히 재미없는 영화다"(〈태양 지우개님이 싹싹 지워주실 나의 하루〉)[11]라고 표현하고 있다.

　그러나 김혜순에게 있어 영화가 소중한 이유는 무엇보다도 그것들이 그의 여성주의적 사유와 글쓰기에 대한 반성적 모색을 추동한다는 점일 것이다. 페드로 알모도바르Pedro Almodóvar(1949~) 감독의 영화 〈신경쇠약 직전의 여자Mujeres al borde de un ataque de "nervios"〉 (1988) 같은 작품을 두고 그는 페드로 알모도바르를 "그만큼 여자를 잘 말하는 남자 감독도 드물다. 그는 여자들의 삶 속으로 재빨리 파고든다. 그는 여자에 대해서 말하지 않고, 여자 속에서 말한다." (〈여자들의 가슴속엔 무엇이 들었을까〉)[12]라고 극찬을 하였다. 그리고 여성적 글쓰기의 비유로 가득한 피터 그리너웨이Peter Greenaway(1942~) 감독의 영화 〈필로우 북The Pillow Book〉(1996)에 대해서는 무려 10여 페이지의 분량을 할애하여 그의 영화가 준 영향에 대해서 길게 서술하기도 하였다.(〈어머니로서의 시 텍스트〉)[13] 그 외에도 그는 문화인류학과 학생에서 포르노 배우가 된 싱가포르계 미국인 여성 애너벨 청 Annabel Chong(1972~)에 관한 글 〈처참한 메시지〉,[14] 〈8월의 크리스마스〉(1998), 〈반칙왕〉(2000), 〈아메리칸 뷰티American Beauty〉(1999), 왕가위, 차이밍량蔡明亮(1957~) 영화 등 가부장제적 사회 질서의 해체기 영화들에 등장하는 아버지들의 모습을 다룬 〈혼란에 빠진 아버지들〉[15] 역시 여성주의적 사유의 일면을 보여주고 있다.

　산문집 《않아는 이렇게 말했다》는 출판사 문학동네 홈페이지에 익명으로 연재한 글을 모은 것이다. 짧은 호흡으로 독자 대중과 소통하면서 쓰인 이 글들은 연령대로는 노년을 향해 가면서도 새로운 국면으로 치열해진 그의 인식을 엿볼 수 있다. 여기에도 이전과 마찬가지로 영화는 그의 사유와 감각을 활성화하는 매개체 역할을 한다.

멕시코 음식 칠리 콘 카르네에 대해서 김혜순은 이렇게 말한다. "마치 피와 살을 섞어서 끓인 맛이다. 묵직하고, 끈기 있는 사람의 맛이라기보다는 질기게 안 떨어지는 정신질환을 앓고 있는 사람의 맛이랄까. 조도로프스키의 〈산타 상그레〉의 맛이랄까."(〈칠리 콘 카르네〉)[16] 이렇게 말하기 전 그는 이 음식을 이미지로 보았던 경험을 회상한다. 물론 이 역시 영화 속에서의 일이었다. 장 자크 베네Jean Jacques Beineix(1946~) 감독의 영화 〈베티 블루37°2 le matin〉(1986)의 남자 주인공 조르그가 양은 냄비에 끓이던 음식이 칠리 콘 카르네였다. 그는 그 맛을 "피와 살을 섞어서 끓인 맛"이라고 표현하고 있는데, 이는 〈베티 블루〉의 여자 주인공 베티가 앓는 정신질환을 염두에 둔 표현이다. 그리고 그는 이어 여성이 앓는 정신질환이 표현된 알레한드로 조도로프스키Alejandro Jodorowsky(1929~) 감독의 〈산타 상그레Santa Sangre〉(1989)를 거론하고 있다. 이처럼 김혜순에게 음식 같은 감각적이고 물질적인 대상조차 그가 본 영화들의 세계와 이어져 새로운 의미로 채색된다.

김혜순에게 있어 음식은 가부장제적 질서와 여기서 벗어나려는 여성의 노력, 거기서 빚어지는 병과 연관된 암시를 주고 있다. 이런 측면에서 부엌에서 자살한 것으로 알려진 미국 여성 시인 실비아 플라스Sylvia Plath(1932~1963)의 생애를 다룬 〈실비아Sylvia〉(2003), 버지니아 울프Virginia Woolf(1882~1941)와 서구 중산층 여성들의 정신적 고뇌를 다룬 〈디 아워스The Hours〉(2002)에 주목한 〈실비아와 브라운 부인의 빵〉[17] 같은 글은 김혜순의 글쓰기에서 음식, 여성, 영화가 하나의 궤로 꿰어지고 있음을 보여주는 예이다.

5. 문학의 새로운 길

김혜순은 1990년대 말 어떤 글에서 아래와 같은 말을 한 적이 있다.

> 영화는 이제 신화의 저장고이며, 새 신화를 만드는 작업장이며, 나 대신 신화를 꿈꾸어주는 공장이다. 이제, 우리에게 영화는 하나의 현실이고 고향이다. 그 영화 속에서 울고 웃는 만신들의 이름을 외우며 경배하는 것이 우리의 일상이다. 영화는 모든 것을 빨아들이고 모든 것을 내뱉는다. 영화보다 큰 입을 가진 것은 세상에 없다. 그러나 나는 영화가 유일하게 먹지 못하는 것이 있다면, 그것이 바로 문학이라고 생각한다. 영화가 삼키지 못하고 내뱉는 것 속에 문학이 있고, 시가 있다.
> 〈90년대의 시적 현실, 어디에 있었는가〉 중[18]

1990년대 영상문화가 급속히 대중화되고 문자문화의 대표 격인 문학이 사라질지도 모른다는 위기감이 팽배하던 시절, 김혜순의 이 글이 발표되었다. 그는 이 글에서 "이제, 우리에게 영화는 하나의 현실이고 고향이다."라고 선언할 정도로, 영화적 세계를 살아가는 것이 현대인의 유일한 일상이 되었다는 사실을 인정한다. 그런데도 그는 영화가 결코 문학의 자리를 대체할 수 없다는 신념을 거리낌 없이 드러내고 있다.

김혜순은 당대 문학가 그 누구보다도 영화에 탐닉한 경우였지만, 영화의 미학적 가능성에 대해 개방적인 자세를 취하면서 문학적 탐구에 적극적이었다. 그에게 있어 영화는 연못 속의 포식자 같은 것이었다고 볼 수 있다. 이로 인해 그의 문학은 영화라는 타자의 "큰 입"에 먹히지 않고 살아남았을 뿐만 아니라 현대사회에서 문학이 무엇을 할 수 있는지에 대한 한층 새롭고 견고한 길을 제시할 수 있었던 것은 아닐까.

|주|

1) 김혜순이 추구한 여성주의 시가 왜 서정시의 틀에서 벗어날 수밖에 없는가에 대해서는 안지영이 자세하게 설명하고 있다. 안지영, 「여성적 글쓰기'와 재현의 문제 - 고정희와 김혜순의 시를 중심으로」, 《한국현대문학연구》 54, 한국현대문학회, 2018, 113~114쪽.

2) 이상길, 「1990년대 한국 영화장르의 문화적 정당화 과정 연구-영화장의 구조변동과 영화 저널리즘의 역할을 중심으로」, 《언론과 사회》 13권 2호, 사단법인 언론과 사회, 2005년 봄, 64쪽.

3) 위의 글, 65쪽.

4) 김혜순, 《어느 별의 지옥》, 문학동네, 1988(1997), 56~57쪽.

5) 김혜순, 《나의 우파니샤드, 서울》, 문학과지성사, 1994, 72쪽.

6) 위의 책, 117~118쪽.

7) 김혜순, 《달력 공장 공장장님 보세요》, 문학과지성사, 2000, 36~37쪽.

8) 위의 책, 26~28쪽.

9) 김혜순, 《당신의 첫》, 문학과지성사, 2008, 61~62쪽.

10) 김혜순, 《여성이 글을 쓴다는 것은》, 문학동네, 2002, 45쪽.

11) 위의 책, 48쪽.

12) 위의 책, 85쪽.

13) 위의 책, 87~96쪽.

14) 위의 책, 112~117쪽.

15) 위의 책, 142~145쪽.

16) 김혜순, 《않아는 이렇게 말했다》, 문학동네, 2016, 53쪽.

17) 위의 책, 197~199쪽.

18) 《문학동네》, 1999년 가을호, 356쪽.

9장

〈괴물〉의 정치학

1.

한국영화는 그 규모 면에서 날로 거대해지고 있다. 1990년대 중반 이후 비약적으로 자본집약적 면모를 보이던 충무로는 배우를 앞에 놓고 연신 카메라만 돌리던 1960~70년대적 단계를 넘어서 이제는 카메라로 찍은 것과 합성할 찍지 않은 것에 오히려 큰 공력을 들이는 단계에 이르렀다. 컴퓨터그래픽 장면이 많아져 컴퓨터그래픽 장면에 수십억을 투자하는 일이 아무렇지도 않게 여겨지고, 제작비가 200억 대를 상회하는 영화도 심심찮게 나오고 있다. 그만큼 영화에 돈이 모인다는 이야기이겠고, 또 그만큼 영화가 돈이 된다는 이야기이기도 하다.

한때 신물 나게 봐온 멜로드라마만을 절대 강요당하지 않게 되었다는 점에서 이와 같은 한국영화의 외적 성장은 분명 반가운 일이다. 할리우드영화에서나 볼 수 있었던 다양한 장르 영화들을 한국영화라는 상자에서도 발견할 수 있다는 사실이 나쁘지는 않다. 이

왕이면 자막을 읽는 부담이 덜한 한국영화를 보는 게 편하기 때문이다. 그러나 반드시 자막을 읽지 않아도 된다는 얄팍한 이유로 관객들이 한국영화를 좋아하는 건 아닐 것이다. 상대적 반사이익이라고 할까. 요즘 들어 할리우드영화가 부쩍(?) 재미없어졌기 때문이다.

한때는 굉장한 영화 마니아였던 시절이 있어서 철 지난 영화들을 뒤지며 보낸 시간이 만만치는 않았다. 물론 국적이나 장르 불문의 무한 영화 사랑이었지만 어느 정도 보고 나니 절대 할리우드영화는 새로운 영화를 보여주지 않았다. 철 지난 흥행작을 재탕하거나 외국 영화를 리메이크하는 할리우드영화는 자막의 압박까지 더해 흥미를 끌지 못하게 된 것이다. 그 후로 이제껏 탐구한 적이 없었던 한국영화의 과거를 향해 탐구의 발길을 돌려 지금껏 그 여정을 계속하고 있다. 그 과정에서 섭렵한 영화 대부분은 흔히 멜로드라마라고 불릴 수 있는 것들로서, 어느 모로 보나 부족한 점이 많이 눈에 띄는 고만고만한 것들이었다. 물론 꽤 공들인 흔적이 보이는 전쟁영화들도 몇 편 있었지만 말이다.

그러나 한국영화의 중심이 멜로드라마였다는 사실만큼은 부정할 길이 없는데, 거기에는 쉽사리 수긍할 만한 충분한 이유가 있었다. 돈이 없었기 때문이다. 물론 우리의 영화적 안목이야 항상 세계 일류 수준이었던 것은 말할 필요도 없다. 영화적 안목과 영화 제작 현실의 이와 같은 불일치는 항상 우리를 자괴감에 휩싸이게 했다. 1990년대 중반 이후 대기업이 영화에 투자하면서 돈에 대한 갈증이 어느 정도 해소되기는 했지만, 돈이 한국영화에 있어서 절대적 요소가 아님은 그 당시로서는 엄청난 자금을 투여한 장선우張善宇(1952~)의 〈성냥팔이 소녀의 재림〉(2002)이 반증해주었다.

봉준호奉俊昊(1969~)의 〈괴물〉(2006)은 막대한 자금의 위력을 잘 보여주는 작품이었다. 이 영화는 한국영화에서는 불모의 지대로 통하던 괴물의 재현에만 수십억을 들인 작품으로 한국영화의 새로운 경지를 개척한 작품이다. 할리우드가 아니면 가능하지 않다고 생각했던 괴물을 우리가 만들어냈다는 사실은 황우석 박사의 줄기세포 배아 복제 낭설에 비견될 영화적 성과라 할 것이다.

이 영화는 공포영화나 재난영화의 관습적 문맥을 빌려오긴 했지만, 인재나 천재와 관련된 재난영화는 아니다. 오히려 공포영화라고 봐줄 만한 부분이 많긴 하지만, 그렇다고 할리우드의 전형적인 공포영화하고도 다르다. 공포영화도 세부적으로 다양한 가지가 있는데 외형상으로는 〈에이리언〉 시리즈의 맥을 잇는 괴물영화라고 할 것이다. 한국영화에서 공포 장르는 1990년대 중반 이후 여름방학 철을 맞아 수많은 영화가 쏟아져 나왔지만, 한결같이 불편한 인간관계나 억압적인 공간을 소재로 한 공포물이 주류를 이루었다.

그러나 공포영화 속의 공포는 순수한 지각적 심리 현상에서 비롯되는 것이라기보다는 사회적인 억압과 인간관계의 단절, 가치관의 급속한 변동으로 인한 정신적 공황 등 현대사회의 삶의 조건이 인간에게 심어주는 무력감에 기반을 두고 있다. 따라서 영화의 시각적 장치가 사회 심리적 기제와 적절히 맞물릴 때, 공포는 영화관 속의 일시적 발작 체험을 넘어서 영화관 밖으로 넘쳐흐르게 된다. 그렇다면 봉준호의 〈괴물〉에서 우리가 발견하는 공포의 정체와 의미는 과연 무엇일까.

2.

공포영화를 어느 정도 봐온 관객이라면 봉준호의 〈괴물〉을 보면서 할리우드 공포영화들을 떠올리지 않을 수 없을 것이다. 한동안 지겹도록 봐온 그런 류의 영화들을 떠올려 보게 되었다. 한때 영화광의 마지막 귀착지라고 불릴 정도로 선호가 극단적으로 갈렸던 장르가 바로 공포영화이다. 그중에서도 가장 인상 깊게 본 영화들은 조지 로메로, 존 카펜터 같은 정치적 메시지를 담은 공포영화 전문가들의 손에서 나왔다.

그런데 우연하게도 존 카펜터John Carpenter(1948~)의 〈괴물The Thing〉(1982)은 봉준호의 〈괴물〉과 동명의 제목을 가지고 있다. 물론 두 영화의 한글 제목은 같지만, 영어 제목은 다르다. 봉준호의 〈괴물〉의 영어 제목은 'the host', 존 카펜터의 〈괴물〉의 원제목은 'the thing'이다. 봉준호 감독이 〈괴물〉을 구상하면서 존 카펜터의 영화를 보았으리라고 생각한다. 남극기지를 배경으로 정체를 알 수 없는 괴물의 습격을 받아 대원들이 한 명씩 죽어가고 괴물이 대원들의 몸속에서 기생하는 장면은 대단히 충격적이다. 존 카펜터가 창조한 괴물은 비교적 형체가 뚜렷하지 않고 인간의 몸속으로 침투하는 경로도 명확하지 못한, 정말 괴물다운 생명체이다. 그리하여 동료 대원들이 동지인가 적인가, 즉 감염 여부를 의심하는 주인공의 공포에 찬 모습은 충격적이기까지 하다.

비록 남극기지라는 특정한 배경을 설정하고는 있지만, 타자가 과연 내가 신뢰할 수 있는 존재인가를 심문하는 주인공의 모습은 현대사회를 살아가는 인간의 가장 근원적 공포와 맞닿아 있기 때문이다.

이 영화는 비일상적인 공간을 이미 전제하고 있어서 그 공간에서 벌어지는 일들의 비현실성은 충분히 짐작되는 것이긴 하다. 그런데도 일상의 근원적 공포에 관한 심층적 탐구를 깔고 있으므로 공포영화치고는 대단히 성찰적인 영화라고 할 수 있다. 존 카펜터 영화의 정치성이야말로 1980년대 할리우드 공포영화가 거둔 가장 큰 수확임은 분명한데, 그러한 정치성을 가능케 한 중요한 기제가 컴퓨터그래픽 기술이라는 점은 영화의 정치성 역시 과학기술의 발전과 무관할 수 없다는 중요한 사실을 깨우쳐 준다.

3.

이 영화를 반미영화라고 말하는 사람들이 있다. 그들의 호칭에 따르면 영화는 반미영화와 그렇지 않은 두 영화밖에 없는 셈이다. 이런 의견을 두고 정치 편향적인 시각이라고 말할 수밖에 없을 듯하다. 이들의 시각에 의하면 괴물은 미국에 의해 생산된 제국주의적 지배 도구이고, 박강두와 그의 가족은 그에 맞서 생존을 지켜내는 반미 전사인 셈인데, 이렇게 보면 오락영화치고는 정치색을 어설프게 가미한 오락영화밖에 되지 않는다.

물론 이 영화에서 미국은 영화의 전개와 관련해 중요한 역할을 맡은 건 사실이다. 영화는 시작 부분에서부터 황당한 장면을 설정한다. 용산미군기지 내 어느 실험실에서 폼알데하이드의 폐기를 둘러싸고 미군과 한국군이 옥신각신한다. 미군의 의지는 단호하고 이를 합리적으로 비판하는 한국군의 모습은 위축되어 보인다. 이후 폼알데하이드를 개수대에 부어버리는 장면이 이어지고, 카메라는 이후 수백에 달하는 폼알데하이드 병들을 비추는 트래킹쇼트로 보여준다.

이 장면 이후 한강에서 괴물이 돌출하는 것으로 봐서, 누구나 괴물이 폼알데하이드의 영향을 받아서 탄생한 것임을 짐작케 한다. 이 장면을 보면서 플롯 구성이 너무 단순하고 허술한 것 아닌가 싶은 생각이 들었다. 끊임없이 "왜?"라는 의문사를 머릿속에 품을 수밖에 없었다. 봉준호 감독은 영화 속 미군을 폼알데하이드라는 악성 물질을 생각 없이 버리는 몹시 나쁜 존재로 묘사하고 있다. 그것도 한두 병이 아닌 엄청난 양의 폼알데하이드를 말이다. 이 장면은 실제 사실에 기반을 둬 만든 상상의 장면이긴 하지만 미군을 지나치게 비이성적으로 묘사하고 있다는 느낌을 준다.

그런데도 봉준호 감독은 이와 같은 황당한 장면을 별다른 자의식이 없이 밀어붙인다. 서사 예술의 기본인 사건 전개 과정의 인과성을 이렇게도 무시해도 되는지 의문이 든다. 미국의 제국주의적 행태에 대한 비판이라는 메시지도 중요하지만, 그 메시지를 그럴듯한 인과관계로 풀어내야 하지 않는가 싶은 것이다. 문학 전공자인 필자에게 이 대목은 1920년대 한국 문학사의 중요한 장면을 연상시킨다. 사회주의적 예술운동 단체 카프의 수장 박영희朴英熙(1901~?)에게 맞서 그의 동지 김팔봉金八峰(1903~1985)이 '지붕만 있는 건축물'이 어찌 있을 수 있냐며 '기둥과 서까래'도 있어야 할 것 아니냐고 했던 대목. 여기서 지붕, 기둥/서까래는 내용과 형식, 범박하게 적용하자면 정치적 메시지와 서사의 비유라고 할 것인데, 필자가 박영희를 대하는 김팔봉의 심정이었다면 이걸 과장된 상상이라고 할 수 있을까. 여하튼 이런 장면에 대해 관객들이 별다른 불만을 내비치지 않는 것은 알 수 없는 일이다.

미군이 그만큼 비난받아도 마땅한 짓을 이 땅에서 너무 오래 해왔던 탓일까. 아무도 미군을 구하기 위해 나서지 않는 일이 당연하다는 듯이 인식되는 일이 이상하다. 특히 젊은 관객들에게 있어 미군에 대한 공감대나 '사통' 수준은 높은 듯하다. 그러나 설령 미군이 독극물 방류라는 무서운 범죄를 저질렀다 하더라도 그것이 괴물의 탄생과 무슨 연관이 있는가. 폼알데하이드의 위험성을 모르는 바는 아니지만, 미군이 방류한 독극물에 의해 괴물이 탄생했다는 서사적 연결은 순전한 추정뿐, 서사 전개의 인과성을 보장해 주는 과학적인 접근은 아니다. 환경오염에 의한 돌연변이란 해석은 얼마나 펑퍼짐한가. 뭔가 굉장한 탄생의 비밀을 기대했던 것치고는 단순하고 허술해서 실망스럽다. 그래서 이 영화 속 괴물의 괴물다움은 애초부터 반감될 수밖에 없다.

괴물의 괴물다움은 정체불명의 상태에서 만들어진다. 만약 괴물의 탄생 배경을 안다면 그것이 과연 괴물이겠는가. 물론 외계생명체이긴 하지만 〈신체 강탈자의 침입〉이나 〈에이리언〉 시리즈의 괴물을 우리가 무서워하는 것은 그 존재의 탄생 과정을 알 수 없기 때문이다. 탄생 과정을 안다는 것은 과학의 도구로 그것을 이성적 판단의 시험대 위에 올려놓을 수 있다는 것이다. 이렇게 보면 봉준호의 〈괴물〉은 약의 불량 제조 과정을 그대로 보여주면서 신비의 묘약이라고 눙치며 구매를 강요하는 허술한 약장수의 약 수준을 넘어서기 어려운 것이다.

영화 초반 몇 분 만에 괴물의 정체를 스스로 폭로한 〈괴물〉은 이후 그다지 괴물답지 않은 돌연변이의 난동과 납치된 딸을 구출하려고 몸부림치는 가족 간의 상투적인 추적과 혈투 장면의 연속으로 이어진다. 괴물의 괴물다움을 밝혀가면서 그 속에 주인공과 관객을 동참시키는 과정이 생략된 이 영화는 전형적인 할리우드영화가 자주 보여준 구출 과정을 보여줄 뿐, 괴물은 심리적으로 자기 완결성을 갖추지도 못하고 그렇다고 등장인물들을 향해 다가와 위협을 하지도 않는다. 오히려 주인공 가족이 사라진 괴물을 찾아 나서야 마지못해 등장할 뿐이다. 그렇게 가끔 등장하는 괴물은 관객들의 혼을 빼놓고 뒤흔들기에는 너무나 점잖다.

괴물이 납치해간 주인공 박강두의 중학생 딸의 모습에서 2002년 여름을 뜨겁게 달군 효순이, 미선이의 초상을 보는 것은 어렵지 않다. 그리고 괴물을 응징하는 삼촌 남일의 화염병 투척에서 1980~90년대 이 땅의 반미투쟁을, 그리고 괴물을 물리치고 평범한 일상을 되찾은 강두와 딸의 저녁 식사 장면에서 삽입된 미군 브리핑 장면에서 이라크전쟁을 일으킨 미국의 모습을 연상하게 된다. 이를 통해 우리는 이 영화를 받치고 있는 상상력이 미국을 둘러싼 제국주의적 행태와 관련된 것임을 어렵지 않게 추측할 수 있다. 그리고 괴물과 대결하여 자기의 생존을 되찾으려는 평범한 소시민을 비정상인으로 몰아붙이고 옥죄는 경찰/의료 권력의 모습에서 우리는 유독 미국이나 미군 관련 문제에 대한 대응에서만큼은 소극적인 우리 정부의 모습을 비판하려는 의도를 읽을 수 있다. 오히려 이들이야말로 우리가 영화 속 괴물에서 느끼지 못한 괴물다움을 대리 보상해주는 존재들이다.

거대한 권력은 박강두 같은 평범한 소시민을 옥죄고 놓아주지 않는다. 그는 기껏해야 한강 변 노점에서 오징어나 구워 팔고, 때로는 손님한테 가져갈 오징어 다리나 슬쩍 하는 그런 치사한 남자다. 그리고 멍청하기도 해서 딸도 몰라보고 엉뚱한 아이 손을 잡고 뛰어다니는 못난이이기도 하다. 그러나 한편으로는 무력한 만큼 그만큼 순수한 부정을 품은 아버지이기도 하다. 그런 박강두를 세상은 끊임없이 조롱하고 무시한다. 어찌 보면 박강두는 일상의 평범한 아버지와 동일시하기에는 초라하고 무력한 존재일지도 모른다.

그런데도 우리가 박강두와 동일시할 수밖에 없는 것은 그가 딸을 사랑하는 평범한 아버지이기 때문이다. 딸을 괴물에게 납치당하고 애통해하는 박강두의 모습에서 우리는 2002년 미군 장갑차 사건 당시 방송에 비친 그 아이들의 아버지를 떠올릴 수밖에 없다. 딸을 잃고 애통해하는 모습에서 우리는 우리가 그 자리에 존재하지 않아도 된다는 일말의 안도감과 함께 어떠한 상황에서일지는 몰라도 불의의 순간 그 위치에 서 있을 때 우리가 느껴야 할 막연한 공포를 느낄 수밖에 없다. 물론 이것은 〈괴물〉에 대한 순전히 사적인 감회일지도 모른다.

〈괴물〉은 철저히 비관적이다. 박강두의 가족만이 딸을 구출할 수밖에 없었다. 가족이 아닌 누구도 우리를 구원할 수 없다는 설정은 슬프지만 정직하다. 정직한 슬픔에 휩싸인 박강두의 무력한 울부짖음에서 우리는 거리 둔 막연한 안타까움이 아니라 소시민적 지옥이 어느 순간 자신을 엄습할지도 모른다는 근원적 공포에 직면하게 된다. 이것이 반미적 오락영화의 외피를 쓴 이 영화가 내포한 진정한 의미인지도 모른다.

물론 반미적 코드가 이 영화를 구성하는 중심 얼개가 되고 있지만, 이 영화가 내세우는 것들은 상식적일 뿐만 아니라 상투적이기까지 하다. 흔히 이런 모습을 감독의 정치적 성향과 연관 지어 생각하는 사람들도 없지 않은 듯하지만, 이것은 감독의 진보적 성향과는 무관한 것이다. 오히려 1980년대의 경색된 반미의식을 벗어나 환경이라는 코드와 결합함으로써 관객들 역시 충분히 공감할 수 있는 의식에 기반을 둔 설정이라고 할 수 있다.

4.

할리우드 공포영화의 관습을 역전시켜 미국을 타자로 설정함으로써 이 영화는 출발하고 있지만, 타자의 심연은 그 정체를 알 수 없는 거대한 강인 한강에 가려져 보이지 않고, 괴물은 한강을 거의 벗어나지 않은 채 가끔 물 위로 용솟음쳐서 사람들을 위협할 뿐이다. 그래서 박강두와 그의 가족들은 납치된 딸을 찾기 위해 한강의 다리들 밑을 샅샅이 뒤진다. 이때부터 우리는 한강의 기적 속에 가려진 음습한 지하를 탐험하게 된다. 여기서부터 〈괴물〉과 할리우드 영화 사이에는 격차가 벌어지기 시작한다.

하수도를 뒤지는 주인공을 따라 들어간 한강은 그러나 예상외로 질척거리지 않는다. 대도시의 온갖 잡스러운 삶의 껍데기인 썩은 물은 조용히 가라앉아 흘러가고 있고 하수도의 배관도 예상외로 깨끗한 상태를 유지하고 있다. 괴물의 서식지로서는 의외로 청결하고 단순한 하수도를 따라 강두와 그의 가족들의 로망스는 시작된다. 그러나 미로처럼 복잡하게 이어져 보는 이로 하여금 폐소공포증으로 질식케 하던 〈에이리언〉의 그물망 미로를 이미 알고 있는 관객들에게 하수도는 지나치게 단순해서 박강두와 그의 가족들이 도대체 무엇을 찾고 있는지조차 까먹게 만들 정도이다. 우리의 공포를 자극하기 위해서는 괴물의 서식지를 조금 더 서울의 심장부 깊숙한 곳으로 설정했더라면 하는 아쉬움이 있다. 물론 그렇게 하는 데는 여러 가지 난관이 있을 것이 분명하다. 우선 한강 변보다 더욱 좁은 하수도를 과연 육중한 몸체를 가진 괴물이 지나다닐 수 있느냐 하는 문제가 제기된다. 그리고 설령 실제 이상으로 서울의 하수도관을 크게 만든다 하더라도 비교적 한산한 한강 변에서 도심으로 장소를 이동하게 됨에 따라 필연적으로 뒤따라올 도심 장면의 처리 문제가 남는다. 괴물이 지하 세계에서만 움직이라는 법은 없으니 말이다. 이런 측면에서 보면 〈괴물〉은 괴물 캐릭터의 창조 외에는 여전히 접근하기 힘든 경지를 배제할 수밖에 없는 한계를 가진 영화라고 할 수 있다.

그리고 숙주를 퍼뜨려 인간의 몸에 기생하는 '에어리언'에 비해 지나치게 단순한 행동 양태를 보이는 '괴물'도 실망을 더하는 요소이다. 괴물에서 우리가 느끼는 공포의 원인은 기능을 이해할 수 없는 형체나 구조에만 있는 것은 아니다. 괴물이 무서운 존재로 느껴지는 것은 그것이 가진 어떤 맹목적인 충동 때문이다. 〈에이리언〉에서처럼 무차별적이고도 끈질기게 숙주를 퍼뜨려 생명을 유지, 확장하려는 에어리언의 충동, 즉 합리적 제어를 무색하게 하는 거대한 충동이야말로 우리가 마주치는 공포의 심연인 것이다. 그것은 우리 속에 꿈틀거리는 무의식의 지대, 원초적 충동과 맞닿아 있는 것이다.

그런데 〈괴물〉에 등장하는 괴물은 형체나 충동 그 어느 면에서
봐도 단순한 느낌을 준다. 하수도 속의 괴물은 다만 느닷없이 화면
을 향해 돌진할 뿐 특이한 충동을 보여주지 않는다. 또 납치된 소녀
를 다리로 잡아채는 장면에서 괴물이 보여주는 그 부드러움은 지극
히 인간적이다. 그리고 지상으로 나온 괴물은 절대 괴물답지 않다.
괴물을 사방 툭 터진 밝은 햇볕 아래로 내몰았다는 것 자체부터 우
리의 공포 기대를 무너뜨린다. 왜냐하면, 괴물에게서 우리가 느끼
는 공포는 폐쇄된 공간에서 우리가 가지게 마련인 위협의 느낌과
무관하지 않기 때문이다. 〈괴물〉의 초반부 박강두의 딸을 납치하는
장면은 마치 스티븐 스필버그Steven Spielberg(1946~)의 〈쥬라기 공원
Jurassic Park〉(1993)에서 주인공이 공룡에게 쫓기는 장면을 연상하게
할 만큼 자못 코믹하다. 세계 유수의 컴퓨터그래픽 전문가를 동원
한 작업 결과에 대해 제작진의 자부심은 대단할지는 모르겠지만.
컴퓨터그래픽의 힘을 입어 탄생한 괴물의 위력을 과시할 필요에서
삽입된 이 장면은 세간의 찬사만큼 썩 괜찮은 생동감을 주지는 못
한다. 헤드셋을 끼고 음악에 심취해 있다가 영문도 모른 채 괴물에
게 여대생이 습격당하는 장면을 제외하고는 괴물이 컴퓨터그래픽
에 의한 합성물이라는 인상을 불식시키지 못한다.

5.

지금까지 감독이나 제작자가 오락영화라고 선전한 영화에 대고
이런저런 이야기를 해왔다. 이것은 문학 텍스트를 놓고 자유로운

상상을 하는 데 길들여진 탓일지도 모른다. 그러나 봉준호 감독이 애써 그 의미를 축소하거나 은폐하고자 한 이 영화를 단순한 오락영화로 치부하고 넘겨버리기에 여러 가지 생각할 거리를 많이 던져주는 영화임에는 분명하다.

한국영화는 봉준호라는 걸출한 감독의 집념 어린 노력으로 탄생한 이 영화를 계기로 할리우드영화의 수준에 한 단계가 접근했다고 말할 수 있지만, 한국영화로서는 할리우드영화는 여전히 새로운 도전 욕망을 불러일으키는 타자로 남을 수밖에 없을 것이다. 이제 괴물영화에 도전해서 어느 정도 성과를 남겼을 뿐 우리가 넘어야 할 고지는 산재해 있기 때문이다. 비행기나 선박을 이용한 참사 영화, 지진, 태풍, 폭설과 같은 기상재해를 이용한 재난영화를 만들어 본 경험이 우리에겐 없다. 이것이 앞으로 한국형 블록버스터영화 전략이 욕심낼 만한 영역으로 남겨져 있다.

어차피 한국영화 속에서 저예산 영화는 쇄락할 수밖에 없다. 자본은 더욱 큰 덩이로 뭉칠 것이 뻔하고, 규모의 경제가 성공하는 예를 경험한 마당에 자본의 고도집적화 현상은 확연해질 것이다. 다만 한국적 현실을 고려할 때 어떤 소재의 영화가 흥행 가능성을 가지고 있느냐를 판단하는 문제가 남았을 뿐이다. 물론 간혹 블록버스터 영화 못지않게 흥행 성적을 거둔 〈웰컴 투 동막골〉(2005)이나 〈왕의 남자〉(2005) 같은 영화가 나오지 말라는 법은 없음에도 불구하고 끊임없는 미학적 제고에 대한 고민이 수반되지 않는다면 스펙터클의 창조에 목을 매는 대자본 투하 전략이 궁극적으로 한국영화의 몰락을 초래할 수도 있다.

질적 수준을 놓고 볼 때 한국산 장르 영화의 앞날이 반드시 밝아

보이지는 않는다. 무엇보다 우려스러운 점은 한국영화라면 일단 한 수 접어주고 후하게 평가하는 분위기가 자리를 잡아가고 있다는 사실이다. 비평과 흥행에서 두 마리 토끼를 잡았다는 평가를 받는 〈괴물〉조차도 잘 뜯어보면 그다지 잘 만든 영화가 아닌데도 관객들의 태도는 마냥 호의적이기만 하다. 물론 여기서 잘 만든 영화라는 기준은 앞에서도 이야기했듯이 이야기 구조의 튼실함과 시각적 구성의 적절성을 말한다. 이것이야말로 영화의 오락성을 가늠하는 중요한 잣대라 할 것이다. 그런데 괴물의 형체나 행동을 묘사하는 시각적 장치는 할리우드영화에 어느 정도 근접한 것이긴 하지만 흉내내기에 불과해 보이고, 이야기적 측면에서 보자면 괴물의 탄생 과정도 엉성할 뿐만 아니라, 이야기의 전개 방식도 매우 단선적이다.

평단에서도 이 영화를 상찬하는 목소리만 들릴 뿐, 이 영화의 부족한 점을 지적하는 목소리는 별로 들리지 않는다. 영화보다 한창 영세한 소자본 산업인 출판계와 관련된 일단의 문학 비평가들도 그런 혐의에서 벗어날 수는 없겠지만, 소비자의 입김이 그 어느 곳보다 강한 영화계에서 상태는 더욱 심각해 보인다. 자유로운 목소리를 내기에 대한 비평계의 공포증과 생존의 위협 속에서 한국영화는 지금 일시적으로 프리미엄을 얻고 있다. 그러나 이런 현상을 일부에서 말하듯이 무조건 관객들의 오도된 민족주의 탓이나 몰리는 대로 따라가는 가축 떼거리 심리 탓으로 돌려서는 곤란하다. 그렇다고 한국영화가 질적으로 우수해졌기 때문이라는 아전인수격 평가도 곤란하다.

자유무역의 논리와 자기보호라는 상충된 가치를 놓고 고민할 수밖에 없는 신자유주의적 상황, 그리고 궁극적으로는 자유라는 보편적 가치와 자기보호라는 절박한 상황 사이에서 고민할 수밖에 없는 한국적 생존 조건이 부여하는 억압이 영화라는 문화적 자기보호 논리로 관객을 이끄는 것이다. 현재 한국영화에 대한 평가는 결코 냉정한 것일 수 없다. 이럴 때일수록 한국영화에 대한 냉정한 평가는 더욱 필요한 것이다.

참고문헌

1. 기본 자료

- 「〈부용진〉 세진, 〈영웅본색〉시 하크 감독 내한 중국, 홍콩영화 흐름 소개 예술원, 수입 영화사 초청으로」,《한겨레》, 1991. 10. 27.
- 「20세기 홍콩영화 최고봉 저우룬파 주연 '영웅본색'」,《동아일보》, 1999. 08. 27.
- 「90년대의 시적 현실, 어디에 있었는가」,《문학동네》, 1999년 가을호.
- 「거리의 女學校를 차저서, 戀愛 禁制의 和信女學校」,《삼천리》, 1935. 11.
- 「廣告」,《매일신보》, 1920. 4. 05.
- 「廣告」,《매일신보》, 1920. 9. 08.
- 「國光 配給者 變更」,《조선일보》, 1939. 3. 09.
- 「극장가 비수기 홍콩영화 자취 감춰」,《매일경제》, 1993. 4. 11.
- 「女學生 行狀 報告書」,《삼천리》, 1936. 11.
- 「獨逸 우에社 作品〈몬쑤란의 嵐〉, 아놀트 퐝크 博士 原作 監督」,《조선일보》, 1931. 8. 03.
- 「몰개성시대 '마니아 마케팅' 호황」,《경향신문》, 1997. 2. 14.
- 「文士가 말하는 名 映畵」,《삼천리》, 1938. 8.
- 「〈密林의 王者〉,〈制服의 處女〉上映, 十五日부터 三日間, 於仁川愛館, 主催 朝鮮中央日報 仁川支局」,《조선중앙일보》, 1933. 9. 15.
- 「서울에 딴스홀을 許하라」,《삼천리》, 1937. 1.
- 「成績 不良의 制服의 處女들, 그 心理探究」,《조선중앙일보》, 1934. 6. 07~08.
- 「蘇生의 봄 등지고 鐵路에 쓰러진 白薔薇, 왕십리역 부근 철로로 鐵道 自殺한 少婦」,《조선중앙일보》, 1934. 4. 18.
- 「洋映畵會社 歐州映畵 配給 開始」,《조선일보》, 1929. 8. 09.
- 「유락관에 대사진」,《매일신보》, 1917. 5. 24.
- 「음료 광고 홍콩 배우 동원 너도나도」,《매일경제》, 1989. 6. 21.

- 「일본영화 수입 긍정적 48%」, 《매일경제》, 1989. 12. 05.
- 「制服의 處女 交通을 整理(釜山)」, 《동아일보》, 1939. 5. 01.
- 「制服의 處女가 層階에서 墮落, 重傷으로 入院」, 《조선중앙일보》, 1935. 2. 02.
- 「最近의 外國 文壇 座談會」, 《삼천리》, 1934. 9.
- 「홍콩 「뉴 웨이브」 영화 선두주자 「왕가위 신드롬」 국내 확산」, 《경향신문》, 1995. 12. 14.
- 「홍콩영화 73%가 범죄물」, 《경향신문》, 1990. 1. 17.
- 「홍콩영화 세계 시장 활보」, 《경향신문》, 1990. 12. 22.
- 「홍콩영화 수입 경쟁 사기 부른다」, 《동아일보》, 1994. 3. 19.
- 「홍콩영화 유사작 홍수 줄거리 황당 뻔한 주인공 인기 시들」, 《경향신문》, 1993. 10. 30.
- 「홍콩영화 정통 무협물 다시 강세」, 《경향신문》, 1993. 10. 09.
- 「홍콩폭력영화 흉내 노상강도 고교생 4명이 행인 털어」, 《경향신문》, 1992. 5. 11.
- 「制服의 處女 無軌道 出奔. 학교로 간다고 나간 후 연인과 携手코 遠飛」, 《조선일보》, 1933. 7. 05.
- 「〈판도라의 箱子〉 獨逸 네로社 映畫」, 《중외일보》, 1930. 4. 07.
- RK生, 「에밀, 야닝 주연 〈父와 子〉를 보고 - 團成社에서 上映 中」, 《매일신보》, 1930. 3. 29.
- 金起林, 「二十世紀의 敍事詩 - 올림피아 映畫 〈民族의 祭典〉讚」, 《조선일보》, 1940. 7. 15.
- 金幽影, 「映畫批判(一-八), 〈판도라의 箱子〉와 푸로映畫 〈무엇이 그 女子를〉을 보고서」, 《조선일보》, 1930. 3. 28. ~ 4. 06.
- 羅雲奎, 「〈아리랑〉과 社會와 나」, 《삼천리》, 1930. 7.
- 南宮玉, 「百年後 未來社會記 〈메트로포리스〉 印象」, 《시대일보》, 1929. 5. 01.
- _____, 「〈伯林〉印象記-처음으로 보는 純粹映畫」, 《중외일보》, 1928. 12. 06.
- 李圭煥, 「佳作의 朝鮮映畫 靑春의 十字路」, 《동아일보》, 1934. 9. 21.
- 李軒求, 「名畫의 印像」, 《삼천리》, 1940. 9.
- 朴承杰, 「映畫 時評 『靑春의 十字路』 農村을 몰랏다(下)」, 《조선중앙일보》, 1934. 12. 03.
- _____, 「映畫 時評 〈靑春의 十字路〉 人物 配役에 缺點 잇다(上)」, 《조선중앙일보》, 1934. 12. 01.

- 朴承杰, 「映畵 時評 〈靑春의 十字路〉人物 扮裝 配役에도 缺點(中)」, 《조선중앙일보》, 1934. 12. 02.
- 박준환, 「홍콩영화 폭력 난무 수입 경쟁 자제하라」, 《동아일보》, 1990. 1. 11.
- 白鐵, 「名畵의 印像」, 《삼천리》, 1940. 9.
- 孫基禎, 「伯林 올림픽 映畵 〈民族의 祭典〉을 보고」, 《삼천리》, 1940. 6.
- _____, 「오림피아 第二部〈美의 祭典〉, 그때의 伯林을 回想하며」, 《삼천리》, 1941. 3.
- 沈熏, 「「푸리츠,랑그」의 力作〈메토로포리쓰〉」, 《조선일보》, 1929. 04. 30.
- ___, 「〈最後의 人〉의 內容 價値-團成社 上映 中」, 《조선일보》, 1928. 1. 14.
- 雙Q生, 「올림픽記錄映畵 -〈民族의 祭典(第一部)〉-「리 - 펜슈타 - 르」女史 總指揮」, 《조선일보》, 1940. 7. 06.
- 오명철, 「"예술성보다 재미" 홍콩영화 관객 몰린다」, 《동아일보》, 1992. 3. 28.
- 윤득헌, 「21세기를 여는 포성 문화전쟁(3) 홍콩영화」, 《동아일보》, 1994. 1. 30.
- 一泉生, 「「왈쓰의 꿈」을 보고 團成社 上映 中」, 《동아일보》, 1930. 1. 07.
- 정성일, 「서울서 활개 치는 홍콩 영화들 본토 수준작 설 자리 빼앗는다」, 《한겨레》, 1993. 3. 27.
- _____, 「영화 관람석, 〈황비홍4-왕지지풍〉, 황당무계한 억지 상상력 바닥 드러낸 홍콩영화 단면」, 《한겨레》, 1993. 10. 29.
- _____, 「영화관람석-〈천장지구2〉, 〈정전자2〉모방, 아류 판치는 홍콩영화 철학 없는 상업주의 극치」, 《한겨레》, 1994. 7. 01.
- 한국영상자료원 편, 《신문기사로 본 조선영화1911~1917》, 한국영상자료원, 2008.
- _____, 《신문기사로 본 조선영화1918~1920》, 한국영상자료원, 2009.
- 《나의 우파니샤드, 서울》, 문학과지성사, 1994.
- 《날개 환상통》, 문학과지성사, 2019.
- 《달력 공장 공장장님 보세요》, 문학과지성사, 2000.
- 《당신의 첫》, 문학과지성사, 2008.
- 《동아일보》, 1987. 0. 18. 7면 하단 광고.
- 《새들도 세상을 뜨는구나》, 문학과지성사, 1990.
- 《슬픔치약 거울크림》, 문학과지성사, 2011.
- 《않아는 이렇게 말했다》, 문학동네, 2016.
- 《어느 별의 지옥》, 문학동네, 1988(1997).

- 《여성, 시하다》, 문학과지성사, 2017.
- 《여성이 글을 쓴다는 것은》, 문학동네, 2002.
- 《우리들의 음화》, 문학과지성사, 1990.
- 《죽음의 자서전》, 문학실험실, 2016.
- 《피어라 돼지》, 문학과지성사, 2016.
- 《한 잔의 붉은 거울》, 문학과지성사, 2004.

2. 연구 논저

- 구견서, 《일본영화와 시대성》, 제이앤씨, 2007.
- 김길웅, 「낯선 시 형식을 통한 현실 드러내기-브레히트와 황지우의 시의 기법을 중심으로」, 《브레히트와 현대연극》, 한국브레히트학회, 1996.
- 김지석, 강인형, 《향항전영 1997년》, 한울, 1995.
- 김현, 「타오르는 불의 푸르름」, 《새들도 세상을 뜨는구나》, 문학과지성사, 1990.
- 김호영, 《프랑스 영화의 이해》, 연극과인간, 2008.
- 남완석, 「바이마르 공화국 시대의 영화」, 피종호 외 저, 《유럽영화예술》, 한울아카데미, 2003.
- 노춘기, 「심미적 거리와 현실 인식-김수영, 황지우의 경우」, 《한국어문학 국제학술포럼 제1차 국제학술대회 자료집》, 한국어문학국제학술포럼, 2007.
- 안종화, 《韓國映畵側面秘史》, 현대미학사, 1998.
- 안지영, 「'여성적 글쓰기'와 재현의 문제-고정희와 김혜순의 시를 중심으로」, 《한국현대문학연구》 54, 한국현대문학회, 2018. 4.
- 안태근, 「韓國 合作映畵 硏究 : 위장합작영화를 중심으로」, 한국외대 박사논문, 2012.
- 어일선, 「1920년대 말 영화 배급 및 상영에 관한 연구」, 《영화연구》 32호, 한국영화학회, 2007.
- 유장산·이경순·이필우·이구영 편, 《이영일의 한국영화사를 위한 증언록》, 소도, 2003.
- 유하, 《이소룡세대에 바친다》, 문학동네, 1995.

- 이민호, 《새독일사》, 까치, 2003.
- 이상금, 「기법의 자유로움 혹은 정신의 자유로움-80년대 황지우·박남철의 시기법을 중심으로」, 《오늘의 문예비평》 창간호, 1991. 4.
- 이상길, 「1990년대 한국 영화장르의 문화적 정당화 과정 연구-영화장의 구조변동과 영화 저널리즘의 역할을 중심으로」, 《언론과 사회》 13권 2호, 사단법인 언론과 사회, 2005년 봄.
- 이영일, 《한국영화전사》, 소도, 2004.
- 이영재, 「맹인, 절뚝발이, 외팔이: 전후 동아시아 영화의 신체」, 《현대문학의 연구》 제46집, 한국문학연구학회, 2012. 2.
- _____, 「아시아영화제와 한홍 합작 시대극 - "아시아영화"라는 범주의 생성과 냉전」, 《대동문화연구》 88권, 성균관대학교 동아시아학술원, 2014.
- _____, 「양강(陽剛)의 신체, 1960년대 말 동아시아 무협영화의 흥기: 장철(張徹)을 중심으로」, 《비교어문연구》 제39집, 비교어문학회, 2015.4.
- _____, 「중공업 하이모던 시대의 아시아적 신체: 1970년대 한국에서의 홍콩영화의 수용」, 《여성문학연구》 통권 30호, 한국여성문학학회, 2013. 12.
- _____, 「트랜스내셔널 영화와 번역: 왜 외팔이가 '여기저기서' 돌아오는가」, 《아세아연구》 제54권 제4호 통권 146호, 고려대학교 아세아문제연구소, 2011. 12.
- 이윤택, 《해체, 실천, 그 이후》, 청하, 1988.
- 이종철, 《영웅본색 세대에 바친다》, 스토리하우스, 2013.
- _____, 《홍콩의 열혈남아들》, 학고방, 2012.
- 이혜원, 「실비아 플라스의 시와 1980년대 한국 여성시 비교 연구」, 《여성문학연구》 23, 한국여성문학회, 2010. 4.
- 이호걸, 「1920~30년대 조선에서의 영화배급」, 《영화연구》 41호, 한국영화학회, 2009.
- 조준형, 「일제강점기 영화정책」, 김동호 외 저, 《한국영화 정책사》, 나남출판, 2005.
- 황지우, 「끔찍한 모더니티」, 《문학과사회》, 5권 4호, 1992. 11.
- _____, 《사람과 사람 사이의 信號》, 한마당, 1986.
- 가토 미키로우 저, 김승구 역, 《영화관과 관객의 문화사》, 소명출판, 2017.
- 막스 테시에 저, 최은미 역, 《일본영화사》, 동문선, 2000.
- 볼프강 야콥슨 외 저, 이준서 역, 《독일영화사》, 이화여대 출판부, 2004.
- 사토 다다오 저, 유현목 역, 《일본영화 이야기》, 다보문화, 1993.

- 오드리 설킬드 저, 허진 역, 《레니 리펜슈탈−금지된 열정》, 마티, 2009.
- 요모타 이누히코 저, 박전열 역, 《일본영화의 이해》, 현암사, 2001.
- 조나단 스펜서 저, 김희교 역, 《현대중국을 찾아서1》, 이산, 2007.
- 종보현 저, 윤영도·이승희 공역, 《홍콩영화 100년사》, 그린비, 2014.
- キネマ旬報社 篇, 《キネマ旬報ベスト・テン80回全史−1924-2006》, キネマ旬報社, 2007.
- ザビ-ネ ハ-ケ 著, 山本佳樹 譯, 《ドイツ 映畫》, 鳥影社, 2010.
- ハイ, ピ-タ-B., 《帝國の銀幕》, 名古屋大學出版會, 2001.
- フェ-リクス メラ- 著, 渡邊 德美 外 譯, 《映畫大臣−ゲッベルスとナチ時代の映畫》, 白水社, 2009.
- 邱淑婷, 《香港・日本映畫交流史−アジア映畫ネットワ-クのツ-ルを探る》, 東京大學出版會, 2007.
- 內藤誠, 《シネマと銃口と怪人−映畫が驅けぬけた二十世紀》, 平凡社, 1997.
- 李多鈺, 《中國電影百年(1905~1976)》, 北京: 中國廣播電視出版社, 2005.
- 林ひふみ, 《中國・台灣・香港映畫のなかの日本》, 明治大學出版會, 2012.
- 飯田道子(2008), 《ナチスと映畫》, 中公新書.
- 松岡環, 《レスリ-・チャンの香港》, 平凡社, 2008.
- 雙葉十三郎, 《日本映畫ぼくの300本》, 東京: 文藝春秋, 2004.
- 阿部謹也, 《物語ドイツの歷史》, 中公新書, 2010.
- 岩崎昶, 《ヒトラ-と映畫》, 朝日新聞社, 2003.
- 蓮實重彦, 山田宏一, 《傷だらけの映畫史》, 中公文庫, 2001.
- 永嶺重敏, 《怪盜ジゴマと活動寫眞の時代》, 新潮社, 2006.
- 日下部雅彦, 《香港物語》, 東京圖書出版, 2013.
- 田中純一郎, 《日本映畫發達史2》, 東京: 中央公論社, 1975.
- 田中雄次, 《ワイマ-ル映畫硏究−ドイツ國民映畫の展開と變容》, 熊本出版文化會館, 2008.
- 程季華, 《中國電影發展史1》, 北京: 中國電影出版社, 2012.
- 佐藤忠男, 《キネマと砲聲》, 岩波書店, 2004.
- 中山信子, 「「十字路」の1929年パリでの評價 - 當時の新聞・雜誌の批評の檢證とその評價の背景を探る」, 《演劇 硏究》35號, 東京: 早稻田大學 坪內博士記念演劇博物館, 2011.

- 中條省平,《フランス映畫史の誘惑》, 集英社新書, 2003.
- 倉田 徹, 張彧暋,《香港 中國と向き合う自由都市》, 巌波新書, 2015.
- Abel, Richard Ed., *Encyclopedia of Early Cinema*, New York: Routedge, 2010.
- Abel, Richard, *Americanizing the Movies And "Movie-Mad" Audiences*, Berkeley: Univ of California Press, 2006.
- Bock, Hans-Michael & Töteberg, Michael, "A History of Ufa", Tim Bergfelder, Erica Carter and Deniz Göktürk Ed., *The German Cinema Book*, London: British Film Institute, 2002.
- Gemünden, Gerd, "Emil Jannings", Petro, Patrice Ed., Idols of Modernity, New Jersey: Univ. of Rutgers Press, 2010.
- Gunning, Tom, "The Cinema of Attractions", Thomas Elsaesser Ed., *Early Cinema*, London: British Film Institute, 2008.
- Hagener, Malte, *Moving Forward, Looking Back*, Chicago: Univ. of Chicago Press, 2007.
- Huyssen, Andreas, *After The Great Divide*, Bloomington: Univ. of Indiana Press, 1987.
- Jelavich, Peter, *Berlin Alexanderplatz*, Berkeley: Univ. of California Press, 2006.
- Jinsoo An, The Killer, Ching-Mei Esther Yau, *At Full Speed*, Univ of Minnesota Press, 2001.
- Kaes, Anton, *Shell Shock Cinema*, Princeton: Univ. of Princeton Press, 2009.
- Kracauer, Siegfried, *From Caligari to Hitler*, Princeton: Univ. of Princeton Press, 2004.
- Lisa Odham Stokes & Michael Hoover, *City on Fire: Hong Kong Cinema*, Verso, 1999.
- Loiperdinger, Martin, "State Legislation, Censorship, and Funding", Tim Bergfelder, Erica Carter and Deniz Göktürk Ed., *The German Cinema Book*, London: British Film Institute, 2002.
- Mike Wilkins & Stefan Hammond, *Sex and Zen & A Bullet in the Head: The Essential Guide to Hong Kong's Mind-bending Films*, Touchstone, 1996.
- Segrave, Kerry, Foreign Films in America, Jefferson: McFarland & Company, Inc.,

2004.

- Sklar, Robert, *Movie-Made America*, New York: Vintage, 1994.

- Stephen Teo, *Hong Kong Cinema: The Extra Dimensions*, British Film Institute, 1997.

- *The collected poems of Frank O'Hara*, Oakland: Univ. of California Press, 1995.

- Tony Williams, "The Crisis Cinema of John Woo", Ed. by David Desser & Poshek Fu, *The Cinema of Hong Kong: History, Arts, Identity*, Cambridge University Press, 2002.

- Wada-Marciano, Mitsuyo, *Nippon Modern*, Hawai'i: Univ. of Hawai'i Press, 2008.

- Welch, David, *Propaganda and the German Cinema*, New York: St. Martin's Press, 2001.

작 품

가을에 뜬 달 168, 170

같은 위도 위에서 121

거미 여인의 키스 195

激情의 暴風 70

曲馬團의 化 59

曲藝團 72

괴물 213, 215, 216, 219, 221, 222, 223, 224, 226

歸鄕 78

그대의 표정 앞에 121

그들은 결혼했고 아주아주 행복하게 살았단다 그래서, 그다음엔 어떻게 되었나요? 202

기쁨 없는 거리 51

꼬뮤니즘의 인기가 올라가는 7분간 혹은 70년간 197

날개 26

南國의 哀愁 72, 78

南方의 誘惑 78

노가, 사패, 고야자 152

노스페라투 51

녹정기2 167

니-나, 페트로쁘나 72, 78

니벨룽겐 51

대답 없는 날들을 위하여 117

대도무문 176

대부 155

델리카트슨 사람들 205

도마단 163, 167, 169

도박사 마부제 박사 51

동도 26, 27

동방불패 164, 169, 175, 176

동방불패2 167, 176

동방여신 167

동성서취 167

東洋의 秘密 72

디셉숀 70

디 아워스 209

또 하나의 타이타닉호 199, 201, 202

라쇼몽 149

레닌그라드 카우보이, 미국에 가다
196
레다의 영상 193
마담 뒤바리 61, 69, 70
마지막 웃음 26, 51
魔海 59
만수산 드렁칡1 117, 118
맹룡과강 148
메트로폴리스 51, 66, 69, 72, 74, 75,
76, 77, 92
명금 15, 25, 59
모월모일 미상가 192
몬테비데오 1980년 겨울 123, 129,
130, 131, 135
미친 한 페이지 90, 91, 92, 96
반칙왕 207
방세옥 168
伯林/大都會交響樂 69, 77
伯林의 狼 59
백발마녀전 176
뱃속의 어항은 정말 처치 곤란이야
205
베를린: 대도시의 교향곡 51, 100
베이루트여, 베이루트여 119, 120,
121
베티 블루 208
봄 소낙비 78
봐리에테/曲藝團 69, 70
不滅의 放浪者 78
부용진 141
분홍신 203, 204

사색과 슬픔의 빛, 울트라마린 블루
194, 195
사월 초파일 192, 193
사자의 爪 59
싹터 마부제 66
산송장 23
산타 상그레 208
상해 24시 105
서부전선 이상 없다 80
서울 1964년 겨울 123, 135
서편제 186
성냥팔이 소녀의 재림 214
소오강호 164
수기를 혼들며 118
시티헌터 176
신경쇠약 직전의 여자 207
신용문객잔 176
신체 강탈자의 침입 219
新土/새로운 땅 66
실비아 208
실비아와 브라운 부인의 빵 209
십자가 91
십자가두 88, 104, 105, 108, 109, 110
십자로 88, 90, 92, 95, 96, 99, 103,
108, 110
쌍룡회 176
아리랑 72, 97
아메리칸 뷰티 207
아무것도 얼지 않고 197, 198
아버지의 죄/아버지와 아들/父와 子
70, 71

아비정전 168, 170, 171

아파트 132

愛國者 72, 78

얼지 마, 죽지 마, 부활할거야 197

에이리언 215, 219, 223

여성의 외침 105

여아경 105

여자들의 가슴속엔 무엇이 들었을까 207

연지구 168, 170, 171

연혁 117

영웅본색 151, 152, 154, 156, 157, 158, 159, 173

영웅본색1, 2 163, 172, 173

영원과 하루 205

예스마담1 172

예스마담2 172

예스마담1, 2 173

오늘의 무성영화 190, 191, 192

올림피아 55, 66, 81

올림피아1: 민족의 제전 55

올림피아2: 미의 제전 55

와일드 번치 155

완령옥 168, 170, 171

왈쓰의 꿈 78

왕의 남자 225

용형호제2 176

웰컴 투 동막골 225

유랑 99

유령 51

肉體의 道 70

淪落女의 日記 51

의지의 승리 55

이국정원 150

인생의 愚弄 66

일요스페셜 198

일출 26

'일출'이라는 한자를 찬, 찬, 히, 들여 다보고 있으면 118

장군의 아들 177

赤手袋 59

的의 黑星 59

절대쌍교 167

정무문 148

정전자 175

정전자2 174, 175

第九交響樂 78

制服의 處女 79

제일유형위협 163

졸업시험 80

중경삼림 196

중안조 176

쥬뎃쑤스/쥬덱구쓰 59

쥬라기 공원 224

지고마 25, 60

眞鍮의 탄환 59

처녀 뱃사공 105

처참한 메시지 207

천녀유혼 158, 159, 163, 164

천장지구 164, 175

천장지구2 174, 175

철로의 백장미 26, 80

鐵의 瓜　59
鐵의 手袋　59
첩혈쌍웅　173
청춘의 십자로　88, 98, 99, 100, 103,
　　108, 109, 110
촉산　163, 164
最后의 군대　78
最後의 命令　70
最後의 人　66, 69, 70, 73, 74, 75
최후의 一兵까지　66, 67, 78
카프리치오　78
칼리가리 박사의 밀실　51, 66, 90
쾌한 로로-　59
타락천사　196
타오르는 발칸　78
타이타닉　199, 202
歎息하는(의) 天使　70
태양 없는 나날　168, 170
태양 지우개님이 싹싹 지워주실 나
　　의 하루　206, 207
태평로1　192

트레인스포팅　203, 204
파우스트　51, 66, 70
판도라의 상자　51, 66, 69, 77
팡토마　25
필로우 북　207
해피 투게더　171
향수　186
호월적고사　152
혼란에 빠진 아버지들　207
황비홍　163, 164, 169, 175, 176
황비홍2　169
황비홍3　167, 169, 176
황비홍4　175
吸血鬼　59
8월의 크리스마스　207
90년대의 시적 현실, 어디에 있었는
　　가　209
Delicatessen　205
Fantômas　59
Pixote　194, 195

개 념

ㄱ

가마타 40

강경대 192

강시영화 155

강인형 143

검술영화 89, 92

게오르크 팝쓰트 51, 77

경성 13, 19

경성고등연예관 13, 14

《경성과 도쿄에서 영화를 본다는 것》
31, 34, 43

계급주의 74, 77

고몽사 59

골든하베스트사 160, 161

공상과학영화 74

공포영화 215, 216, 217, 222

관객성 34, 36, 37, 146, 147

관금붕 168, 170

광주민주화운동 113, 119, 123, 129, 130

교류사 149

구로사와 아키라 149

구미영화사 57

구숙정 149

국광영화사 57

군중 이론 36

그리핀상 183

《그 시절 우리가 사랑했던 장국영》
145

극영화 27

기누가사 데이노스케 88, 89, 90, 91, 92, 96, 99, 103, 108

기누가사영화연맹 90

기신양행 57

김기림 81

김덕경 16

김승옥 123, 128, 135

김억 72

김유영 69, 77

김지석 143, 145

김진송 31

김춘수 133

김팔봉 218

김현 114

김혜순 183, 184, 185, 187, 188, 189, 190, 192, 194, 196, 197, 198, 199, 202, 203, 204, 205, 206, 207, 208, 209, 210

김홍진 57

ㄴ

나운규 71, 97

《나의 우파니샤드, 서울》 192

나카 146

나탁요 168, 170
남궁옥 69, 75, 76, 77
남촌 13
낭만주의 114
노르디스크 50
누벨바그 151
니시긴자 40
니시모토 다다시 150
니카쓰 89
니혼극장 40

ㄷ

다니엘 다리외 22
다큐멘터리 14, 15, 27, 77
단성사 14
《달력 공장 공장장님 보세요》 196,
　　197, 199, 202, 203
《당신의 첫》 203
대니 보일 203, 204
대정관 98
대중문화 13, 31, 38, 45, 140, 142,
　　143, 178, 179
대중예술 17
대척점 116, 123, 124, 125, 136
더글러스 지르크 78
더글러스 페어뱅크스 22, 72
덕보영화사 161
데이비드 그리피스 26
데이비드 데서 147
데이비드 보드웰 146
데클라 50

덴키관 38
도시 문화 34, 43
독일영화 48, 49, 51, 52, 54, 56, 57,
　　58, 59, 61, 62, 66, 68, 69, 70,
　　72, 76, 78, 80, 81, 82
동북아시아 87, 88
동숭시네마테크 187, 188
《동아일보》 20
동양영화회사 57
동화상사영화부 56, 57
또 하나의 문화 185

ㄹ

러시아영화 198
런던영화제 168
레니 리펜슈탈 55, 66, 81
레바논 전쟁 119
레온티네 자간 79
레흐 바웬사 121
로라 멀비 36
로버트 스클라 46
로베르트 비네 51, 90
로트레아몽 126, 128
루이스 마일스톤 80
루이즈 브룩스 51
룽 콩 152
뤼미에르 형제 28, 48
리얼리즘 113
릴리언 기시 22, 72

ㅁ

마니아　186, 187, 214
마르셀 카르네　56
마르크 카로　205
마를레네 디트리히　51, 52
마이클 포웰　203
마키노영화제작소　90
《말도로르의 노래》　128
《매일신보》　20, 61
맥가　161
메스터　50
멜로드라마　14, 15, 27, 52, 78, 159,
　　164, 213, 214
명금　15
명성　105
명치좌　98
모더니즘　113, 136
모험　15
몬테비데오　123, 124, 125, 126, 127,
　　128, 134, 136
무샤시노관　91
무성영화　28, 39, 42, 43, 52, 90, 95,
　　192
무협소설　168
무협영화　142, 146, 147, 150, 155,
　　158, 160, 164
문예영화　56
문자문화　209
《문학과지성》　117
문학사　218
문화사　31, 32, 34, 35, 37, 46

미국영화　24, 46, 58, 61
미리엄 한센　36
미스터리　15
민족주의　35, 79, 226
민주주의　45, 126, 186
민중주의　35

ㅂ

박기채　97
박승걸　102, 103
박영희　218
박종팔　132
박창수　103
반미영화　217
발성영화　16, 28, 39
발터 루트만　51, 77, 100
백두대간　187
백철　81
버지니아 울프　208
범죄영화　59, 60
베니스영화제　149
베르너 크라우스　51
베를린영화제　168
변사　16, 28, 37, 39
볼거리 영화　51
봉준호　215, 216, 218, 219, 225
《불쌍한 사랑 기계》　196
브라질영화　194
브루스 리　148
브리기테 헬름　72
블루버드사　60

비탈리 카네프스키 197, 198

ㅅ

사나다 히로유키 150
사토 다다오 91
사회주의 140
산유관 38
삼영사 56
상설영화관 13
《새들도 세상을 뜨는구나》 113, 117
샘 페킨파 155
서광제 69
서극 163, 173, 175
서기 168, 170
서상호 16
서양영화 14, 42, 45, 46
《서울에 딴스홀을 허하라》 31
서정주 134
서항석 69
석천 161
선전영화 58, 66, 81
성룡 155, 160, 176
셀린 디옹 199
션시링 88, 104, 105, 107, 108, 109
셰진 140
소비문화 168
소비에트영화 23
손기정 81
쇼브라더스 161
쇼치쿠 89, 90, 99, 110
쇼치쿠키네마 90

수용사 143
수용자 147
스크루볼 코미디 104, 106
스크린쿼터제 174, 199
스키지소극장 108
스티븐 스필버그 224
스티븐 테오 146, 157
슬랩스틱 코미디 73
시네마시티 161
시대극 90, 91, 92, 94, 95, 96
시대미술사 105
시적 리얼리즘 56
식민지 문화 34
《식민지 조선의 또 다른 이름, 시네
     마 천국》 33
신상옥 174
신역사주의 35
신일선 103
신파극 17, 95
실비아 플라스 208
심훈 23, 69, 73, 74, 76
《씨네21》 145, 186

ㅇ

아놀트 팡크 66
아방가르드 영화 25, 66, 69, 89, 90,
     100
아방가르드 영화감독 77
아벨 강스 26
아사쿠사 38, 39, 40
아키 카우리스마키 196

안드레아스 후이센 76
안드레이 타르코프스키 186
안종화 88, 98, 99, 103, 108, 109
안진수 157
안태근 146
《않아는 이렇게 말했다》 206, 207
알레고리화 114
알레한드로 조도로프스키 208
암브로시오사 59
애너벨 청 207
액션 14, 15
액션영화 155, 186
야마구치 요시코 40
야쿠자(갱스터)영화 155
약초극장 98
얀 키푸라 78
양강영화 158
양자경 172
《어느 별의 지옥》 190, 192
에른스트 루비치 51, 52, 61, 69
에리히 케텔후트 51
에리히 폰 슈트로하임 71
에머릭 프레스버거 203
에밀 야닝스 22, 51, 52, 53, 69, 70,
    71, 72, 73
에발트 두퐁 69
에클레르사 60
엑셀 에게브레히트 76
엠파이어사 56
여성영화 80
《여성이 글을 쓴다는 것은》 205

여성적 글쓰기 207
여성주의 184, 185, 190, 207
여성주의자 197, 202
역사물 178
연속영화 15, 24, 25, 60
영상문화 185, 186, 188, 189, 209
영웅영화 139
영화 감상평 23
영화 문화 19, 20, 24, 48, 97
영화 비평 23, 55, 67, 96
영화사 32, 36
영화이론 36
영화적 기법 206
영화적 모티프 206
영화적 상상력 190, 203
영화적 체험 206
예술영화 62, 78, 168, 170, 171, 186,
    187, 188, 196
오락영화 67, 221, 224, 225
오모리 40
오우삼 152
오토 훈테 51
오페레타영화 78
왈츠의 꿈 57
왕가위 143, 168, 170, 171, 177, 196,
    207
왕조현 139, 159, 160
외국 영화 29, 45, 46, 47, 48, 54, 57,
    58, 68, 72, 76, 81, 82, 188, 199
외화 배급 쿼터제 54
요모타 이누히코 96

요제프 폰 슈테른베르크 51, 52
우니온 50
《우리들의 음화》 192
우미관 14
우파사 50, 54
유니버설사 59
유덕화 164
유럽영화 24, 46, 56, 57, 97, 155
유튜브 110
윤기정 69
윤득헌 174
윤수일 132
음악영화 78
이국 지명 116
이규환 97, 102
이노우에 우메쓰구 150
이라크전쟁 220
이상 26
이서구 57
이선희 72
이소룡 148, 155
이연걸 164, 166, 167, 169, 174, 176
이영일 82
이영재 146
이와사키 아키라 66
이원용 103
이윤택 122
이종철 144, 145, 165
이지도르 뒤카스 128
이창용 56
이타미 만사쿠 66

이탈리아영화 24, 49, 61
이향란 40
이헌구 79, 81
이형기 183
이형기문학상 183
인상주의영화 89
일본영화 42, 45, 56, 87, 89, 97, 98,
    100, 150
일상 문화 19
임권택 176
임청하 164, 167, 169, 174, 176
임화 76

ㅈ
자라 레안더 78
자유주의 79
자크 페데 56
장 가뱅 22
장국영 139, 145, 152, 158, 159, 160,
    164, 165, 176
장 루이 보드리 36
장르 영화 213, 225
장선우 214
장이모우 141
장 자크 베네 208
장정구 132
장철 158
장 피에르 주네 204
재난영화 202, 215
저질영화 168
적룡 152, 158

전두환 119, 131, 132, 134
전영공작실 163
전쟁영화 66
정성일 167, 169, 170, 171, 174, 175, 176
정지용 72
정충실 31, 34
제3세계영화 168, 170
제임스 카메론 199
조선극장 14
조선영화 29, 42, 45, 57, 68, 72, 81, 87, 89, 109, 110
《조선일보》 20
《조선중앙일보》 79
조선키네마주식회사 98
조지 로메로 216
존 카펜터 216, 217
존 케인즈 49
종보현 144, 145, 166
주성철 145
주성치 140
주윤발 139, 151, 152, 158, 159, 160, 161, 162, 164, 165
줄리앙 뒤비비에 56
줄 쉬페르비엘 128
중국영화 87, 140, 141, 144
중국좌익작가연맹 105
《중앙일보》 117
중화주의 148
쥬-부/후완쓰마 59
지크프리트 크라카우 54

직배영화 168
진백강 165

ㅊ

차이밍량 207
찰리 채플린 22, 73
천일 105
첩보멜로영화 78
첸카이거 141
초현실주의 128
충무로 213
치네스사 59

ㅋ

칸영화제 168
칼 리터 66, 67
칼 프로인트 51, 77
코미디 14, 15, 27
코아아트홀 187
콘라트 바이트 51
콘텐츠 141, 186
쿵푸영화 146, 147, 148, 155, 160, 169
크리스타 빈즐로에 79
크리스티앙 메츠 36
클라우스 크라이마이어 78
《키노》 145, 186
킬러 콘텐츠 139

ㅌ

탐정 15

탐정영화 59, 60
태평양전쟁 28, 58
테아 폰 하보 51
테오 앙겔로플루스 205
톨스토이 23
톰 거닝 36
통속극 89, 95, 98
통속영화 150

ㅍ

파라마운트사 54
파울 요세프 괴벨스 53, 55, 78
파테 미국지사 59
파테사 59
판타지물 178
페드로 알모도바르 207
포섹 푸 146
포스트모더니즘 136
폴라 네그리 51, 70
폴란드 사태 121, 122, 123
표절 23
표현주의연극 25
표현주의영화 51, 52, 89, 91
프란시스 포드 코폴라 155
프랑스 고몽 59
프랑스영화 24, 49, 56, 61
프랭크 오하라 193, 194
프리드리히 무르나우 26, 51, 52, 73
프리츠 랑 51, 52, 72, 74, 92
피터 그리너웨이 207

ㅎ

한국영상자료원 109
한국영화 26, 37, 163, 166, 167, 168,
    170, 174, 177, 186, 188, 213,
    214, 215, 225, 226, 227
한국영화사 13, 33, 89
《한국영화전사》 82
한국영화진흥공사 159
《한 잔의 붉은 입술》 203
할리우드영화 28, 46, 47, 48, 49, 50,
    52, 54, 57, 58, 60, 72, 81, 151,
    155, 159, 165, 166, 171, 174,
    188, 213, 214, 220, 222, 225,
    226
합작영화 145, 150
항일전쟁물 178
해체 115, 116
해체시 136
《香港·日本映畫交流史》 149
《항항전영 1997년》 143, 155
허안화 152
헥토르 바벤코 195
홍금보 155, 161
홍콩국제영화제 146
홍콩누아르 147, 151, 154
《홍콩에 두 번째 가게 된다면》 145
홍콩영화 34, 140, 141, 142, 143,
    144, 145, 146, 147, 148, 149,
    150, 151, 155, 159, 160, 161,
    162, 163, 164, 165, 166, 167,
    168, 169, 170, 171, 172, 173,

174, 175, 176, 177, 178, 179
《홍콩영화 100년사》 144, 166
활극 59
활동사진 영화 취체규칙 58
황금관 98
황백명 161
황우석 215
황지우 113, 114, 115, 116, 117, 118,
　　119, 121, 122, 123, 124, 128,

134, 135, 136, 137
효성 23, 24
《후쿠마루여관》 시리즈 38

etc

1차 세계대전 49, 61, 66
PLO 사태 123
VOD 109, 162

김승구

서울대학교 국문과 및 대학원을 졸업했으며 현재 세종대학교 국문과 교수로 재직 중이다. 한국현대문학이 전공이며 영화에 관심을 가지고 한국 영화사 연구도 꾸준히 하고 있다. 이런 성과들을 바탕으로『식민지시대 시의 이념과 풍경』(2012),『식민지 조선의 또 다른 이름, 시네마 천국』(2012),『문화론의 시각에서 본 문학과 영화』(2013),『한국 영화와 문학 속의 타자의 그림자』(2015)를 출간했고, 번역서로는『영화관과 관객의 문화사』(2017)를 출간했다. 경계를 넘나들며 보고 생각하며 쓰는 작업에 관심이 있으며, 틈틈이 의미 있는 책을 번역하는 일도 구상하고 있다.

탈경계적 상상력의 영화와 문학

2020년 9월 7일 초판 1쇄 펴냄

지은이 김승구
펴낸이 김흥국
펴낸곳 보고사

책임편집 이소희
표지디자인 손정자

등록 1990년 12월 13일 제6-0429호
주소 경기도 파주시 회동길 337-15 보고사
전화 031-955-9797(대표), 02-922-5120~1(편집), 02-922-2246(영업)
팩스 02-922-6990
메일 kanapub3@naver.com / bogosabooks@naver.com
http://www.bogosabooks.co.kr

ISBN 979-11-6587-084-3   93810
ⓒ 김승구, 2020

정가 17,000원